U0940791

尹维新

作品选

尹维新 著

武都高山戏系列丛书

中国文联出版社
http://www.clapnet.cn

图书在版编目（CIP）数据

尹维新作品选 / 尹维新著. -- 北京 : 中国文联出版社，2018.7

（武都高山戏系列丛书）

ISBN 978-7-5190-2957-9

Ⅰ. ①尹… Ⅱ. ①尹… Ⅲ. ①高山戏－地方戏剧本－作品集－武都地区－当代 Ⅳ. ①I236.42

中国版本图书馆 CIP 数据核字(2017)第 199364 号

尹维新作品选

著　　者：尹维新

出 版 人：朱　庆

终 审 人：奚耀华　　复 审 人：周小丽

责任编辑：王柏松　　责任校对：慧眼校对

封面设计：王熙元　　责任印制：陈　晨

出版发行：中国文联出版社

地　　址：北京市朝阳区农展馆南里 10 号，100125

电　　话：010-85923035（咨询）85923000（编务）85923020（邮购）

传　　真：010-85923000（总编室），010-85923020（发行部）

网　　址：http://www.clapnet.cn　　http://www.claplus.cn

E - mail：clap@clapnet.cn　　wangbs@clapnet.cn

印　　刷：北京新华印刷有限公司

装　　订：北京新华印刷有限公司

法律顾问：北京市德鸿律师事务所王振勇律师

本书如有破损、缺页、装订错误，请与本社联系调换

开　　本：710×1000　　1/16

字　　数：192 千字　　印 张：13.75

版　　次：2018 年 7 月第 1 版　　印 次：2018 年 7 月第 1 次印刷

书　　号：ISBN 978-7-5190-2957-9

定　　价：42.00 元

尹维新（尹利宝摄）

Canon

中国文联赵实书记（右一）与尹维新畅谈

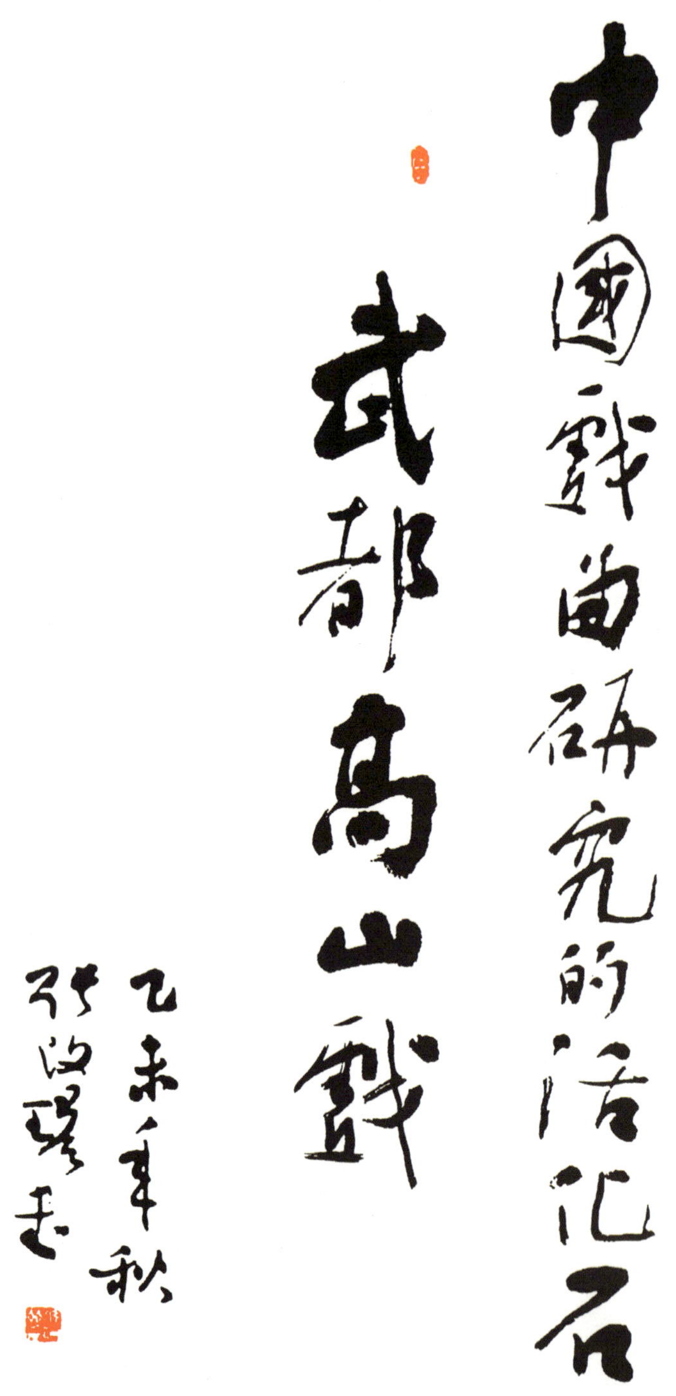

原中国书法家协会副主席张改琴题字

国家级非物质文化遗产项目代表性传承人尹维新奖牌

《老少换》剧照

1984年5月1日上尹宣传队合影留念

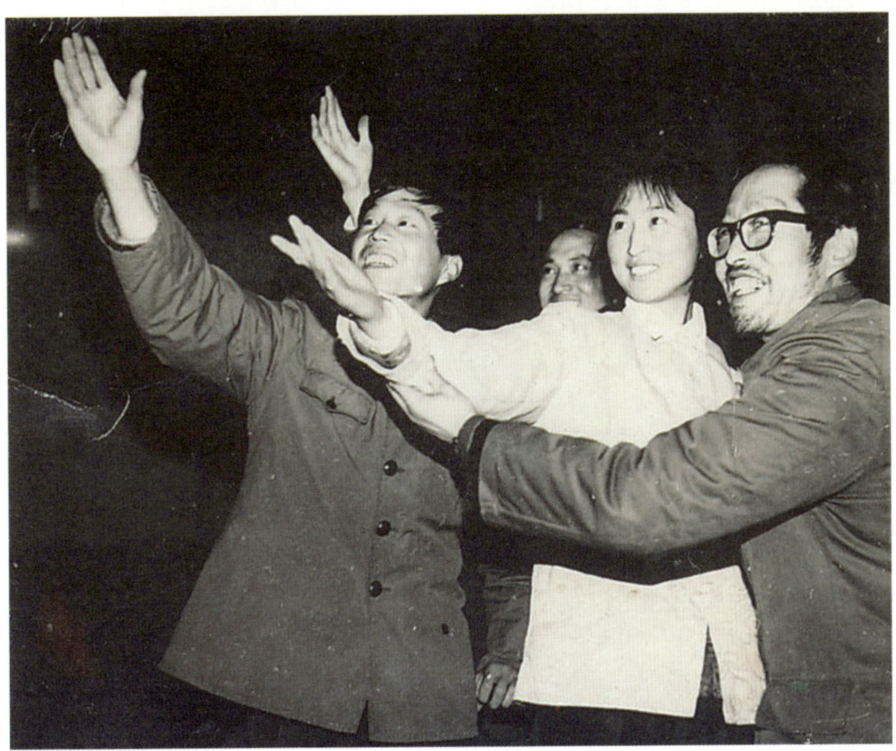

1984年尹维新（右一）在排戏

尹维新与老艺人、演员合影留念

尹维新在讲戏（尹利宝摄）

武都高山戏演出程式“走印”

武都高山戏演出程式“圆庄”

上尹村高山戏业余剧团成员与“武都首届高山戏学术研讨会”的省、市、县专家合影留念

汇报演出圆满成功

尹维新同志創作的《更上一層樓》

荣獲武都县第三次文化站文艺調演节目創作一等奖

武都县人民政府

一九八五年三月二日

高山戏《更上一层楼》奖状

高山戏“把式舞”表演

序

几十年前，高山戏发源地鱼龙镇比别的地方更贫穷。那个时候，支撑我们的精神支柱就是高山戏。大雪封山的日子，无法劳作的人们三三两两聚在一起一边煮罐罐茶一边唱高山戏。高山戏在我父辈的父辈们之前就已经流传了数百年，它的表演程式独具一格，唱腔音乐风格鲜明，演出故事积极向上，它承载着农人们的精神寄托，是传承久远的文化财富。

我七岁学习演戏，十九岁成为我村的“戏模子”，多次带队代表鱼龙公社参加了区、县级调演。从学艺时间算起，到今天，我与高山戏已有近七十年的渊源了。七十年弹指一挥间，人一辈子也只有一个七十年，传承人会老去，但文化不会！“高山戏是中国戏曲研究的‘活化石’”，这是对高山戏文化遗存的极高赞许。高山戏历史悠久、文化底蕴深厚是大家的共识。要不，它又怎能经受住历史潮流的大浪淘沙？我学了一辈子高山戏，到现在还是一个学生。我是老了，可高山戏却依旧像一个朝气蓬勃的小少年，有待我们去关心、去爱护。高山戏的舞台语言、服饰打扮、表演程式、唱腔音乐等诸多文化是千百年来劳动人民智慧的结晶，承传它的文化，鼓励它的成长，支持它的进步是我们的义务也是责任。

已过古稀之年的我，今后，还能为高山戏做些什么？带着责任与愧疚，在与病魔抗争的近几年里，我断断续续创作了如《家常话》《长江道上》《回娘家》等小演唱、表演唱类的一些小作品，这些作品篇幅短小，唱腔设计简单，易于群众演员们学习。

文化就要服务于人民大众，紧跟时代脉搏！宣扬真善美、鞭挞假恶丑是它的责任，这也是我创作《学习党的十八大》《圆梦歌》《母亲泪》等作品的理由。至于《老少换》《夜逃》则是我早期的作品。近些年，对传统文化感兴趣的人越来越少了，研究高山戏文化的年轻人目前也只剩下我儿子尹利宝和屈指可数的几个人。我与尹利宝共同创作了几个剧本，在舞台上展演后群众评价良好。所以，我把这几个作品也录入了这本书中。我带利宝也只能到这儿了，至于今后，他个人将怎样传承，又将如何发展，那就要看他的努力与悟性了。

人生如戏，戏如人生！我原想也就如此罢了。可是，没想到，最近几年，戏剧发展的春天却又翩然而至。2008年6月，高山戏成功申报为国家级非物质文化遗产保护项目；2015年7月，国务院办公厅印发了《关于支持戏曲传承发展的若干政策》。此年，中国文联派曹俊处长驻我村任第一书记，专门负责高山戏文化的挖掘、传承与打造——这既是国家精准扶贫的实践举措，也是中国文联对高山戏文化的关切与认同，是高山戏走向广阔天地的难得契机！

曹俊是个办事认真的高才生，有菩萨一般的好心肠，耐得住寂寞，吃得了苦头。他住我村的第二天就开始挨家挨户走访、调查上尹村贫困家庭人口，全村村民经济收入、文化程度等基本情况。他与我年龄差距近四十岁，但我们每次谈话却总能找到许多的契合点，三个月时间的交往，他成了我最年轻的朋友。这本书的出现都是让他这个忘年交给逼出来的。这些小创作原本是我平日里的偶得，本也没想着要出书。再说了，也没有条件出书，可曹俊硬是让我把这些资料整理并出版，说是给后人留一些看得着的纪念，说是要响应国家文化发展的大好形势，并亲自起名叫《尹维新作品选》。出就出吧！尽管我的水平有限，这本书的疏漏与错误也较多，但给后人留些资料不是坏事！再说，我可不想寒了我这个忘年交的一片苦心，我更不想在自己生命历程的最后拖了高山戏文化发展的后腿。

2016年3月尹维新于武都梁园村

目 录

:::艺术简介:::

尹维新，男，汉族，1943年生于鱼龙上尹村，1962年毕业于武都师范，1963年在鱼龙镇上尹小学任教，1982年借调至鱼龙乡人民公社从事文化专干工作。

尹维新是武都高山戏第五代代表性传承人，是陇南武都最有影响的高山戏“戏模子”。在高山戏文化的传承与发展中他承前启后、开拓创新，为高山戏文化的传承与发展做出了杰出的贡献。

1965年11月，武都县举行全县文艺会演，尹维新带领“武都县鱼龙上尹村高山戏业余剧团”演出了他创作、配乐、导演的高山戏《人老心红》《三宝参军》《大树底下》（由尹文绪编写）等剧目——这是高山戏进武都县城的首次演出。演出后，城乡人民反响强烈，《人老心红》获创作、表演优秀奖。会演结束，甘肃省社教工作团团长、甘肃省省委副书记王世泰让武都县把尹维新、石素珍、王正英、辛俊英、尹铎五人留下，请地区五一秦剧团导演李诺、武都一中教师樊庭祥就《人老心红》剧目的表、导、演进行了再加工。1966年元月《人老心红》参加了武都地区首届民兵、农村戏曲调演，《人老心红》被评选为优秀节目。自此，高山戏这朵开放在高寒山区的戏曲艺术奇葩终于从大山沟走了出来，受到了社会各界人士的高度关注。

1974年8月，武都县举行第二次全县农民业余文艺会演。“武都县鱼龙上尹村高山戏业余剧团”演出了由尹维新创作、配乐、导演的高山戏《夸队长》《卖余粮》《一担水》等剧目，《夸队长》《卖余粮》获得好评。

高山戏的演出“脚本”是各地“戏模子”传承、编写的“故事”。演出时“戏模子”把这些“故事”给演员介绍出来，然后根据演员自身条件分配角色，农民演员们即按基本程式即兴表演。这种原始的传承模式直到1979年随着尹维新编写的大型古典高山戏《老少换》的出现才被打破。《老少换》在区、省级刊物上的发表，预示着高山戏数百年传承中“无本演戏”的传承陋习已然消亡——具有里程碑式的深远意义。

1986年，尹维新创作、配乐并导演的高山戏《赶集》《更上一层楼》等剧目，参加了武都县举行的第三次文艺会演。《更上一层楼》获戏剧类文学作品创作、配乐、导演一等奖，演员冯林应、尹虎代、卯懂社、张佛宝等分别获表演奖。2005年，尹维新编写、配乐、导演的传统高山戏《讨账》、现代高山戏《夜逃》（尹利宝配乐），积极配合了“武都高山戏”省级非物质文化遗产申报材料的摄影、录像工作。

2007年，尹维新和尹利宝合作编写、配乐、导演的大型传统高山戏《刘四告状》和表演唱《夸生活》等为武都高山戏国家级非物质文化遗产的申报提供了丰富的文化资料，为申报的成功奠定了坚实的基础。

从20世纪60年代至今，尹维新除了自己创作了许多优秀的剧本外，经他移植、配乐、导演的高山戏剧目还有《梁秋燕》《白毛女》《红灯记》《沙家浜》《血泪仇》《穷人恨》《晓燕迎春》《一筐苹果》《审椅子》等。

尹维新不但创编剧本、导演节目，20世纪60至80年代他还在高山戏的文化传承，舞美、唱腔设计，舞台表演等方面做了许多工作。具体表现在：1. 自20世纪60年代始，尹维新培养了冯家小湾村的冯林应，张湾村的张佛宝，瓦房村的王称子等许多优秀演员——80年代后这些演员都成了自村很有名望的“戏模子”。 2. 高山戏的民间演出自尹维新开始才有了真正意义上的剧本、曲谱、配乐与舞美的设计。3. 经尹维新的不懈努力高山戏的表演终于有了女性的参与，“女人不能演戏”陋习的摒弃使高山戏的演出形式丰富多彩，使其演出质量也上了一个新的台阶。

创作剧本

老少换

时　间　古代

地　点　阶州

人　物　马成宪　须生

王媒婆　丑旦

肖甘民　小生

吴喜春　小旦

赵巧巧　老旦

杜县令　丑

县役若干

第一场

【马成宪背褡裢上。

马成宪　（唱）　人家过年大团圆，

我老马过年光旦旦。

托王婆给我搬亲事，

情礼备足肩上担。

想我马成宪——粮满仓，钱满柜，吃穿不愁好清闲，只差女娇怀里暖，做梦想娶个好续弦（二老婆）。

【圆场。

（唱）　　走了一里又一里，
过了一弯又一弯；
低头行走抬头看，王媒婆家不远在眼前。

【下。

第二场

【二幕起。王媒婆家。王媒婆兴冲冲上。

王媒婆　我，王媒婆，今晨早起，梳洗没毕，那南坪肖甘民就找上门来，央求找个媳妇！娃娃长得一红二白，像水里淘了的一样；偏偏小小就没了娘老子，穷得锅盖贴锅底，哎！话又说回来，穷归穷，那找个婆娘也还是应该的。

【肖满脸汗津津地上。

肖甘民　王媒婆，柴劈光了！

王媒婆　好！好！你真是脚勤手快的好娃娃呀！唉，就是你的事难哩！我可没办法。

肖甘民　王婆婆！你行点好，我三生不忘大恩。

王媒婆　唉，俗话说，狗捉猫，三升荞。叫鸡还要一把米哩！你连自个儿的肚子都混不饱。漫说没个合适的，就能寻一个，那活人的肠子也是要面灌的啊。

肖甘民　这个嘛，你老人家放心，只要把事办成，我，我有的是劲——

王媒婆　（旁白）我有的是“金”？！莫非这娃把办老婆子的钱也积攒下了？

（唱）　　有钱能叫鬼推磨，
终身大事我担承。
走东家，串西门，
几天就把事办成。

肖甘民 （接唱） 多谢王媒婆一片心，

有恩后报不忘情。

【肖转身欲下，马匆匆上，被肖撞个满怀。

马成宪 哪个没长眼的，往老子身上撞！

肖甘民 哎呀，请大爷起来。

【帮马捡东西，扶马起，拍土。王媒婆出。

王媒婆 啊！这不是马成宪老哥吗？快请屋里坐。

【肖下，马进屋。

马成宪 老嫂子新年好啊？

王媒婆 好着哩！好着哩！你呢？

马成宪 唉！独木难着（燃烧），独人难活。要得好，还靠你王媒婆哩！（送褡裢）

王媒婆 哎哟！太有心了，难怪我昨晚做了个好梦！（看礼物）

马成宪 （旁白）老贼婆子，不给我找个年轻貌美的，再跟你算账！

王媒婆 马老哥，为你的亲事，方方圆圆，东西南北，我跑着没歇气。

马成宪 再不要像去年那样，把个男人引来当老婆子哄我！

王媒婆 嗨嗨，那是老嫂子把你的心思没弄清，还当你要打杂跑堂的伴哩；这次嘛，就给你挑一个顶合心的人儿！只要肯花钱！

马成宪 银子有的是，给你十两。

王媒婆 十两就想摘朵花？

马成宪 只要好，五十两都成啊！

王媒婆 五十两！这还可以。那吴家坪有个姑娘，年轻漂亮，就怕不好说。

马成宪 俗话说，十媒九谎，不吹不哄不成事！

王媒婆 对，对着哩！我今儿大早正要上吴家坪，依我说，你也去看看。

马成宪 好倒好，只是我要上安家寨做桩好生意。

（唱） 天上无云不下雨，

地下无媒不成亲。
这件大事托给你，
春暖花开谢媒红。

王媒婆 （唱） 好好好，行行行，
老哥只管放宽心。
愿你命好生意好，
我再累也去吴家坪。

马成宪 实话说，我去了哇，人家一看这胡子——哈哈……

王媒婆 我把你老鬼啊！

马成宪 哈哈，只好麻烦老嫂子，我走了。

王媒婆 老少年慢走，不远送了。

【马下。

王媒婆 呸呀！把你这老不死的，年上六十还缠死缠活要年轻漂亮的哩！不尿泡尿照一照，脸上的褶子一碗麦皮都填不平了。（茶瘾发作）啊——呀呀，叫这老东西害得茶都没喝成。

【摇摇摆摆下。赵巧巧上。

赵巧巧 （唱） 失群孤雁无伴侣，
没丈夫的女人更苦情。
眼前艰辛还犹可，
将来孤身靠何人？
想托媒婆找老伴，
相依相助度光阴。
心思重重不择路，
抬头已到王媒婆家门。

赵巧巧 眼前已是王媒婆家门口，我来叫她一声："王媒婆老姐，在家吗？"

【王媒婆上。

王媒婆 又是哪个光棍汉，求他老娘来了？嗬，原来是巧巧啊，你真是个

稀客，快进来坐。你找老姐……

赵巧巧 老姐，我——求你来了。

王媒婆 （旁白）我的娘哟，马成宪想找个老伴儿，她也想找个老伴儿！（对赵）老姐妹，你来得好啊！咱姐妹俩慢慢谈谈心里话！

【赵走进。

王媒婆 （唱） 我王媒婆，本领大，
一张巧嘴哄千家。
欣喜今春财源广啊，
有吃有穿有钱花！

【王媒婆进内。

【幕落。

第三场

【野外，肖兴奋地上。

肖甘民 （唱） 前几天把王媒婆见，
她言说亲事有眉眼。
今日且去细打探，
但愿鸳鸯成对两相欢。

【内传狗叫声，吴匆匆退出，欲倒；肖上前扶住。

肖甘民 姑娘不要害怕。

【肖捡石子做打狗状。吴紧张地坐于路边石上，肖上前看。

肖甘民 （旁白）哎呀！看叫狗吓成啥样子了。（对吴）请问大姐，你到哪里去呀？

吴喜春 （羞怯）我……我到王家河。

肖甘民 嗬！正好同路，我帮你把东西提上。

吴喜春 没有啥，我自已提。

肖甘民　去走亲戚？

吴喜春　不，我是去……看戏。

肖甘民　看戏提个大笼子，可不方便啊！

吴喜春　还要去王大娘家。

肖甘民　是王媒婆？

吴喜春　嗯——

肖甘民　（高兴）我也去王媒婆家，笼子我帮你提。咱们一起走。

【肖接笼子，两人对视。

吴喜春　小伙他——

肖甘民　（旁白）这姑娘她——去王媒婆家？

吴喜春　他——

肖甘民　（旁白）莫非——她——就是王媒婆给我说的那个？

（旁唱）　姑娘她为什么步子放慢？

因何故低头默默不言？

我这里把姑娘仔细观看，

好一个美貌女叫人喜欢！

吴喜春　（旁唱）　少年他瞅着我笑容满面，

莫不是那马家少年？

那日里王媒婆把他夸赞，

巧相遇解开我心中疑团。

肖甘民　请问大姐，你家住哪里？尊姓大名？

吴喜春　吴家坪，我……叫吴喜春，不知大哥尊姓？

肖甘民　噢！喜春姐姐。我叫肖甘民，家在南坪。

吴喜春　（旁白）哎呀！家在南坪，又不姓马。我，我弄错人了！哎呀，这、这……

肖甘民　姑娘脸红耳赤，神色慌张，莫非王媒婆都给她说了？（试探地）大姐，我们南坪可是好地方啊！

吴喜春 嗯，人人都说南坪好，我……

肖甘民 你没去过？

吴喜春 我没去过。

肖甘民 你要到咱们那里一转，你就喜爱。

（唱） 人人都把南坪赞，
土地肥沃米粮川。
山清水秀人情好，
大姐一看定喜欢。

吴喜春 （旁唱） 少年他把南坪赞，
心中用意我了然。
但愿王媒婆牵红线，
求他与我来成全。

肖甘民 喜春姐姐过桥了，我来扶你。

【双双上桥，肖扶吴过桥，圆场。

吴喜春 （旁唱） 聪明精干好少年，
途中巧遇惹人欢。

肖甘民 （旁唱） 好个农家青春女，
燃起我心中火一团。

肖甘民 她——

吴喜春 他——

（同唱） 要把心意与他（她）谈，
同心偕做并蒂莲。
要把心意与她（他）谈，
双双配成巧姻缘。

（同下）

【幕落。

第四场

【幕起。王媒婆家。

【王媒婆出。

王媒婆 （唱） 亲口说定会元宵，
只来了一个赵巧巧，
其余三人怎不到？
急得我心中似火烧。

（白）这些短命鬼啊！眼看快晌午了，还不见人！

【肖、吴同上。

王媒婆 哟！这两个娃来了！

肖甘民 （拉王媒婆，轻声地）王婆婆，我们两口子一起来！

王媒婆 （旁白）看把你想得俊的！（对吴）喜春，你两个咋遇到一起了？

吴喜春 半路相遇，我们说……

王媒婆 你们都说啥来着？

吴喜春 没说啥！

【肖拉王媒婆到台前。

肖甘民 王婆婆，我看出来了，他就是我那、那口子 。

王媒婆 不对，不对，你的那口子在后头！

肖甘民 在眼前！

王媒婆 在后头！（推肖下）钱没一个，还想要她。我还要讨马成宪的银子哩！（对吴）我当你不来了，把我想着嘛。

吴喜春 那少年他……

王媒婆 我的娃呀！那家日照床，风扫地，睡下连身倒，起来不用扫。唉，你要跟他，可惜娃了。

吴喜春 那家是人干下的嘛！

王媒婆 （旁白）嗯，这味道可不对啊！喜春，你给我说实话。

【肖上。

肖甘民 王婆婆，后头只有一个老大娘给你做活哩！

王媒婆 那老大娘就不算个人吗？

（唱） 老大娘又怎么样？
一样与你配鸳鸯。
无儿无女无亲眷，
正好看门做饭汤，
结伙做伴缝衣裳。

肖甘民 （唱） 荒唐荒唐真荒唐，
小伙怎娶老婆娘？
青春如花结同心，
我爱这个好姑娘。

王媒婆 吃了灯草哩，说了个轻巧，拿来——（伸手）

肖甘民 啥？

王媒婆 银子——五十两！

肖甘民 你莫为难人嘛！

王媒婆 没钱就难，人家马成宪有的是钱哩！

【马成宪应声上。

马成宪 来了，来了，老嫂子叫我哩。

【肖生气地站一边。

王媒婆 我的娘呀！才说哩，你就来了，真是有福的老、老、老小伙子哟！你看——（指吴）咋着呢？

马成宪 老嫂子啊，是她？

（唱） 好一个天生美貌女，
看得我心上着了迷。
老马我老来福气大，
迎了朵牡丹娇滴滴。

捧上白银五十两，
有情后补莫嫌弃。

王媒婆 （唱） 白银一锭明晃晃，
喜得我走路打癫狂。
双手接过怀中揣，
你老哥有钱就是强。
你坐你坐，我倒茶来！

马成宪 嗬！我坐啊，那少年走开，我——哈哈，要坐了。

王媒婆 哎呀，马老哥你可要坐得稳稳当当，莫把手中鹦哥吓跑了。

马成宪 啊对，啊对，稳当点坐。

王媒婆 不要笑！

马成宪 对，装个秀才，不笑。

【马坐吴身边，吴起，走至肖身边，马盯吴。

吴喜春 （起身至王）大娘，这个老汉是干啥的？

王媒婆 （结舌）他——闲转门儿的，你害怕吗？

吴喜春 这个老汉不正经，只顾往人脸上瞅哩！

王媒婆 看看看，我的娃呀，往你脸上瞅一下，就把你瞅下一块子了？

吴喜春 嘴努得像猪八戒，叫人坐都坐不住。

王媒婆 怕啥哩嘛！屋里这么多的人，他能把你吃了？

吴喜春 大娘，我们走家！

王媒婆 和谁？

吴喜春 （指肖）他。

王媒婆 先莫忙！我还没安顿好哩。你先进屋里面歇会儿。走，我的娃，里面炕热得很！别急别急。（拉吴下，急转身到台前）哎，这一下把烂面擀下了！

（唱） 说媒混口几十年，
哪有今日人作难。

一只鸡娃两只鹰，
给了这个那个馋。
有心撒手不去管，
用了人家许多钱。
有心颠倒两相配，
乱点鸳鸯也麻烦。

（白）唉，吃人的茶饭毒人的药，要人的钱财捆人的索啊！那两个死娃娃半路上把肠肚都倒出来了，叫我咋脱身哩嘛！（想）有了，（做偷梁换柱的动作）你们都看着，有好戏唱哩！

【高兴下，引赵、吴上。

王媒婆 （对赵）看着了吗？跟上那个财神爷，有你享的老来福呢！

赵巧巧 谢老姐，多亏你了。

王媒婆 喜春！（指肖）看他又年轻，又精灵，又标致，又能干，大娘我没哄你吧？

吴喜春 多亏大娘。

王媒婆 嘿嘿！死女子，前一晌我就跑上门给你说了，那是打上灯笼都找不到啊，今儿信了吧！不要忘了给大娘做花鞋来啊！哈哈哈——

【吴笑着退后，马上前。

马成宪 老嫂子，姑娘的心咋着哩？跟我不跟？

王媒婆 她心思好得很，不跟你老少年，跟谁啊？

马成宪 娘哟——她就是我的了。

王媒婆 对着哩啊，她不是你的还是我的不成？正经点，不要高兴得太早了。

马成宪 是是是，我正经得很着哩！老嫂子，那个老婆子是做啥的呀？

王媒婆 看把你个老少年，光你要婆娘，不兴人家找男人？

马成宪 啊——哈哈——我晓得了，你给她拉了个小伙子。好，好，好！很像小伙子他老娘。哈哈哈——

王媒婆 不要嚼舌根子，叫人听着拔你的胡子。

马成宪 不吵了，不吵了，我听老嫂子的话。哎，老嫂子，我们走了。

王媒婆 哈哈哈——看把你给急的。我还没安顿好哩，坐着去吧！

马成宪 不急不急，我坐着等你安顿。

王媒婆 甘民，来，我的娃，还生气着呢？人家给个针，你就当棒槌使哩！你没看，我给人家老马说下的老伴儿现成着哩。

肖甘民 我早就想着王婆婆哪会哄我哩。

王媒婆 王婆婆没人背柴你是晓得的。

肖甘民 我背，我背。

王媒婆 对，对，对，给我要多背柴。不要有了老婆，忘了媒婆。

王媒婆 娃是厚道人，忘不了他王婆婆。（对马）马老哥，你和你的巧巧今后可要好好生活啊！

马成宪 记下了，记下了。我和巧巧不会忘了老嫂嫂的。哈哈哈！

王媒婆 马老哥，甘民狗娃，我把话先说清楚，你们可都是两厢情愿的啊。

马成宪
肖甘民 （合）情愿的，情愿的。

王媒婆 事过之后可别找我媒人的麻烦！

马成宪
肖甘民 （合）岂敢！岂敢！

王媒婆 那你们就都回去吧，让老大走前面。

【马、肖、吴、赵四人同出门。

王媒婆 你们慢走啊——

马成宪 谢老嫂子了。

赵巧巧 多谢老姐。

肖甘民
吴喜春 难为大娘了。

【四人下。

王媒婆 口是扁的，嘴是软的，舌头是卷的。哈哈哈——天上的星星多，地下的能人多。能人多，能人少，有谁能能过我王媒婆啦！哈哈哈——（王下）。

【野外，马、肖、吴、赵四人上。

马成宪
肖甘民 （唱） 正月里看灯花儿朵朵黄，
老马我心里喜洋洋。

肖甘民 （唱） 喜鹊枝头喳喳唱，
夫妻情义似水长。

马成宪 小伙子，你们等着，我打壶酒来，咱们喝几口解解乏。（急下）

肖甘民 我们不会喝，大娘，这——他——

赵巧巧 就少喝点吧！你大爷今儿个高兴！

吴喜春 大娘，我们都不会喝酒，我们就不等了。

肖甘民 大娘，代我俩谢谢马大爷，我们先走了。

赵巧巧 那你们就先走吧。

【赵送肖甘民、吴喜春下，坐于路旁树下休息。

【马成宪提着酒壶兴高采烈地上。

马成宪 好酒，好酒。哎？人呢？

赵巧巧 走了，等不住你，走了。

马成宪 走哪里去了？

赵巧巧 回家了。

马成宪 我的老婆子呢？

赵巧巧 啊？还有哪个是你老婆？

马成宪 就是那个小姑娘啊！

赵巧巧 那咋是你的？

马成宪 不是我的还是谁的？

赵巧巧 那是人家小伙子的。

马成宪 那——你是谁的?

赵巧巧 我?

马成宪 臭婆娘，一块儿走了半天，连自个儿男人都没认下。

赵巧巧 唉，我等你着哩。

马成宪 啊，我才明白了，那个短命死的，他把我老婆拐跑了。

（唱） 我三番五次把钱花，
才找了一朵牡丹花。
小东西缺德不像话，
我要与他找麻达!

赵巧巧 你要跟谁找麻达啊?

马成宪 跟肖甘民，还有你!

赵巧巧 啊?！还有我?

马成宪 你你你！你嫌他穷！不跟！哼，你都跑不脱!

赵巧巧 老杂毛子，你抓我咋哩？我才不跑!

马成宪 走，追那小伙去！走快！走快！（追下）

【肖、吴兴高采烈上。

肖甘民
吴喜春 （合唱） 一轮红日金艳艳，
彩云朵朵映山川。
人逢喜事精神爽，
夫妻双双回家园。

肖甘民 （唱） 回家去——
我耕耘犁耙种好田;

吴喜春 （唱） 我担水做饭勤纺棉;

肖甘民 （唱） 夫妻和睦勤又俭;

吴喜春 （唱） 相亲相爱苦也甜;

肖甘民 （唱） 心心相连向前干,

肖甘民 （唱） 起早——

吴喜春 （唱） 晚睡——

（合唱） 不偷闲——

幸福花儿开不败，

欢欢喜喜到百年，

到百年——

【马匆匆上。

马成宪 （唱） 肖家娃娃且慢走，

哄骗拐带不体面。

我好心请你把酒饮，

你勾引我妻理不端。

【赵上。

赵巧巧 （唱） 赶得我心跳气又喘，

四肢无力行路难。

肖甘民 马大爷，你的老婆在你后面跟着哩，为啥说我勾引她？

马成宪 呸！你把事都做下了，还假装正经，这不是我的妻子吗？

（唱） 小娇女呀你睁眼看，

这是一个穷光蛋，

快快跟我把家转，

有你吃来有你穿。

【马拉吴。

吴喜春 走开！

（唱） 有吃有穿我不羡，

看你钱财比水淡；

哪里来的死老汉，

无故拉扯为哪般？

马成宪 （唱） 骂声贱妇好大胆，

竟敢撒泼骂老汉。

肖甘民 （唱） 她骂老汉理没欠，

问你为何胡乱缠？

马成宪 （唱） 你莫火上把油添，

我骂我妻理当然。

肖甘民 （唱） 骂声老贼不要脸，

抢夺我妻理不端！

赵巧巧 （唱） 你瞧瞧水影把自家看，

好个不知羞耻的马老汉。

马成宪 （唱） 你你你给我靠边站，

我要与他、她去见官。

肖甘民 谁还怕你哩？

赵巧巧 算了算了，晓不得伤脸吗？

肖甘民 大娘，别害怕，走，官是人见的。

马成宪 老乞婆你去不去？

众 走！

【众拉拉扯扯下。

【幕落。

第五场

【幕起。县衙。县令，人役上。

杜县令 （念）三字经，我会念，百家姓，我会看，“学而时习之”读了没一半，数载寒窗，坐得我心慌意乱；多亏我爹有钱，给咱买了个小小的知县；嗨嗨，有嘴我会辩，有眼我会看。当了知县，两年有半，大小官司，判了几件？（问人役）

人　役 大人，这个……

杜县令 嗨嗨，这个你们都不记得了。拿酒来。

【坐堂。告状的四人上。

马成宪 大人，告状。

杜知县 呸！你跟我要账？

马成宪 大人，我是告状，不是要账。

杜县令 嗬，你是告状的。叫什么？告何人？

马成宪 我叫马成宪，状告肖甘民。

杜县令 肖甘民在也不在？

肖甘民 大人，小的在哩。

杜县令 嗬，都在哩。歪木头弹三线，老婆舌只怕三对面。好办好办，马成宪，你告肖甘民因甚缘故？讲来。

马成宪 他大白天勾引我的女人就跑了！大人，你说怪不怪？

杜县令 不怪、不怪，世上怪事多得很哩！噢，也怪啊：少年他自有少年妻，为何勾引你的妻？

马成宪 那不是他的妻子，是我的……

杜县令 嗬，我明白了，是他勾引你的女子，你不爱这个女婿，是也不是？

马成宪 不是，不是。

杜县令 没给够彩礼，是也不是？

马成宪 不是，大人，这是他的……

杜县令 我看得明白，那是你的妻子，他的丈母娘。

马成宪 不是，不是，这是他的婆娘（指赵）

杜县令 肖甘民！

肖甘民 大人，老爷，小的听着哩。

杜县令 你看看，这两个娃咋弄着哩，把你老丈人都气糊涂了嘛！

肖甘民 禀告大人，这是我的妻子。（指吴）

杜县令 我看得明白。

肖甘民 那是他的老婆子。（指赵）

杜县令 我也看得明白。

肖甘民 那马成宪……

杜县令 我看得明白。哎，你好生无礼，该打板子了，为何叫你丈人的名字？

肖甘民 他不是我丈人。

杜县令 啊？我不明白了，马成宪不是你丈人？

肖甘民 不是的。

杜县令 那老妇人也不是你的丈母娘？

肖甘民 不是的。

杜县令 这个——那么，那老妇人是马成宪的姐姐？妹妹？

肖甘民 不是的，赵大娘是王媒婆给马老汉说下的老伴儿。

杜县令 噢，原来还是个老新媳妇。小是夫妻老是伴。这对着哩嘛！

肖甘民 我的妻子也是王媒婆给我说下的。

杜知县 这王媒婆倒也有功，对着哩嘛！

马成宪 大人啊，不对，不对，他把你哄了，叫他们滚。

杜知县 叫他们滚了？叫他们滚了这案子咋办？

马成宪 那真是王媒婆给我说下的。王媒婆把我的钱都用上了。

杜知县 老混账！没钱，谁白跑腿？王媒婆说的是哪个来？

马成宪 小的那个！

吴喜春 你胡嚼舌根子！

杜知县 哈哈哈！呸！老头想娶娃娃妻！嗨！你听着，我问问，小姑娘，哪个是你的心上人？

马成宪 你快说啊！说我是你的心上人！

肖甘民 叫她说，没叫你说，看把你给急死家。

杜知县 再不说，我把你判给马老汉，看你怕不怕。哈哈哈！

吴喜春 大人，（指肖甘民）是他，他是的。

杜知县 看看看，老马想吃嫩草，听见了没？

马成宪 大人，她坏了良心，你可要明断啊！

杜知县 要判，要判。小姑娘，你叫什么名字？

吴喜春 大人，民女叫喜春。

马成宪 哎呀！大人，她叫巧巧，她又哄你了。

杜知县 莫乱吵！你巧她不巧，多大了？

吴喜春 民女十七。

杜知县 小伙多大了？

肖甘民 小的十八。

杜知县 十七十八，正合缘法。去吧！

肖甘民 谢大老爷！

【肖、吴起身欲下。

杜知县 回来，回来，回去好好给老爷我传个美名儿，晓得了吗？

肖甘民 晓得了。

【肖、吴高兴下。

杜知县 老妇人叫什么名字？

赵巧巧 我叫巧巧。

杜知县 看看看，这不是你的巧巧吗！你这匹老马，耳朵不行了。巧巧多大了？

赵巧巧 五十岁。

杜知县 老马，你青春几何？

马成宪 六十。

杜知县 五十、六十配了个扎实。去去去！

马成宪 我的娘娘哟！

赵巧巧 我等你着哩。

马成宪 啊——你——

赵巧巧 天都快黑了，快回家吧！

马成宪 啊！我冤屈啊——

人　役 乱喊个屁！老子站了多半天比你还冤屈。滚！不滚我（欲打）可要——

马成宪 （大呼）哎哟——我的巧巧哎！

赵巧巧 在哩！在哩！老马哟——走，走，快，走了。

【赵拉马下。

钉　缸

尹维新　尹利宝

时　间　阳春三月

地　点　孔堤县王家坪

人　物　吕文文　　小炉匠　　小生

王大娘　　中年妇女　　老旦

王小香　　王大娘闺女　　小旦

【幕起，王家坪山岳连绵，青松翠柏，村里树木葱茏、桃红柳绿。

【王大娘家的房屋建在山脚之下，房前有一棵大柳树，树下有一石墩，石墩上放有簸箕，簸箕里盛满玉米粒。

【王大娘腰系围裙，兴致勃勃上。

王大娘　（唱）　阳春三月好风光，

满园桃花扑鼻香。

枝头喜鹊喳喳叫，

蜜蜂却为采花忙。

哈哈哈——我就是王家坪的王大娘哎——（对观众）啥？你们问我干啥着哩？哦——我呀，一个妇道人家能干啥？还不就是拾柴磨面、背土垫圈，上厅堂下厨房，屋里屋外都要忙！唉！我命苦！几年前自我那口子去了后，啥重担都落在我身上了。好在我那闺女儿懂事、听话，不给我惹乱子。哦——说起我那小香闺女啊！啧啧——那可是我打心的锤锤子护心的油啊！娃心地善良，模样儿——啧啧啧！这几年娃出落得像水里淘了的样，模样儿那俊的，啧啧！比十年前的我可要好看多了！那赛不了潘安、胜不了宋玉的男娃儿啊，多看我娃一眼啊——想都别想！

【鸡鸣、鸭叫声。

王大娘 嗨——这成天忙啥着哩哎，鸡、鸭都没喂哩！（对着鸡）你莫叫，你莫叫。（对内）小香——快抓把食来！鸡都围着我身子乱叫哩！

【内，小香应答“来了”，小香端着鸡食上。

小　香 （一边喂食，一边说）娘——你把那石墩上的玉米粒给抓一把嘛！

王大娘 嗨——鸡聪明得很，能吃，早吃了。这些东西都晓得嫌粗粮哩！

【王大娘抓起树下簸箕里的玉米给鸭喂食，母女俩一阵忙活。

小　香 娘！玉米晒好了要装缸，咱家那口缸又破了，你也不找个炉匠修一修。

王大娘 这几天娘不是有事吗！

小　香 娘！今儿个就逢集。你去集上看看，如有小炉匠可请来钉一下缸。

王大娘 不知道有没有炉匠。

小　香 娘！

（唱）　　每年三月二十六，
　　　　　人山人海聚街头，
　　　　　买卖往来啥都有，
　　　　　何须为缸犯了愁？

王大娘 哈哈哈——我可真是缸里头活人着哩！我还以为过几天才二十六哩。

（唱）　　我娃在家看好门，
　　　　　为娘赶集上街寻，
　　　　　一请炉匠把缸钉，
　　　　　二买蔬菜转回程。

好好好，娘这就去。去，到屋里给我拿笼笼儿去。

小　香　唉！

【小香从屋里取出竹笼和自己的针线，一个交给母亲，一个自己拿着。

小　香　给，娘。快去快回！

王大娘　好好好！娘去去就回。（欲下）

小　香　（指腰里系着的围裙）娘，你看！

王大娘　哈哈哈——看！娘这可真个是老糊涂了！（解围裙）给，拿上，娘走了。

【目送，端凳子，坐在树下做针线活。

【幕后伴唱。

春风送来缕缕香，
小香坐在柳树旁。
飞针走线绣花忙，
莲花叶儿浮水上。
先绣清清水波浪，
再绣几朵莲叶黄，
风吹荷花点头笑，
上有蝴蝶飞得忙。
后绣一对小鸳鸯，
鸳鸯戏水影成双，
鸳鸯情深花解意，
情物要送有情郎。

【由远及近传来拨浪鼓与“钉缸了！”的吆喝声。

【吕文文肩挑扁担，手持拨浪鼓叫喊着上。

吕文文　焊锅了——补缸了——哎——

（唱）　　肩上挑个小炉箱，

手持拨浪鼓转四方，

转四方，寻市场，

炉匠手艺美名扬。

【小香起身，闻声观望。

吕文文 嗨——今天咋搞得就没个生意做。（擦汗、坐在炉箱上）待我休息休息。

小　香 （唱）

忽听院外喊声亮，

急忙起身看端详。

为何不见老娘在，

却见少年坐路旁？

待我问个明白。（上前）哎！那位客人，你可来了。

吕文文 嗯！我来了。

【吕文文回答着转过头来和小香四目相对，两人不禁有些惊异。

吕文文 （自语）怪怪怪，这儿怎有生得如此美貌的姑娘来？！

小　香 （自语）怪怪怪，怎么有如此俊俏的炉匠来？！

【吕文文呆看小香，小香有些不自在起来。

小　香 哎！我问你，我娘呢？为何不见？

吕文文 （半晌才回过神来）你娘不见了？我岂知道。

小　香 我娘不是请你去了？

吕文文 请我去了？

小　香 是啊！你不是小炉匠吗？

吕文文 就是，我就是小炉匠。

小　香 那你从何处而来？

我嘛——

（数板）

今日街头逢大会，

我今挑担赶会来，

十字路口没买卖，

信步转到乡下来。

过了北裕河，

翻了仓河坡，

来到王坪上，

钉缸又补锅。

谁家若有活，

拿来我都做。

大姐姐家里可有活？

小　香　哦——我家里正好破了一个缸，不知你能不能钉。

吕文文　哈哈哈——大姐哎！你不是就钉个缸嘛！

（唱）　没有打虎艺，

岂敢进深山。

不会钉破缸，

怎敢转四方？

（数板）你若有破锅、破碟、破碗、破缸都拿来，还有那水壶、铁勺、破瓷脸盆都抱上。可焊即焊，能钉即钉，钉个巴儿，铸个缝儿，保证修好，让你欢畅，如个意儿。

小　香　（唱）　好一个伶牙俐齿的小炉匠，

口气不小敢逞强。

不知本领怎么样？

今日倒要看端详。

吕文文　大姐，把你家破缸搬来，我来钉。

小　香　哎呀，我可搬不动，要等我娘赶集回来才成。

吕文文　家中再无别人？

小　香　家中只有老娘和我，无别人。

吕文文　那我帮你搬。

小　香　这——

吕文文 害怕我拿你家东西？

小　香 没有，没有，（难为情地）只是——只是——

吕文文 只是啥？

小　香 只是怕麻烦了你。

吕文文 不麻烦，不麻烦。

【二人进屋，搬出缸来。吕文文坐，开始钉缸，小香在一旁观看。

【幕后伴唱。

桃花树头喜鹊唱，
柳树底下人一双。
绣花姑娘不绣花，
凤眼单看小炉匠。
小炉匠啊小炉匠，
姑娘望你动情肠，
为何不叫把手帮？
为何迟迟口不张？

吕文文 哎！大姐，给口开水好吗？

小　香 （正看着出神，突然听到叫喊，半晌回过神来）噢！有有有！我给你倒，我这就给你倒去。（下）

【小香倒水出，小炉匠接杯子时与小香双手一碰，两人心跳不已。

吕文文 多谢大姐，请问你家姨娘何时归程？

小　香 你是说我娘？

吕文文 嗯！

小　香 我不知道，怕是还在寻炉匠着哩！

吕文文 我不是来了吗，她还寻谁？

小　香 我娘又没见着你，她如何晓得你来？

吕文文 哦——对对对！（自语）那就难了。

小　香 你说啥？

吕文文 我是说——我是说，那就有点难了。

小　香 啥难了？

吕文文 大姐，你看钉了半天，小问题解决了，可要让缸经久耐用还得给这缸箍个圈哩！

小　香 那你就箍吧！

吕文文 可我得有个帮手。

小　香 那我帮你！

吕文文 你能行？

小　香 为何不行？

吕文文 我说大姐，你家真就你母女俩？

小　香 真就我俩。

吕文文 所言不假？

小　香 为何有假？（自语）小炉匠为何只顾问我家人？他，难道？有歹心？他难道——娘不在家且让我听他如何再问。

吕文文 大姐姐，我有话不知当讲不当讲？

小　香 你当讲就讲得，不当讲就不讲了！

吕文文 姐姐哎——

（唱）　　想你母女度时光，
　　　　　难免有些不周详。
　　　　　天阴下雨挑水难，
　　　　　耕地种田辛苦忙。
　　　　　我乡有个少年郎，
　　　　　给我托下事一桩，
　　　　　倘若遇见合适亲，
　　　　　让我说媒尽力量。

小　香 （松了口气，有些害羞地）（自语）原来是这样！

（唱）　　炉匠不必多言讲，

我不出嫁去他乡。
在家要把娘供养，
母女早就有主张。

吕文文 （唱） 俏姑娘，且莫慌，
此人正无父母娘。
只是单身度时光，
招赘愿把女婿当。
要问少年啥长相，
正好与我同年同岁同高同胖同模样。
两家三人合一家，
确是美事一大桩。
不知姑娘是何意，
仔细想来慢思量。

小　香 （背唱） 他煞费心思来言讲，
小香我句句听周详，
分明说的就是他，
却说是乡亲少年郎。
我低头不语细观望，
他确是肩宽体壮、落落大方、两眼放光、一表人才的少年郎。
我——我——我——
我若与他百年好，
岂不叫人喜眉梢。
我若与他结了伴，
有了依靠心安然。

炉匠，我娘快回来了。你，你，你快给我家缸箍圈吧。

吕文文 你要给我帮忙哩！

小　香 帮帮帮，我给你帮！

【两人一齐箍圈，小香荷包丢在地上，吕文文看见，捡起，把荷包装在衣兜里。

【王大娘手提竹篮上。

（唱） 匆匆赶到大街上，
四处寻找小炉匠。
人山人海找不上，
买菜回到家门上。

【发现吕文文和小香在箍缸。

哎——找了半天都找不到小炉匠，这会咋在我家门口干活哩？（欲上前询问，看他二人配合默契，神情专注，甚是惊异）他们这——他们这——

【王大娘大声咳嗽了几声，吕文文、小香闻声散开。

王大娘 哎哟——我说这是哪里冒出来的小炉匠啊？（看着小香）还瞒着我捉迷藏哩——

小　香 娘！你回来了？人家刚来不久。

王大娘 刚来不久？刚来不久缸都快箍好了？

吕文文 （上前，行礼）大娘好！

王大娘 （仔细看着小炉匠）好？好？（旁白）再好一下我的女儿都快叫你给骗走了！（自语）不过，这小娃看着倒还面善，眉清目秀的也不招人厌。（看看小炉匠，看着缸）啧啧——看你年纪轻轻还有这般手艺！好！钉得好！哎？小香，傻愣着干吗？还不快给倒杯水去？

小　香 唉！（下）

吕文文 谢大娘！水我喝过了。

王大娘 哦——饭也吃过了？

吕文文 饭没哩。

王大娘 哦——

【小香端水上，王大娘从手里夺过水杯。

王大娘 （假装生气地）人家早喝过了！老娘赶了一程儿路，口都渴着裂开了缝，也没人晓得倒杯水。（大口喝了一口）哎哟哟——烫死了！（欲打小香，小香躲在一边）这死娃娃！你不给喝了就算了，还把娘谋害死不成？

【吕文文、小香想笑都不敢笑，只好捂住嘴在一旁观看。

王大娘 （看着他俩，嗔怪）又不是烫的你俩，你们捂嘴干啥？

吕文文 大娘，我们正箍圈哩，你家缸太大，（指小香）她的手劲太小所以圈还没箍好。

王大娘 哦——（指着小香）这么大的人了连这忙都帮不上！去，做饭去！我来帮。

【小炉匠转身坐在缸边开始拾掇。

小　香 唉！（转身欲走，又回过头来）娘！做啥饭哩？

王大娘 （唱）　　你可真个气死我，
　　　　　　遇上急事主意没。
　　　　　　快去把那油饼烙，
　　　　　　多打荷包蛋，油水要放多。

适量放调和，洋芋片、豆腐点、青菜秆切得要顺眼！

小　香 唉——

【小香下，小炉匠起身。

吕文文 大娘，小炉匠整日出门在外，啥人都遇过，脸势看多了，哪有像你这般热情的人啊。

王大娘 看这娃嘴上像擦了蜜！出门人都不容易，你出了力做了活，若连饭都吃不饱、吃不好你娘老子在家哪能放心得下？

吕文文 大娘，我若有娘老子也不这样四处漂泊了。

王大娘 怎么？你没有亲人？

吕文文 嗯，就我一人，做这些活计只为混口度日。

王大娘 那你老家在哪里？

吕文文 吕河坝。六年前家乡闹洪灾，全村啥都淌完了。

王大娘 那你？

吕文文 我正好到远方的朋友家去了，捡了一条命。

王大娘 哦——娃，莫说了，莫说了。

（背唱） 听这娃儿把身世讲，
不由我内心悲伤。
你看他，人机灵肩宽体壮，
却不幸，无家归流落四方。
我看他和我娃似有意，
却不知这娃怎思量，
且让我先去问小香，
再试探这娃才周详。

哎，我说娃儿，天还早着哩，你别着急。我看饭做得快了没，吃过了再钉！吃过了再钉！（下）

【吕文文起身，望着王大娘的身影。

吕文文 （纳闷）唉——

（唱） 一年一度转四方，
无依无靠度时光，
今日转到王坪上，
遇见热情母女俩，
深情厚爱让人敬，
不由叫我动衷肠，
有心要把情意表，
不知大娘何主张？
左右为难心头慌，
前思后想难开腔，

有心下次再商量，
这种机会难遇上。

吕文文 （看缸，若有所悟地）哈！有了。

（唱） 我不钉缸砸破缸，
惹下风波再思量。
生出枝节慢慢讲，
话里听话有主张。

【“咣当”一声，缸破了。

吕文文 哎哟——不好，大娘，你快出来看啊。

王大娘 （急上）咋了？咋了？

吕文文 砸了！

王大娘 哪里砸了？（看吕文文的手和腿）伤得重哩不？

吕文文 大娘，我——我把缸不小心砸了。

王大娘 （旁白）这下好了，老娘我今儿有话茬了。（对吕文文）哎哟——我把你个尕炉匠，你咋把我的缸给砸了？你——你——你给我赔！

吕文文 （唱） 开口叫声王大娘，
今日怪我太慌张。
粗心砸了你的缸，
改日赔缸送门上。

王大娘 （唱） 叫声尕炉匠，
谁叫你砸我的缸？
改日赔缸我不让，
今日就要赔我缸。

吕文文 （唱） 叫声王大娘，
请你听端详，
砸烂你的麻籽缸，

与你赔个明光光。

王大娘 （唱） 叫声小炉匠，

你说话好比唱。

我不要那明光光（指好缸），

我就要我的麻籽缸。

吕文文 （唱） 再叫王大娘，

请你莫要慌。

砸烂旧缸赔新缸，

新缸不要赔银两。

王大娘 哎哟——你真说的比唱的好听！我啥缸都不要，就要我的原旧缸。

吕文文 大娘哎——你咋突然间变得不讲道理起来了？

王大娘 大娘？你现在叫我亲娘都不成！

吕文文 不成？不成了告去！

王大娘 哈哈哈——

（唱） 她大舅县衙是知县，

她二舅县衙是师爷，

她三舅把那状师任，

她四舅是那捕快头。

哼！还怕告不倒你？

吕文文 哈哈哈——大娘！

（唱） 我堂哥京都当宰相，

二哥官小是都堂。

三哥做州官，

四哥县衙门里坐正堂。

五哥会拳棒，

六哥管钱庄。

七哥是大夫，
八哥会木匠。
九哥会打铁还会泥水匠，
只有老十我最小
只是一个小炉匠。
五湖任我闯，
四海随我往。
我无爹无老娘，
无儿无妻房，
你要状告我，
要去奔哪方？

王大娘 哎哟——好个伶牙俐齿的娃！我几个娃她舅，倒引出你这么多当官的、耍拳的、乱七八糟做活的堂哥来！你编了这一通是吓唬你老娘哩？老娘还不认这个账！哼！你——你不赔，（看看炉匠的炉箱、扁担等物件）老娘我就把它们扣下来。（转身去拿炉匠物件）

吕文文 （旁白）哎哟！这随便开个玩笑，难道真闯下祸了？（对王大娘）我是开玩笑的啊！（看情况不妙急忙上前阻挡）大娘！哎哟——大娘！这可是我过日子的命根子啊！你把它们扣下那你是不想让我活命哩！你不能拿，你不能拿——

【吕文文上前夺箱子，和王大娘一来一往抢夺时王大娘倒地。

王大娘 （王大娘跌倒）哎哟——好你个贼炉匠！你——你——你把老娘的腰闪断了。

吕文文 （急忙上前，一边扶王大娘一边给揉腰）大娘——我的亲娘哎——你就饶了我吧！

【吕文文扶王大娘时怀中的荷包掉在了地上。

王大娘 （假装腰被闪，正在享受吕文文的按摩）哎——对，就这儿揉揉，哎——往上，死娃娃，太上去了，往右，对往右一点。（突然发现了地上的荷包，立即弯腰捡起）别揉了！别揉了！这——这是啥？

【小香出。

小　香　娘——你们是咋了，屋里听着闹哄哄的？

王大娘　（手拿荷包，看着女儿问）这是啥？这是谁的？

小　香　我的。

王大娘　我晓得是你的！

王大娘　（对到吕文文跟前）这是谁的？

吕文文　我的。

王大娘　你的？

吕文文　嗯！我丢在地上，你方才捡起来了，不是我的是谁的？

王大娘　（对小香）你的？（对吕文文）你的？哎哟——一个物件两个主。你俩这不是戏弄老娘哩！

小　香　娘——没的那回事！

王大娘　没的事？这做了几个月的情物都送上了，还没的事！（旁白）我这不是瞎操心嘛！

小　香　娘——是小炉匠他——

【小香满脸羞涩地站在树边。

吕文文　大娘！是我——我捡的——

王大娘　捡的？你墙上找镜儿，炕上寻被儿里！捡的？你再捡个给老娘瞧瞧？

吕文文　大娘，我——

小　香　娘，我——

王大娘　你们啥都别说了，（看着吕文文）小炉匠，你砸了我的麻籽缸，兜里还把荷包装，你可会谋划得很啊——我问你，你可是真心到我家的？

吕文文　大娘，到你家？

王大娘 啊——

吕文文 （看机会来了，万分激动）大娘我真心得很啊！

王大娘 啥？

吕文文 （忽有所悟地）娘——你娃我真心得很啊——

王大娘 哈哈哈——这还差不多。你这娃这脑壳着实聪明。为娘就看上你这点。走！（看着羞涩的小香）傻丫头，吃饭走！（欲下，突然对吕文文）哦——我说娃儿，明儿个把你那当宰相的堂大哥、当都堂的堂二哥、会木匠的八哥们都叫来，咱们亲戚们总得见个面，商量着也好给你们办喜事！哈哈哈——

吕文文 娘，你别挖苦我了，我哪有那么吃劲（厉害）的亲戚哩——

王大娘 哈哈哈——

刘四告状

尹维新　尹利宝

时　间　古代

地　点　米尖山

人　物　刘　四　丑

苦芥子　老旦

王玉莲　小旦

知　县　丑官

衙　役

第一场

【山村，傍晚，鸡犬相闻。

【刘四沿着羊肠小路歪歪斜斜上。

刘　四　（唱）　正月里来正月连，

养下的儿子好要钱，

晚上要到鸡儿叫哎娘娘哟，

白天要到哎日头落。

哈哈哈——众人爷们（指观众）好！我姓刘名四，叫刘四。这几天，着（让）我把我娘给我卖猪娃娃的钱给要输了。钱输了、心酸了、我就不敢回家了，一遛筹（一阵阵）我就跑着（到）这达（这儿）了。大过年的，趁此机会我给（手指观众）我太爷、太婆、大嫂子、小姨子、二姑夫、三姑妈拜个年。祝大家在新的一年里做官的官运亨通，步步高升；务农的、教子的、贩盐的、卖米的（口齿不清，越说越慢）要单的给单，要双的给双（倒地）。

【刘四在台子一侧昏睡。刘母上。

刘　母　（高声喊叫）刘四——刘四——刘四！（自语）狗食，三天三夜没回家了，不晓得咋咋去了。哎——四儿——四儿（恰被熟睡的刘四绊倒）我娘娘哟！（转身一看大惊）哎哟——这，狗食！你看！这可把夜给熬下了！这都谁着（到）路上了。（轻声叫）四儿——四儿！（刘四不应）四儿！（久喊不应，刘母忽有所悟地）刘四！押钱了！

刘　四　（在睡梦中起身应答）押！押！押十串！

刘　母　（刘母揪住刘四的耳朵生气地）押！押！押！我让你押！我让你押！你这狗食，好吃懒做，一天就知道个赌。我，我把你打死算了！（打刘四，刘四四下里躲闪）

刘　四　娘——娘——你可打我着咋哩啦？

刘　母　咋哩？我问你，我让你买的猪娃娃呢？

刘　四　大猪儿还没养下哩！

刘　母　那买猪娃娃的二十串钱呢？

刘　四　娘！我可（同“又”）给输了！

刘　母　啊？输了？我把你这个天报的（上天惩罚的）哎——那可是我买猪娃子（小猪）的钱啊——我、我、我把你打死哩！

刘　四　（边跑边说）娘、娘，我的亲娘哎——我可是你打心的锤锤子，护心的油啊（心肝宝贝）！你把我打死，谁可养活你哩啊？

刘　母　哎哟——我把你“天杀的”，那可是我攒了半年的钱啊。我——我——

【刘母昏倒在一旁，刘四急上前扶住。

刘　四　娘——娘——你可死不得啊！你死了，我可没人管了。

刘　母　我——我死了一了百了，（推刘四）你走，你要去！你要去！那才是你的正道。

刘　四　娘，娘，不要了！不要了！你娃我再要，那就——十冬腊月让雷打，五黄六月着（让）雪砸，睡在床上把腰闪，吃着撑死都没人管……

刘　母　你狗食，咒都赌了几百遍了，谁信？

【刘四扶刘母时又摸着了几串钱，刘四兴高采烈。

刘　四　娘——娘，你还有钱哩，你咋骗我哩？

刘　母　（见钱被偷，大惊失色）哎哟哟——我的天哪，狗食，那可是我的护身钱啊——你把它给我！

【刘母与刘四抢夺，刘母倒地，刘四捡起钱转身就跑。

刘　四　娘——娘——你放心，我捞本钱去！我捞点本钱就回来了！（急下）

刘　母　（慢慢起身）我的老天爷哎——我咋命这么苦啊！你走！你走！你走了就没我这个娘了。这个家都让你踢腾完了，我还守啥着哩！

【幕后伴唱。

【刘母踉踉跄跄下。

第二场

【秋风萧瑟，落叶满地。刘母衣衫褴褛手拄拐杖上。

刘　母　（唱）　好苦哟——哟嗬哟嗬咦——

可怜（的家）哟哎，

可（的）哎怜。

实要可（的）哎怜哎哟嗬嗬咦——

老婆我生来好苦命，

丈夫早早命归阴，
饥寒交迫度残生，
留下一儿是祸根，
输完牛马输家产，
房内房外全输空。

【刘母饥寒难耐，倒地。

【王玉莲上。

王玉莲 （唱）　秋风吹来叶满川，
绣房里走出个王玉莲。
柏木的筒子柳木的圈，
黄杨木的扁担压两肩。

【王玉莲见倒地的刘母大惊失色，急忙救起。

第三场

【刘四衣衫褴褛，无精打采上。

刘　四 （对戏台右侧人员）大哥，给点钱买口饭吃啊！

【台侧人员：滚远点！年轻轻的就讨饭？

刘　四 （口里嘟噜着，对戏台左侧人员）大哥，给口饭吃啊！

【台侧人员：滚远点！把你不务正业的赌徒！

【刘四饥寒交迫坐于戏台前。

（唱）　刘四我运气实在坏，
家产输了没人爱。
可恨我将我娘逼门外，
不知老娘她在不在？
娘哎——娘！（哭）我找我娘哩哎。娘——娘——
（下场）

第五场

【王玉莲家里房屋宽敞豁亮，院内布置井然有序。

【王玉莲给刘母梳头，其乐融融。

王玉莲
刘　母　（同唱）　日头出来一点红，
照着阶州一座城。
老少一起晒日头，
一家人儿乐融融。

【刘四讨饭在玉莲家门口，发现刘母。

哎哟哟——难怪寻不着，我娘原来在这里享清福着哩！你看她红光满面的——我的老天！原来在这里享清福着哩！（到刘母前，突然跪地）娘——我的亲娘哟！

刘　母　（刘母大惊失色）啊——你——你——

刘　四　我，我是你的四儿啊！娘！

刘　母　你——你——谁是你娘？谁是你娘？（顺手拿起墙边扫帚就打）谁是你娘？谁是你娘？你滚！你娘早死了，你滚！

【刘四狼狈地逃出门外。

刘　四　我娘娘哟——这老不死的把我不认了！她吃蜂蜜喝油着哩把我就不认了！哎？这，这是谁家？

【幕后应答：王实在家。

刘　四　家里都有谁啦？

【幕后应答：王实在和他的女儿。

刘　四　（胸有成竹地）嗯，对了，对了。（对着玉莲家里高声喊叫）你，你们都等着！都等着！看我怎么收拾你们！（急下）

第六场

【米仓山树木葱茏，风景怡人。

【轿夫抬着轿子和知县上。

知　县　（唱）　　米仓山野风光美，

山绕山来水环水。

轿子上下闪得紧，

我问轿夫累不累。

轿夫，停轿！

两轿夫　是！大人。

【知县下轿，两轿夫擦汗。

知　县　哎——我说你俩狗食累不累啊？

两轿夫　不不不，不累！大人。

知　县　不累？不累你俩狗食咋抬的轿？把老爷我的腰差点都闪断了？

【两轿夫急忙上前捶背的捶背，按腿的按腿。

两轿夫　大人，这山路一会儿高，一会儿底。这轿子自然就闪了——让小的们给你捶捶，准好！

【刘四突然从旁冒出来。

刘　四　（下跪）大人告状！

【知县吓了一跳。

知　县　我的天，你个死家的！你把老爷我可吓着了！

刘　四　大人，草民刘四告状哩！

知　县　呸呸呸！告状！告状！老爷观个风景你都来告状，你是不想让我清闲咋的？告状，告状，你——你——你把老爷我腰闪断了，老爷我告你的状！说！告谁呢？

刘　四　（数板）　　叫大人请听言，

草民刘四三十三，

家中只有母子俩，
米仓山上有家园，
我状告老头王实在，
夺母霸妻实在坏。

知　县　夺谁之母？

刘　四　夺我之母。

知　县　霸谁之妻？

刘　四　大人，你没弄明白——

轿夫甲　呸呸呸！还有大人弄不明白的事？

知　县　（对俩轿夫）我呸！明白就明白，不明白就不明白。明白了不能装不明白，不明白了不能装明白。你俩明白不明白？

两轿夫　不明白，不明白，大人。

知　县　这还差不多。（对刘四）说！接着说。

刘　四　大人，那王实在仗势欺人他把我娘骗去给他当婆娘去了。

知　县　啥？有这等事？那你爹咋了？

刘　四　我爹早早就过世了。

知　县　哈哈哈——你爹过世了，你娘改嫁了，这是好事一桩啊。

刘　四　大人啊——我娘是被他骗走的啊。他把我娘骗走了，我就没家可守了，丢下刘四不管了，我问我娘不喘了。

知　县　哎呀呀——看来那王实在，他就不实在啊。

刘　四　不实在！不实在！

知　县　（吟颂）　米尖山上观风光，
遇上一案好荒唐。
老娘改嫁儿告状，
今日大堂问端详。

轿夫乙　大人，好诗！

知　县　你明白？

轿夫乙 明白！

知　县 我呸！不明白就不能装明白。（对刘四）你明白了？

刘　四 不明白。

知　县 我呸！连这都不明白还告哪门子状？叫人衙！传刘四他娘和王实在县衙问话！

轿　夫 是！

【知县上轿回县衙，刘四尾随其后。

第七场

【县衙公堂内上有“明镜高悬”匾额，下有衙役若干。

知　县 传原告、被告上堂！

衙　役 传原告、被告上堂！

【刘四、刘母、王玉莲上堂，跪于两边。

知　县 报上名来！

刘　四 草民，刘四。

刘　母 民妇，谷芥子。

王玉莲 民女，王玉莲。

知　县 王实在呢？

王玉莲 家父在杭州做绸缎生意，半年多没回家了。

知　县 （问衙役）可是实情？

衙　役 是！大人。

知　县 刘四！

刘　四 草民在。

知　县 你娘是啥时候嫁给王实在的？

刘　四 晓不得。

知　县 糊涂！你娘是啥时候嫁给王实在的你都晓不得，你当的是咋世的儿子？我，我干脆问你娘。（对着刘母）哎？你，你叫啥来着？

刘　母　禀大人，民妇姓“谷”叫“芥子”，小时候命苦，人都叫我苦芥子。后宋川牛蹄关人，三十年前嫁到米尖山，丈夫名叫刘苦苣。

知　县　嗨嗨嗨，你们的娘老子（父母）真奇怪，人家给娃取名字不是荣华富贵，就是福禄长寿之类的。你看看你们，苦芥子嫁给了刘苦苣，刘苦苣丢下了苦芥子，哪怕你们多恩爱，苦芥子都没了苦苣菜。说，接着说。

刘　母　婚后不久，丈夫去世，给我留下了个小儿子——

知　县　你的儿子在咋咋（在哪里）？

刘　母　（指刘四）外不那（那就是）。

知　县　哦——那你啥时改嫁给王实在的？可有媒证？

刘　母　（痛哭）大人啊——王实在是啥样子我都没见过，我命苦啊——

知　县　莫哭了，莫哭了！你这一哭我心都像猫抓的一样难受。

刘　母　大人，我丈夫死后，我屎一把尿一把把那（指刘四）狗食拉扯（喂）大。谁知他长大后游手好闲，耍赌成性，把一点家产全都给我输光了。后来，他竟将我赶出门外，把房都顶了赌债。我走投无路，乞讨度日。三个月前，我饿昏在路边，是玉莲闺女可怜我，将我扶回了她家，像亲娘一样地伺候我，我才活到了今天。（指刘四）那狗食，他见我过得好，想认我这个母亲哩。他心术不正我怕连累了玉莲，也怕跟上他没好日子过，就没认他。他，他现在是恶人先告状啊——

知　县　呸呸呸！（起身到刘四前）外木头弹三线，老婆舌怕的是三对面。我把你这个不仁不义、不忠不孝、不学无术、不知廉耻的狗食！我呸——我——叫衙役！

衙　役　是！

知　县　把这刘四重打四十大板，押入牢中，待后治罪。（转身对谷芥子）谷芥子老人你俩起来回话。

刘　母　（起身）谢大人！

知　县　你老人家现在可有去处？

【刘母比较为难，玉莲插话。

玉　莲　回大人话，我父亲憨厚老实，乐善好施，小女子愿将老人家接回家养老送终。

知　县　如此甚好！如此甚好！王玉莲你年纪轻轻就有如此善心确实难能可贵。衙役！

衙　役　是！

知　县　从本官俸禄中取白银十两嘉奖王玉莲，给苦芥子老人每年取白银四十两给她当低保便是。

刘　母
玉　莲　谢大人！

衙　役　（不解地）啥？大人？

知　县　低保！低保！就是贫困百姓的最低生活保障——哎呀呀！我说你两个狗食，咋连低保都晓不得是，再不紧跟时代好好学习！你两个干脆写个辞职报告滚回家去算了！

衙　役　是是是！明天就学！明天就学！

夜　逃

尹维新　尹利宝

时　间　现代

地　点　陇南武都某农村

人　物　张二伯　男　50余岁　张弯村村干部

张二婶　女　46多岁　张二伯妻

李月娥　女　26岁　张家媳妇

月娥妈　女　40多岁　李月娥母亲

第一场

【傍晚，农家小院。

【张二婶匆匆上，东张西望，叹气。

张二婶　（唱）

计划生育正吃紧，

手术队今日把村进，

老头儿镇上去开会，

二婶我呀，唉——

站不住，坐不稳，

越思越想心难宁。

唉！这计划生育越抓越紧了，今天中午，县上派来的手术队又进村了，我这心里急得筛糠的一样。我那傻媳妇，人年轻，看事浅，我劝她避一避，人家（模仿儿媳口吻）却说：“响应国家政策嘛，两个娃就好。”俗话说“人留子孙，树留苗”两个尕女子能干啥？长大了还不是人家的人。再说了，这么大一个国家，我们张家多生个娃就把烧红的碌碡[1]惹下了，就把老天爷给戳破了？劝了半天，我嘴都说烂了，人家就是不听，化不过影儿[2]了就说等他爸回来做决定。（思索）不行，不行，夜长睡梦多，等手术队检查到我家那可就全完了。（转身，在李月娥窗前轻声喊）月娥——月娥——

李月娥　（李月娥睡眼蒙眬边穿衣服边上）妈，半夜三更的，咋的了？

张二婶　天刚黑，啥半夜三更的，娃睡了吗？

李月娥　吃完奶就睡了。

张二婶　睡了好，睡了好，睡了才好走路。

李月娥　妈，黑灯瞎火的走哪里去？

张二婶　走哪里去？还是前面的话，手术队进村了，今晚你要避一避！

李月娥　妈！避啥哩，“逃过了初一，逃不了十五”，再生个是违反国家政策的……

张二婶　政策、政策，政策的事儿你甭管，今夜你咋说都要避一避。

李月娥　那我爸呢？

张二婶　还你爸呢，你爸开会开迷了，到现在还没回来。

李月娥　妈，这事怕……

张二婶　嗨，我听话的娃哟——

（唱）　　此去娘家紧藏身，
　　　　　千万别出娘家门。

李月娥　（唱）　　村干部前来把你问，
　　　　　你拿啥话去应承？

1. 碌碡：武都方言，半径5寸，高约1米的圆柱形石头，骡马等牲畜拖上后当地人常用来碾麦子。

2. 化不过影儿：武都方言，同“找不出理由了”意雷同。

张二婶 （唱） 家中事儿你别管，
我有办法哄他们，
就说咱俩吵了嘴，
你一气之下跑出门。

李月娥 （唱） 编谎哄人人不信，
他们要你把我寻。

张二婶 （唱） 我说你跑得无踪影，
不知向西或向东。
为人[1]都有两条腿，
老妈我赶不上年轻人。

张二婶 我的乖媳妇哟！你怕啥哩！三成在外地，你爸开会去了。这个家，现在我说了算，有啥事，妈担着哩。

李月娥 妈，我就怕……

张二婶 嗨！我听话的娃呀——
（唱） 你莫怕来赶快逃，
见了你妈说根苗，
你妈定会巧安排，
把你藏得牢又牢。
人不知，鬼不晓，
谁也把你难寻找，
单等手术队离了村，
我就接你和巧巧。

李月娥 妈，我走了那娃们可咋办哩！

张二婶 嗨！大巧我们照管，二巧——娃吃奶着哩，我没法喂，你背上不就行了。

李月娥 那我……

1. 为人：武都方言，同“做人” 意相同。

张二婶 那你等着！我抱娃去。（张二婶下）

李月娥 （望着婆婆欲言又止，长叹一声）唉——我这婆婆啥都好，就是没文化，思想顽固。

张二婶 （张二婶匆匆上）来来来，娃睡得正香。来，快背上，妈送你。给，这是你门上的钥匙，装好，快走！快走！

【系带子，背娃。

李月娥 妈，这……

张二婶 还要我费多少唾沫哩，你把我急死哩！快走！快走！

【推月娥下场，目送，高兴地出了口长气。

（唱） 偷送月娥夜出逃，
神不知来鬼不晓，
回到家中睡大觉，
老婆我今晚喜眉梢。

（大笑）哈哈哈哈……

【张二伯兴致勃勃地上。

张二伯 哈哈哈……娃他妈，你笑啥哩？

张二婶 瞧你那高兴的样子，你笑啥哩？

张二伯 哈哈哈……

（唱） 政府传达新文件，
发家致富路更宽。
一家人儿叫当面，
咱把这，
勤劳致富的精神谈一番，谈一番。

张二婶 谈啥呢？

张二伯 就谈如何抓紧机遇，发展特色产业，建设新农村。

（唱） 十七大精神学不完，
抓紧机遇谋发展。

康县有：
香菇、木耳和毛尖，
咱们有：
花椒、红芪、油橄榄，
特色产业路子宽，
新农村建设在眼前。

张二婶 （唱） 党给咱指明新路线，
你订计划大家干，
发家致富路谁不爱，
谁在家里爱偷闲。

张二伯 这就好，这就好，你把月娥叫来，我给她说说计划生育的事。

张二婶 你鼻子底下有嘴，自己叫嘛。

张二伯 月娥，月娥——

张二婶 哈哈哈……

张二伯 你笑啥哩？

张二婶 哈哈哈……你往门上瞧，哈哈哈……

张二伯 （看门）门上挂茄子[1]了，人呢？

张二婶 人呀，走了。

张二伯 哪里去了？

张二婶 上天了，入地了，哈哈哈……远了！

张二伯 （惊讶、生气地）哎呀呀，你个老不正经的，作为村长媳妇，计生工作她要带好头呢，人是不是又让你藏了？

张二婶 带好头，带好头，就你晓得带好头，凭啥要我们带好头，为啥要我们带好头？咱们给人带好头，谁给咱们带好头……

张二伯 你—— 你—— 你——唉！

1. 挂茄子：方言，“门上锁”了的意思。

（唱）　　你的思想有麻达，[1]
不顾政策忘国家。
人人若是都像你，
计划生育该咋抓？
你把媳妇快叫回，
明天就去做结扎，
计划生育你犯法，
还得补充做检查。

张二婶　（唱）　　帽子扣得那么大，
你去吓唬娃娃家，
我偏要抱个孙儿子，
不能只有两朵花。

张二伯　你还啰唆啥哩！还不快把人叫来！

张二婶　哎呀呀！看你那势样[2]，说变脸就变脸，我偏不叫。

张二伯　你不叫，我叫。（大声地）月娥，月娥——

张二婶　（张二婶急忙跑上前，做捂嘴状）你疯了？大张旗鼓的，叫人听见好看的很[3]？

张二伯　你也晓得不好看？说，月娥呢？

张二婶　月娥——月娥走远了。

张二伯　走哪儿去了？我去寻。

张二婶　你当真不想抱孙子？

张二伯　抱孙子、抱孙子，这都啥社会了，男孩女孩都一样，咱都有两个孙娃子了，你还想抱个孙子。啥思想嘛！说，月娥到底去哪儿了？

张二婶　（张二婶气冲冲进屋）找去找去找去，黑灯瞎火的看你上哪儿

1. 麻达：武都方言，问题、麻烦之意。
2. 势样：方言语，同“样子”。
3. 好看的很：反语，“不好看”的意思。

找去。

张二伯 你……唉！（张二伯进屋）

第二场

【树木丛生、月明星稀。

（月娥匆上）

月　娥 （唱）　　山路弯弯夜风寒，

思潮滚滚如浪翻。

心怯怕见娘亲面，

左思右想进退难。

【圆场、下场。

张二伯 （张二伯匆上）几家邻居问遍了，都说没见人，看来定是让那老糊涂打发到娘家去了。唉—— 月娥这娃，啥都好，就是耳朵软，她妈说啥她听啥。唉！

（唱）　　低头行来暗思量，

都怪我，

思想工作没赶上，

媳妇软弱老伴犟。

月娥她，

深更半夜跑出庄，

娘家门上找见她，

是非曲直说端详，

怕她一时走错路，

劝她迷途快返航。

【圆场、张二伯下。

第三场

【夜色更浓，月光似隐若现，突兀的山顶上偶见几棵小树，远处传来几声狼嚎。

【月娥匆匆跑上，圆场，跌倒，背上枕头落地。狼声不止，月娥匆匆跑下。

【场后伴唱。

羊肠小道离家远，
声声狼嚎心胆寒。
慌不择路恨腿短，
前悔容易后悔难。

【张二伯匆上、圆场，在树旁被某物绊倒，抱起细看，原来是一枕头。

张二伯 嗨！糊涂、糊涂啊！看这都急成啥了，连枕头和娃背上跑，多亏把娃没遗了[1]。

张二伯 （唱） 荒唐荒唐真荒唐，
糊涂媳妇马虎娘。
深更半夜娘家藏，
这家丑怎敢向外扬。

【张二伯拿上枕头下，月娥匆匆跑上。

第四场

【娘家门前，园内农具收拾得井然有序。

李月娥 （唱） 半夜赶得鸡儿叫，
娘家门上静悄悄。
母亲知晓，定会唠叨，

1. 遗了：武都方言，“丢了”的意思。

月娥我心里直乱跳。

妈——妈——妈——快开门。

【月娥站在门旁，擦汗，神色慌张。

【月娥妈开门，见状后大惊。

月娥妈 月娥，你怎么了？家里出事了？

李月娥 妈呀！

（唱）

手术队进了张弯村，

计划生育做结扎。

我妈让我娘家藏，

女儿只好依着她。

松树坡前遇见狼，

声声嚎叫吓破胆，

连滚带爬两腿软，

女儿差点掉山崖。

【李月娥一脸委屈，哭泣。

月娥妈 没叫狼吃了就好，还好意思哭。

（唱）

控制人口做计划，

百年大计为国家。

你婆思想有麻达，

理应你去劝导她。

你们已有两个娃，

赶紧计划莫拖拉，

生儿育女不由己，

你怎能，

光顾个人忘国家。

还哭啥？快先进屋休息。

李月娥 妈，先看看娃……

月娥妈 怎么？三更半夜的，你把娃都背着哩？快解下来，我看看。

【解下被子，发现并无小孩，月娥妈大惊失色。

月娥妈 我娘娘哟！仙人[1]！你背的娃呢？

李月娥 啊！这……

月娥妈 （生气地）你们婆媳俩啊！

（唱）

你两人太荒唐，
背花被无儿郎。
死女子做事不像样，
半夜跑来气你娘。

李月娥 （唱）

都怪我妈太慌张，
透过月光抱儿郎，
把娃捆在我背上，
我只当孩子睡得香，
心急如焚跑出庄。
妈妈呀！
松树坡前把娃找，
莫不是，
把娃遗在半坡上？

月娥妈 唉，死娃娃呀，快把那根木棍拿上，咱俩找娃去。（看看天色，思考）不行，你先等等，我取个手电去。

【月娥妈进屋取手电，月娥顺手拿了根木棍。

【母女两欲走时，张二伯突然出场。

张二伯 还往咋咋[2]跑哩……

月娥妈 老亲家，你咋来了？你手里拿的是……

张二伯 亲家母，还跑啥哩！还跑啥哩！你看，这都慌成啥了，枕头都遗

---

1. 仙人：夸张的说法，武都方言中常在情急、无奈的情况下说。
2. 咋咋：武都方言，“哪里”的意思。

到路上了，娃没摔着吧？

李月娥　（月娥接过枕头，焦虑万分）啊！妈，妈，我的娃……呜呜

张二伯　哎？这是咋回事？

月娥妈　嗨！她背着空被子跑回来了，唉——

张二伯　哎哟！这下糟了。

（唱）　赶紧返回松树坡，

寻找孙女莫耽搁。

李月娥　（唱）　月娥心里急似火，

怨天怨地怨婆婆。

月娥妈　（唱）　三步并作两步赶，

但愿孙女有下落。

【三人匆下。

第五场

【天色渐亮，松树坡前。

【张二伯、李月娥、月娥妈三人匆上，四处寻找。

张二伯　（唱）　枕头就在这树旁，

不见孙女却为何？

李月娥　（唱）　就在此处听狼嚎，

我稀里糊涂跑下坡。

月娥妈　（唱）　莫非我娃被狼伤？

李月娥　（唱）　这可叫我该咋活！

天哪——呜呜——（月娥痛哭）

月娥妈　哭哭哭，要知今日何必当初？

【月娥妈生气地扔被子给月娥，月娥没注意，将被子滑落于地。张二伯若有发现。

月娥妈 没出息的，单知道哭……

张二伯 等等，亲家母。

（唱） 枕头小孩包一起，
小小花被怎能裹？
莫不是老太婆太慌张，
小孩枕头她抱错？

（张二伯拿起枕头，看看被子细加琢磨。）嗨，一定是弄错了。你们看，这么小的被子哪能包得住娃和枕头？

月娥妈 （比较惊喜地）是啊是啊，这被子，光这枕头都包满了，咋能再包个娃。这娃……

张二伯 月娥，再别哭了，二巧娃是……

李月娥 娃是我妈抱出来让我背上的，当时娃是睡着了的，走得急，我没细看就出庄了。

张二伯 出庄后，娃一路上没哭吗？

李月娥 没哭。

张二伯 你在这里摔倒时娃也没哭？

李月娥 没哭。

张二伯 看看看，一定是那老糊涂抱错了。月娥，你说，你是现在回家呢，还是……

李月娥 爸，我、我这就回家。

张二伯 亲家母，你说呢？

月娥妈 咱都回家看看吧，一来看娃，二来大家伙儿都给娃她婆做做思想工作，让月娥计划了算了。

张二伯 好！好！那咱都回家。

【三人同下。

第六场

【张家小院，小孩哭声不止，张二婶在门外，一会儿看门上的锁子，一会儿伸长脖子看窗子。

张二婶 （唱） 月娥早把娃背去，

屋内小孩哭声急，

今晚这事真奇怪，

我心慌意乱没注意。

转来转去门难开，

钥匙不在我手里。

【屋内小孩哭声止。

张二婶 哎哟哟，我的小仙人，你终于哭乏了、哭累了，你把婆婆吓死了，你先睡一下嘛，婆婆正给你想办法着哩。（自语）对对，先找个东西把窗子砸了。

【张二婶擦汗，欲走时，哭声又起。

张二婶 哎呀呀，老天爷哎，你咋又哭了。我该咋办嘛。

（唱） 孙女儿哭声阵阵紧，

场后伴唱 哭声紧哎哟哭声紧，

张二婶 （唱） 声声如揪我的心，

场后伴唱 我的心呀我的心，

张二婶 （唱） 束手无策急死我，

场后伴唱 哎哟哟，哎哟哟，急死我哟哎，

张二婶 （唱） 浑身上下汗津津。

场后伴唱 汗津津、汗津津，

浑身上下汗津津。

张二婶 娃哟，婆婆晓得你口渴了、肚饿了，想吃奶呢，可乖娃儿，你妈没在，门没开，我没法子啊。

（唱） 我盼呀盼，等呀等，
老天为何还不明？
月娥走得无踪影，
死老头半夜三更人不回。
我盼呀盼，等呀等，
啥时能盼到老天明，
搬来木凳砸烂窗，
赶紧把那孙女寻。

【张二婶找来木棍上凳，砸窗，爬着窗子进屋时张二伯、月娥、月娥妈正好赶到，张二伯示意，三人在门外偷看。

【张二婶从窗子里吃力地抱娃出。

张二婶 好心肝、乖心肝，别哭了，别哭了，婆婆给你喂奶奶去。

【张二伯给月娥妈与月娥示意后，愁眉苦脸急上，与张二婶碰了个正着 。

张二婶 （生气地）你——你还晓得回家？娃都……

张二伯 没追究你的责任，你还倒晓得问我。快快快，快开门，取五百元钱去。

张二婶 开的啥门，娃哇啦哇啦叫唤[1]一夜了，我都顾不来，你还有天大的事？没钱！

张二伯 好好好，看来你不顾月娥的死活了。

张二婶 月娥？月娥咋啦[2]？

张二伯 咋啦？黑天半夜的你让她一个人往家里跑，你说咋啦？

（唱） 半夜三更往家跑，
松树坡前遇狼嚎，
黑灯瞎火路难找，

1. 叫唤：武都方言，“哭”的意思。
2. 咋啦？：武都方言，“怎么了”的意思。

人落山崖无人晓。

要不是，

我闻声找去把她救，

你所犯大法不可饶。

【张二婶闻言，腿脚发软，张二伯急忙接过小孙女。

张二婶 月娥呀，我的好娃哟，娘对不起你，呜呜——娘错了。

张二伯 错了，错了，你错哪里了？

张二婶 （唱） 错在认识浅来觉悟差，

偷让媳妇跑回家。

张二伯 就这？

张二婶 （唱） 跑回家能干啥？

害得儿媳滚山崖。

张二伯 还有！

张二婶 （唱） 滚山崖心如麻，

不如早早做计划，

响应号召不违法。

你还问啥哩，给钥匙，快开门去。（张二婶慌慌张张找钥匙，找不见。）哎、哎钥匙呢？

【张二伯哈哈大笑，月娥妈、月娥笑上。

张二婶 这——你——你们——

李月娥 妈，我没事。钥匙在这儿哩！（月娥将钥匙递给张二婶，从张二伯手中接过娃喂奶。

月娥妈 亲家母，你可想通了！想通了就好。

张二伯 你们看，我说她老迷了[1]颠三倒四的还……

张二婶 哎哟！（对张二伯）你个老不死的，你给我[2]开这么大的玩笑，你

1. 老迷了：方言语，同“老糊涂了”相同。

2. 你给我：武都方言，与“你与我”、“你跟我”相同。

差点把我吓死了。我把你——（脱下鞋欲打）

月娥妈 亲家母，大清早的，我们可冷得直哆嗦呢。

张二婶 （张二婶若有所悟地）哦，对对对。她妈，来来来快进屋（开门），（对着月娥）月娥，快，抱娃进来。

【张二婶开门，月娥妈、月娥进屋，张二伯欲进屋，门突然被张二婶关住。片刻，门被打开，张二伯进屋，屋内传来笑声。

吕达卖姜

时　间　从前

地　点　阶州

人　物　吕　达　30岁　四川姜客

浩　仁　38岁　船夫

赵石里　63岁　农民

石里妻　60岁　农民

二　赖　27岁　农民

第一场

【阶州。道路弯弯、鸟语花香、风景宜人。

【吕达肩挑生姜欢快、精神饱满地上。

吕　达（唱）　一根扁担三尺三，

一担生姜挑在肩。

看不尽山清水秀风光美，

听不厌欢歌笑语一串串。

乘船行过碧口岸，

爬坡翻越高楼山。

来到甘肃阶州地，

卖姜不怕山路艰。

低头走来抬头看，
白龙江水波浪翻。
高声喊叫船老大，
快将船儿靠岸边。
哎——船家大哥——请划船过来——

【吕达隐于台侧，浩仁后台应声，划船上。

浩　仁　（唱）　白龙江水平如镜，
绿水青山水中映。
逍遥自在江上人，
江上长来江上生。
一只木船脚下踩，
一身蓑衣披在身。
粗茶淡饭两袖风，
送走春夏与秋冬。
忽闻对岸有人喊，
船家划船在眼前。
哎——哪个客人？快上船来。

吕　达　要得，要得。（挑生姜上船）

浩　仁　要啥得哩，快上船来，快上船来。哎！你要往哪里去？（看竹篓）你这篓里装的啥子物件？咋沉甸甸的？

吕　达　大哥，这是两篓生姜，我赶往阶州去卖。

浩　仁　噢，晓得了晓得了，你是姜客子，过河卖姜哩。

吕　达　是的，是的。

浩　仁　过了这条河就是阶州钟楼滩，姜客子，你坐好，（划船）我开船了。

【场后伴唱。

肩挑一担姜，
卖姜离家乡，

此去祸福知多少，
山苍苍呀路茫茫。

【划船绕弯，吕达下船，船家帮吕达提货上岸，吕达递船钱。

吕　达　（恭恭敬敬地）吕达多谢了。

浩　仁　（惊异地）你说啥？

吕　达　吕达多谢了。

浩　仁　（愤怒地）我把你个狗吃的，老子送你过河，不曾多收你银子，你却给我比“大”呢。你——

吕　达　谁给你比“大”呢？我说吕达多谢你了。

浩　仁　还比呢，你他妈的小子欠揍，（摩拳擦掌上前将吕达一顿暴打）我叫你比，我叫你比。

吕　达　（吕达跪地求饶）大哥哎，咋回事嘛，你饶了吕达吧。

浩　仁　还比哩，还比哩，鸭子煮到鼎锅里，肉烂了嘴在哩[1]。

吕　达　大哥哎，快些住手哎——不分青红皂白，你打我到底为啥子嘛？

浩　仁　你小子刚才不是嘴硬得很吗？奶奶的，还给我比“大”哩。说，你叫啥？到我们阶州到底干啥哩？

吕　达　大哥，我是四川绵阳人，卖姜混饭吃，骗你做啥子嘛。

浩　仁　早听出你是四川人，我问你姓啥叫啥，到我们阶州想干啥？

吕　达　大哥，我姓吕，双口吕，单名一个达字——到达的达，我叫吕达，没哄你，我到阶州卖姜哩。

浩　仁　嗨！他奶奶的！你叫吕达，（打自己脑袋，自责）嗨嗨嗨，我还以为你口口声声给我比“大”哩，你看这事闹的。

吕　达　大哥，“大”是啥意思？

浩　仁　“大”在我们这儿就是“爸”“老父亲”的意思。你不是口口声声说吕达吗，我错听成“你大”了。

吕　达　嗨！大哥，我一个做生意的外乡人，咋会有那么大的胆子？这可

1. 鸭子煮到鼎锅里，肉烂了嘴在哩：意思是嘴不饶人、犟嘴。

真是一场误会。

浩　仁　是误会，是误会，我错了，我错了。

吕　达　大哥，也怪我，不叫牛达、狗达、马达的，偏偏叫吕达，惹你生气。

浩　仁　（上前拉起吕达）咋还跪着哩，快起来，快起来。怪我、怪我，耳朵背、性子急。嗨，打也打了，给，这船钱你拿着，算是我给你赔不是了。

吕　达　都挣的是辛苦钱。大哥，这钱我不收。

浩　仁　收下，收下！

吕　达　不收、不收。

浩　仁　麻烦死了，（看看天色）行，以你的。吕达啊，天色不早了，我又打了你，我看这姜你还是明天卖吧，今晚你住我家里，大哥我给你做饭买酒赔不是。

吕　达　大哥，这怕——

浩　仁　怕啥哩，（看看吕达）你看你这身板，挨不住我两拳还出门做生意哩，来来来，我替你挑担子，咱回家。

吕　达　大哥是个豪爽人，行，就依你，（看看四周）大哥，这船——

浩　仁　船就停这儿了，走。

吕　达　哎——

【吕达随后下。

第二场

【山路弯弯、溪水潺潺、风景如画。

【吕达在欢快的音乐声中挑担上。上山、下山、过河、放担、擦汗。

【幕后伴唱。

绿油油的山啊，清凌凌的水，

如诗如画山乡景。
看这美景心中甜美，
走这一遭心儿不悔。

【圆场至赵庄老槐树底下。

吕　达　卖姜了——卖姜了——（独白）这个地方好景致啊——

（唱）　　吕达运气不算坏，
生姜卖得好又快。
信步儿走到赵庄来，
剩余半筐此地卖。

（吆喝）卖姜了——卖姜了——

【赵庄人分头赶来买姜，一片讨价还价声。二赖东瞧瞧西望望围观，看赵石里买姜欲下，混乱中二赖从石里竹笼中抓了一块大姜，揣在怀中，偷下。

【灯光暗，卖姜场面隐去，赵石里复上。

赵石里　（唱）　　四川姜客心不正，
白天卖姜竟少秤。
转身我要把他问，
昧心欺老心太狠。

（转身、怒气冲冲地）姜客子—— 姜客子——

【灯光亮。

吕　达　大爷——

赵石里　大你爷的个头！（买姜人见来势凶恶皆让于一侧）我问你，你做买卖昧了良心、心术不正，欺负我老头咋的？

吕　达　大爷，这是啥子话？

（唱）　　老大爷请息怒话讲分明，
姜客子做事情一向公平，
昧良心欺老人何据何凭？

赵石里　（唱）　　　鬼儿子敢给我讲公平？

　　　　　　　　　　　鬼儿子敢问我何据何凭？

　　　　（白）好好好——

　　　　（唱）　　　你把生姜再称一回，

　　　　　　　　　　　欺天欺人自会分明。

【吕达接过竹笼，称姜，大吃一惊。

吕　达　大爷，这——这——这笼姜——这笼姜，姜三斤，竹笼二斤，刚好五斤整，当时咱们都还说这事咋这么巧呢？咋现在少了半斤呢？

赵石里　哼！你还记得当时？少了半斤？你也知道少了半斤？少半斤是该你问我呢，还是该我问你？

吕　达　谁问谁都一样。不过，五斤秤我的确给你老人家称得旺旺的[1]呀。

赵石里　哎呀呀，好你个姜客子，你人小鬼大，照你说是我老汉取过了半斤姜，讹你哩？骗你呢？（拽吕达于一边）走走走，你到我家搜！你若搜出半点姜皮子，我这一辈子算给驴活了。

吕　达　（看事情闹大了，予以退让）老人家，老人家。

　　　　（唱）　　　老人家呀莫生气，

　　　　　　　　　　　生气动怒伤身体。

　　　　　　　　　　　半斤生姜是小事，

　　　　　　　　　　　补你半斤有情意。

　　　　（白）老人家，别生气了，姜客子补你半斤秤，你看成不成？

赵石里　不成，这不是半斤秤的问题，你问问大家伙儿，我老赵是讹人、干亏心事的人哩不？（拽着吕达到众人前）来来来，你问问，你问问。（众人含含糊糊闪烁其词，皆不敢言语）

吕　达　大爷！出门三尺就是离乡之人，今天，我与你不争了，让吕达给你补半斤秤把事情了了吧。

赵石里　啥？你说啥？

1.旺旺的：秤称得很好。

吕　达　我说让吕达给你补半斤秤把事情了了吧。

赵石里　（指着吕达，两手发抖地）呸，我把你有娘养，没娘教的狗食[1]！

（唱）　　老汉我胡子一大把，
　　　　　你敢给我来比大。
　　　　　你、你、你——
　　　　　你没高没低没王法，
　　　　　你欺天欺地欺我老人家。

吕　达　（唱）　　大爷火气压一压，
　　　　　我怎敢欺你老人家，
　　　　　吕达我，吕达我，我——

赵石里　（唱）　　你红口白牙放野话，
　　　　　开口敢给人比大，
　　　　　我、我——
　　　　　我折你的秤，踩你的姜，
　　　　　叫你尝尝欺人的好下场。

【赵石里踢翻担中生姜，众人劝解，二赖混在其中偷望，赵石里欲折秤时吕达上前夺秤，秤砣甩了一下砸在吕达脑部，吕达受伤倒地，众人皆惊，一哄而散。

【二幕落。

第三场

【雷声不止，二场起，吕达受伤倒地，起身，再倒地，艰难地。

吕　达　（唱）　　风雨交加雷声恶，
　　　　　惊醒吕达直哆嗦，
　　　　　头重脚轻肚子饿，

1. 狗食：骂人的话，同“狗吃的”意思相同。

无端遭打挨秤砣。
怪只怪，当初不听家人劝，
谁料想，江湖凶险人心恶，
到如今，异地他乡受伤重，
想明白，活路少来死路多。
救命啊——救命——

【灯光暗淡，风雨交加，阵阵雷鸣。灯光暗淡，吕达隐于一侧。

【浩仁身披蓑衣急上。

浩　仁　（唱）　渡船回归天气晚，
雨大路滑行路艰。
急急忙忙把路赶，
顶风冒雨把家还。

【二赖东张西望、鬼鬼祟祟窥视吕达时无意和低头急行的浩仁撞个满怀。

浩　仁　谁？

二　赖　（吓了一大跳）我。

浩　仁　你？哦——是你个东西，把我吓了一跳。（转身欲走，忽有所悟地）下雨着哩，你在这儿鬼鬼祟祟干啥哩？

二　赖　没干啥、没干啥，闲转悠哩[1]。

浩　仁　屁话！现在是转悠的时候？说，到底干啥哩？是不是又想趁这个时候干些偷鸡摸狗的勾当？

二　赖　对对对，是屁话、是屁话——（转身欲溜，被浩仁从衣领处抓住）

浩　仁　还没回答哩，跑咋咋去家[2]？再不说，小心你这西瓜[3]。

1.转悠哩：无事闲逛。
2.咋咋去家：同“哪儿去呢”意思相同。
3.西瓜：意指“脑袋”。

【浩仁欲打，二赖求饶。

二　赖　浩大哥，浩大哥，你咋又想打我哩？我没干啥，也没想干啥。我、我、我赶路哩，顺便看看姜客子。

浩　仁　姜客子，姜客子在咋咋哩[1]？

二　赖　浩大哥，你不知，今天进村卖姜的姜客子让赵庄的石老汉给打死了。

浩　仁　胡说！我和姜客子昨晚还一起喝酒来着，咋说死就死了？

二　赖　谁哄你，谁就是这（用手势做乌龟爬行的动作，意思是“王八”）。我亲眼看见石老汉用秤砣在姜客子头上砸了几下，姜客子头上冒了几股子血后就倒地了。

浩　仁　不可能，姜客子是本本分分的生意人，咋——

二　赖　就是啊，石老汉见姜客子是外地人，他欺客哩！（煞有介事地）唉，这年月，在外做生意，日子不好混啊。

浩　仁　别说了！走！看看姜客人在咋咋哩。

二　赖　不远，不远，就在前面。（左顾右盼找人）人是在老槐树低下被打倒的，前阵子我好像都发现尸体来——

【姜客听到人声，吕达艰难地从树后爬了出来喊。

吕　达　救命啊——

【浩仁、二赖吓了一大跳，

二　赖　我的天瓜神哎[2]，撞见鬼了。（转身欲跑，被浩仁抓住）

浩　仁　你脚底下抹下油了咋的？遇个事就跑。

二　赖　不是啊大哥，姜客子他、他——

浩　仁　他啥哩，他又没死！

姜　客　浩大哥，我——

【浩仁急上前扶住姜客，

1. 咋咋哩：与“哪儿呢”意思相同。
2. 天瓜神哎：叹词，同“我的老天爷哟”。

浩　仁　（生气地）二赖，还不快帮个手来？

二　赖　是是是。

浩　仁　来，把姜客子背上！

二　赖　（上前用手在姜客鼻子前摸了摸，自语）实话没死啊——背上就背上，大哥，背咋咋去哩？

浩　仁　背就背着石老汉家里。

二　赖　好！看他给咱们有啥交代！

第四场

【夜晚，赵石里家中有桌凳、香炉、蓑衣等。赵石里坐在桌前唉声叹气。

赵石里　（唱）

石里我生来性子慌，
匆匆忙忙去买姜，
为了半斤姜，
折了姜客秤、踩了姜客姜，
砸得姜客受了伤。
此事回家讲端详，
老伴给我几耳光，
怪我头脑少思量，
小事闹大不应当，
小事闹大不应当。

娃他妈——我看雨住（停）了，（披上蓑衣欲走）我出去一阵子。

【石里妻腰里系着围裙，手里拿着抹布出。

石里妻　哎哎哎——黑灯瞎火的，你这阵出去干啥去？

赵石里　你一番数落我这心里七上八下的更不好受了，我——我得看看姜客子去。

石里妻 哦——这阵清楚了、明白了、身子骨儿不懒了？（递给赵石里灯盏）给，黑灯瞎火的，拿上！早给你说“半斤姜片子算不了什么，人要紧、人要紧”，可你不听——

赵石里 （不厌其烦地）行了行了，我心里够乱的了，我先把人找回来，你再数说我不迟。（匆下）

石里妻 （对外喊）小路不好走，你要走大路——（自言自语）唉——这老撮子[1]，六七十岁的人了急性子的毛病就是晓不得改！唉——（关门、下）

【浩仁、吕达、二赖上。

二　赖 浩大哥，到了没？这姜客子咋越背越重？

浩　仁 到了、到了，到大门跟前了，你再坚持一下，我去敲门。

浩　仁 石大伯，石大伯。

【石里妻在屋内答应。

石里妻 唉——来了、来了，（开门）谁呀？

浩　仁 哦——是浩仁娃。

【二赖背着吕达急忙从浩仁侧面闪出来，较吃力地。

二　赖 还有我们哩。

石里妻 （惊讶地）你们？哎，二赖，是你？（不解地）你身上背的是谁呀？你们这是？

二　赖 我们这是给你寻麻烦来了。

石里妻 啊——

浩　仁 婶子，你家我伯呢？这事儿他清楚——

石里妻 噢噢噢，你看把我糊涂的，有啥咱快进屋说，快进屋说。（进屋、关门，惊异地）这人？

浩　仁 这就是被你家掌柜的[2]打伤了的姜客子。

1. 老撮子：骂人的话专指老头。
2. 掌柜的：指管家的。

石里妻 哎哟！我的天老爷哎，快背到热炕上去，快、快——

浩　仁 婶子，你最好给煮点姜汤，我们给擦洗擦洗，换件大伯的衣服。

石里妻 好好好，快走快走。

【石里妻、浩仁、二赖扶姜客下。

【半晌，出，石里妻走在前面。浩仁、二赖坐。

石里妻 （倒水）好娃娃呀！姜客娃儿没事吧？

浩　仁 好像是给砸昏了，应该没事。

二　赖 就是就是，要真有事，从下午到现在都这阵子了，光血都把人给淌死了。

石里妻 你说，我们那活张飞，唉——

浩　仁 哎，二赖，这事你咋这么清楚的？

二　赖 （二赖发现自己有些失口，赶忙转移话题）哎，大妈，这么早你们咋把炕烧起来了[1]？

石里妻 我们这里的地湿潮[2]，人老了，腿脚不好我们就烧得早。

二　赖 哦——（起身）大妈、浩大哥，姜客子好的，睡阵热炕焐身热汗就好了，我今晚还有点事要做，我就先走了（欲走）。

浩　仁 （起身，用身体挡住二赖去路）等等！二赖，我还没问你话呢？

二　赖 （吃惊地）啥话？

浩　仁 啥话，我问你，前一阵你说："没干啥，赶路哩。"最后可说："顺便儿看看姜客子。"是啥意思？

二　赖 没啥意思，今天——今天石大爷打姜客子的时候我在场，打完后老天爷突然下起了雨，买姜的、劝架的人都走了，我怕姜客出事就过来看了看。

浩　仁 那你没买姜？

二　赖 我买啥哩，我一个光棍儿，饭里面有盐就好。

---

1. 炕烧起来了：农村人常把柴草放置在火炕内点燃取暖，人们称之谓"烧炕"。
2. 地湿潮：指地面潮湿。

石里妻 多亏你把人送来了，你有事你就先去吧。

二　赖 好的，好的。行，我这就走了。（边说边往门外退，正好和进门的石老汉撞了个满怀，石老汉左手拿的折断的秤杆和右手拿的灯笼同时掉在地上，二赖怀里揣的生姜落地）

赵石里 把他家的[1]，这谁走路不长眼？（二赖忙乱中捡起秤杆，赵石里捡起生姜，浩仁将这一场看在眼里）哎？二赖！是你，你啥时来的？

二　赖 是我。石大爷，我刚来，有事，我这就走。

赵石里 这姜？

二　赖 哦，对，是我的，（匆忙从赵石里手中拿过姜）给，秤杆。（说完欲走）

浩　仁 （从屋内快步走到门口）二赖，你等等！（二赖唯唯诺诺站于一旁）

赵石里 哦，是浩仁娃，你们？

石里妻 （从屋内走到门口，生气地）他们给你擦屁股[2]来了。

赵石里 擦啥屁股？

石里妻 我问你，你找的姜客子来[3]？

赵石里 嗨——

（唱）　　槐树底下转几转，

姜客踪影没找见，

烂泥滩中捡秤杆，

烂姜还在烂泥滩。

唉——

一步三回头，

1. 把他家的：叹词，意同“哎”。
2. 擦屁股：指给办事不好的人弥补过失、错误等。
3. 来：同“呢”。

左顾右盼不见人。

嗨——

前悔容易后悔难，

不见姜客难安然。

石里妻 一辈子了，你也晓得个后悔。半斤姜片子，闹出个人命，我看你咋活！

浩　仁 就是啊，大伯呀——

（唱） 你老来糊涂又荒唐，

为买生姜把人伤，

是非曲直讲端详，

欺客打人不应当。

二　赖 （接唱） 欺客呀，打人哎，

那是不应当哎不应当——

赵石里 我——我——

【吕达从屋内走出。

吕　达 没啥事的，你们就别怪大爷了。

赵石里 （急上前迎上吕达）哎哟，我的老天，你咋从这儿出来了？我看看（看吕达头部）谢天谢地，没事就好，没事就好。

石里妻 哎哟，娃哎，你不好好缓着[1]，出来干啥？

吕　达 真没啥子，一点皮外伤，我缓好了。屋里我听你们怪大爷哩就出来看看。

石里妻 （嗔怪）亏你还惦记那老不死的，走走走，小心着凉，都进屋说。

浩　仁 先进屋，先进屋。

赵石里 对对对，都先进屋。（进屋，互相谦让后，坐下）娃娃，今天是我不对，踩坏你的姜、折断你的秤我给你赔了钱，这几天，你就

1. 缓着：休息之意。

先在我们屋里休养休养。

石里妻 就是就是。

吕　达 要不得，要不得——

赵石里 要啥不得哩，你一门心思在我家缓就是。

浩　仁 要得要不得，我先问，半斤生姜你们咋就闹出这么大的事？

赵石里 这事就不说了，我一定是把斤头记错了，怪我。

吕　达 不不不，是我把秤称错了，怪我。

赵石里 不不不，怪我、怪我。

吕　达 不不不，怪我、怪我。

浩　仁 你们就再别争了，（突然大声地）二赖。

二　赖 （吓了一大跳）哦、哦。

浩　仁 还不把你揣的生姜拿出来？

二　赖 （吓得跪在地上）哎哟，我的大爷大哥们哎，都是我二赖的错，是我，是我趁大爷没注意时从他的笼子里抓了块姜。（从怀里掏出一块姜来，双手举在面前）

【吕达、石里妻、赵石里都很吃惊。

浩　仁 难怪见你时，你行事鬼鬼祟祟，说话躲躲藏藏。（生气地）你、你，我看你的说惯的嘴、跑惯的腿啥时能改。（起身欲打）

【二赖急忙起身，躲在赵石里身后。

赵石里 你个兔崽子，没钱买了，你张个口言喘句[1]，大爷我就给你一斤半两的，你咋还干偷鸡摸狗的勾当哩。（起身，从身后把二赖抓到面前欲打）

石里妻 干啥？干啥？才说着哩是小事，你俩手咋都痒了？

【二赖急忙跑到石里妻身后。

吕　达 对对对，事情都过去了，就再不追究了。

二　赖 （激动地）姜客大哥呀——

1. 张个口言喘句：同“开口说句话”意思相同。

（唱）　　你心地慈善见识广，
能容能忍大肚量，
二赖今日做错事，
心里愧疚脸无光。
我不该，
心怀不轨上姜场；
我不该，
顺手抓走大爷姜；
我不该，
造了损失不赔偿；
我不该，
做了错事不担当。

赵石里　（唱）　　小事差点酿大祸，
责任我更该担当，
姜客治伤我承当，
吃喝包在我身上。

吕　达　（唱）　　两位言语暖心肠，
小小误会已明亮，
姜客身子已硬棒，
歇上一夜定健康。

石里妻　哈哈哈——这就好，这就好。

浩　仁　话明气散哩，哈哈哈——

赵石里　对对对，哦，娃他妈，你怕要给我们做点吃喝哩吧。

吕　达　就是，就是，我除了一肚子的姜汤，肚子里现在就没啥子了。

【众笑。

二　赖　哦，石大爷、浩大哥，我家里还有只黄母鸡哩，让我大婆炖了给姜客子大哥补补身子，我这就去取。

浩　仁　好好好，快去快回！你小子偷姜怕就是想炖鸡汤自己喝呢。

二　赖　我——我——

赵石里　还算你娃有点良心，

二　赖　我我我——（急下）

石里妻　年轻娃娃哪一个还不犯点错误，帮一帮就上正道了。

浩　仁
赵石里　就是，就是。

浩　仁　哦，对了，吕达啊，你要再卖姜，我看你最好把你那名字改一改。要不，姜片子没卖成小命儿却没了。

赵石里　对对对，你得改改名字。

石里妻　还说哩，照我说啊，你俩应该先改改你们的牛脾气！

吕　达　要得、要得，都得改、都得改。

石里妻　你个老实人娃呀，哈哈哈——（众笑）

【场后伴唱。

小小半斤姜，
伤人实荒唐。
明礼诚信沐春光，
谦和礼让莫相忘。

节目曲谱

长 江 道 上

（高山戏表演唱）

时间：现代

人物：老爷、老婆

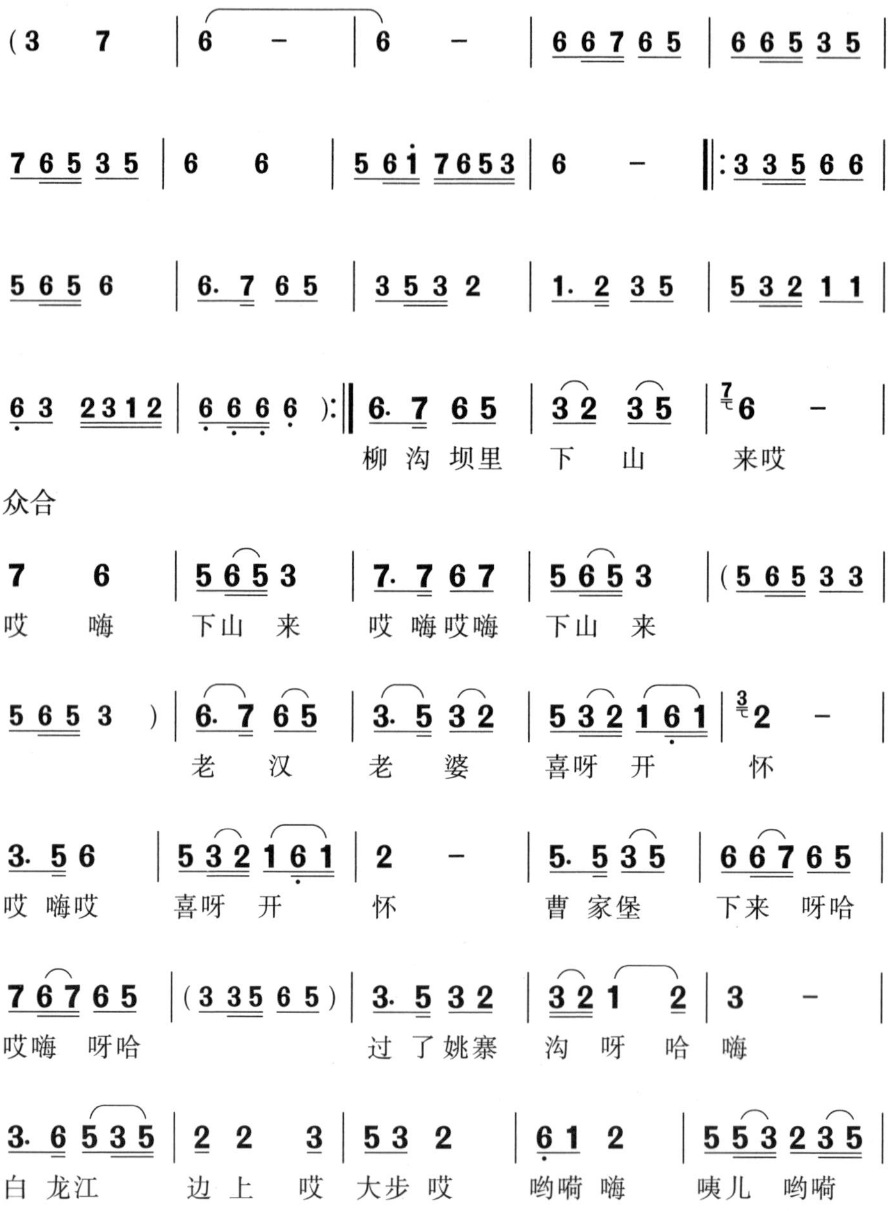

(3 7 | 6 - | 6 - | 66765 | 66535 |

76535 | 6 6 | 56i7653 | 6 - ‖: 33566 |

5656 | 6. 765 | 3532 | 1. 235 | 53211 |

63 2312 | 6666 :‖ 6. 7 65 | 32 35 | 6 - |

柳 沟 坝里 下 山 来哎

众合

7 6 | 5653 | 7. 767 | 5653 | (56533 |

哎 嗨 下山 来 哎 嗨哎嗨 下山 来

5653) | 6. 765 | 3. 532 | 532161 | 2 - |

老 汉 老 婆 喜呀 开 怀

3. 56 | 532161 | 2 - | 5. 535 | 667 65 |

哎 嗨哎 喜呀 开 怀 曹 家堡 下来 呀哈

76765 | (33565) | 3. 532 | 3212 | 3 - |

哎嗨 呀哈 过 了姚寨 沟 呀 哈 嗨

3. 65335 | 2 2 3 | 53 2 | 61 2 | 553235 |

白 龙江 边 上 哎 大步 哎 哟嗬 嗨 咦儿 哟嗬

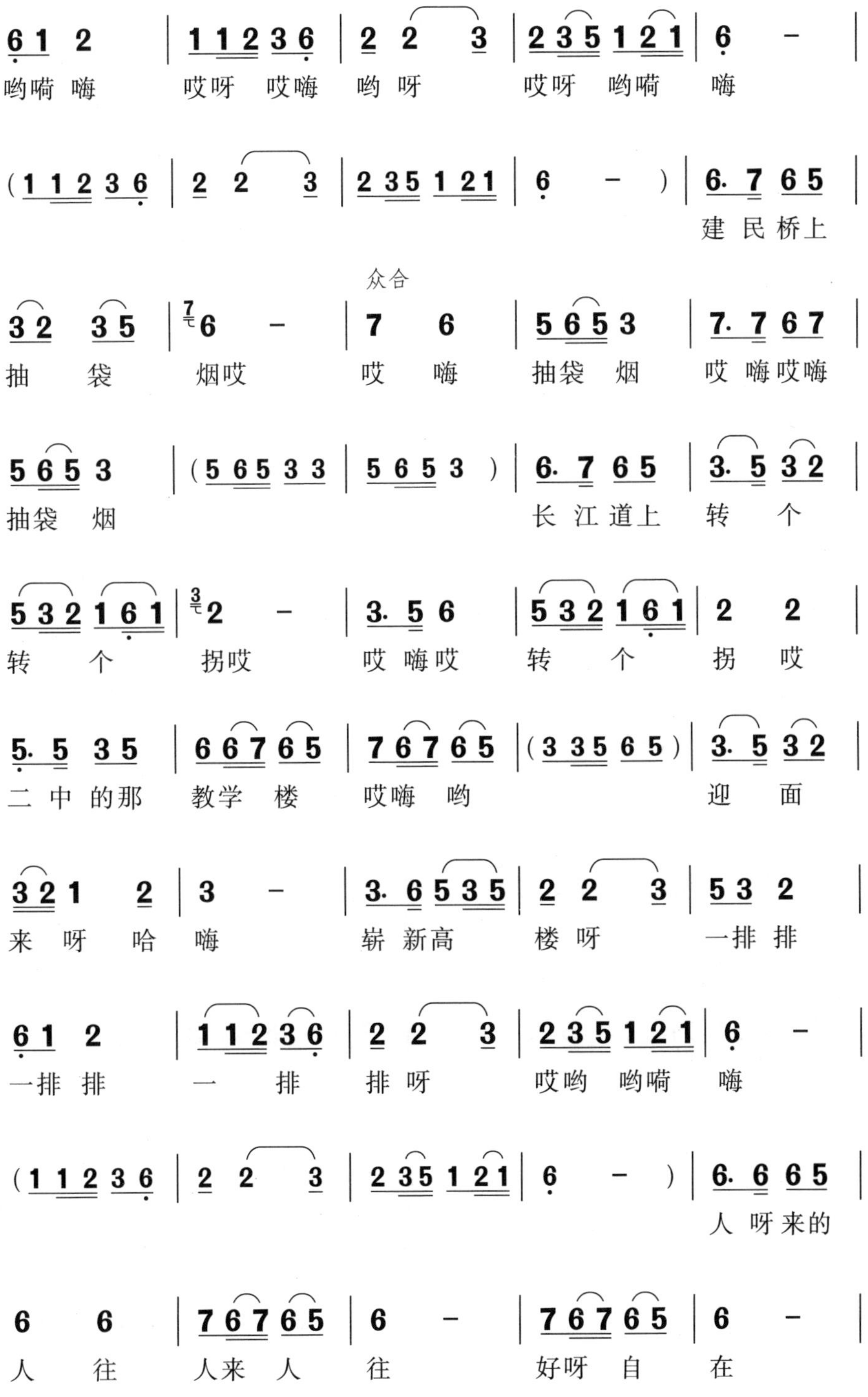

6 1 2 | 1 1 2 3 6 | 2 2 3 | 2 3 5 1 2 1 | 6 – |
哟嗬 嗨 哎呀 哎嗨 哟 呀 哎呀 哟嗬 嗨

(1 1 2 3 6 | 2 2 3 | 2 3 5 1 2 1 | 6 –) | 6. 7 6 5 |
建 民 桥上

众合

3 2 3 5 | 6 – | 7 6 | 5 6 5 3 | 7. 7 6 7 |
抽 袋 烟哎 哎 嗨 抽袋 烟 哎 嗨哎嗨

5 6 5 3 | (5 6 5 3 3 | 5 6 5 3) | 6. 7 6 5 | 3. 5 3 2 |
抽袋 烟 长 江 道上 转 个

5 3 2 1 6 1 | 2 – | 3. 5 6 | 5 3 2 1 6 1 | 2 2 |
转 个 拐哎 哎 嗨哎 转 个 拐 哎

5. 5 3 5 | 6 6 7 6 5 | 7 6 7 6 5 | (3 3 5 6 5) | 3. 5 3 2 |
二 中 的那 教学 楼 哎嗨 哟 迎 面

3 2 1 2 | 3 – | 3. 6 5 3 5 | 2 2 3 | 5 3 2 |
来 呀 哈 嗨 崭 新高 楼 呀 一排 排

6 1 2 | 1 1 2 3 6 | 2 2 3 | 2 3 5 1 2 1 | 6 – |
一排 排 一 排 排 呀 哎哟 哟嗬 嗨

(1 1 2 3 6 | 2 2 3 | 2 3 5 1 2 1 | 6 –) | 6. 6 6 5 |
人 呀 来的

6 6 | 7 6 7 6 5 | 6 – | 7 6 7 6 5 | 6 – |
人 往 人来 人 往 好呀 自 在

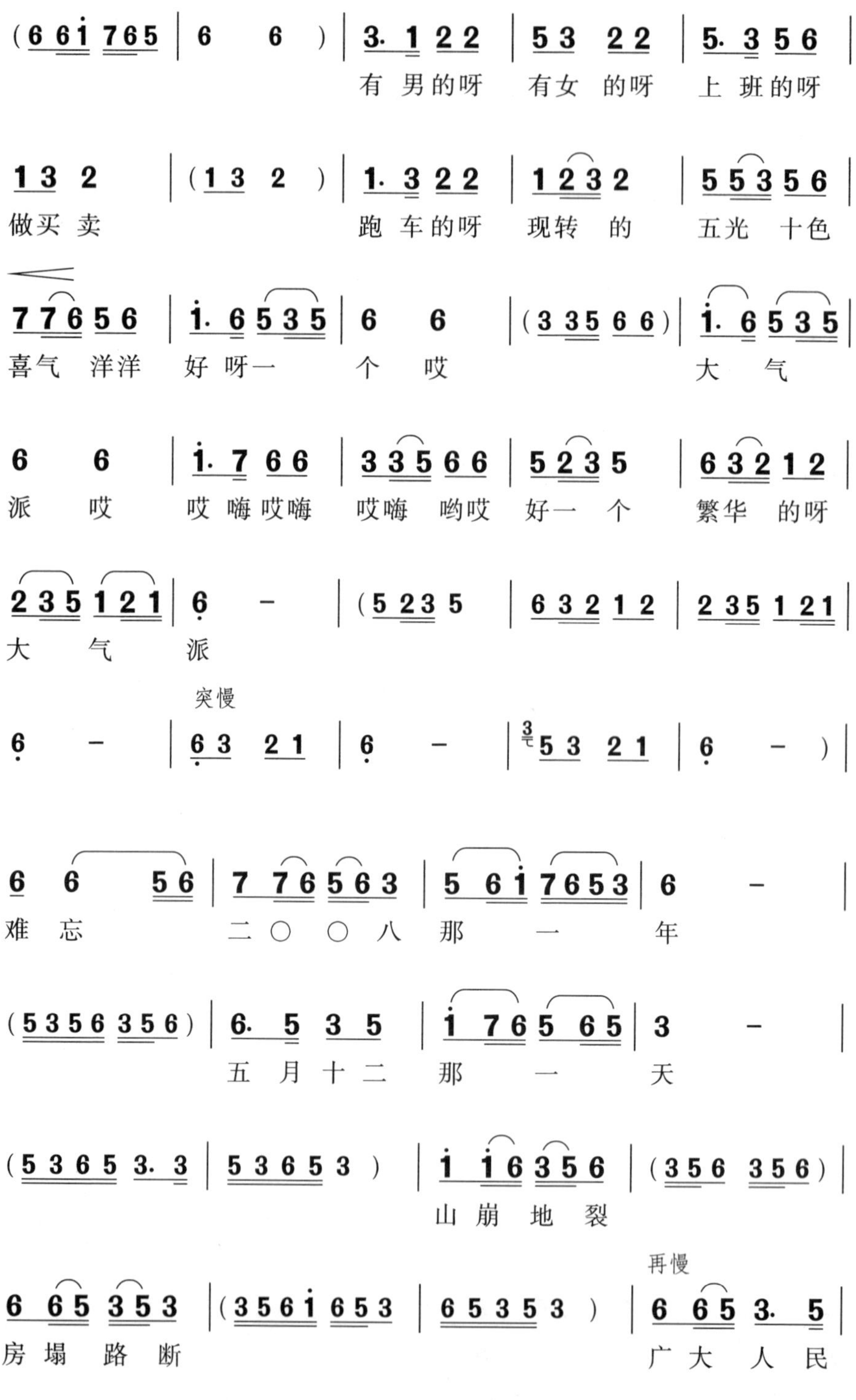

有男的呀 有女的呀 上班的呀

做买卖 跑车的呀 现转的 五光十色

喜气洋洋 好呀一个哎 大气

派 哎 哎嗨哎嗨 哎嗨 哟哎 好一个 繁华的呀

大 气 派

突慢

难忘 二〇〇八那一年

五月十二那一天

山崩地裂

再慢

房塌路断 广大人民

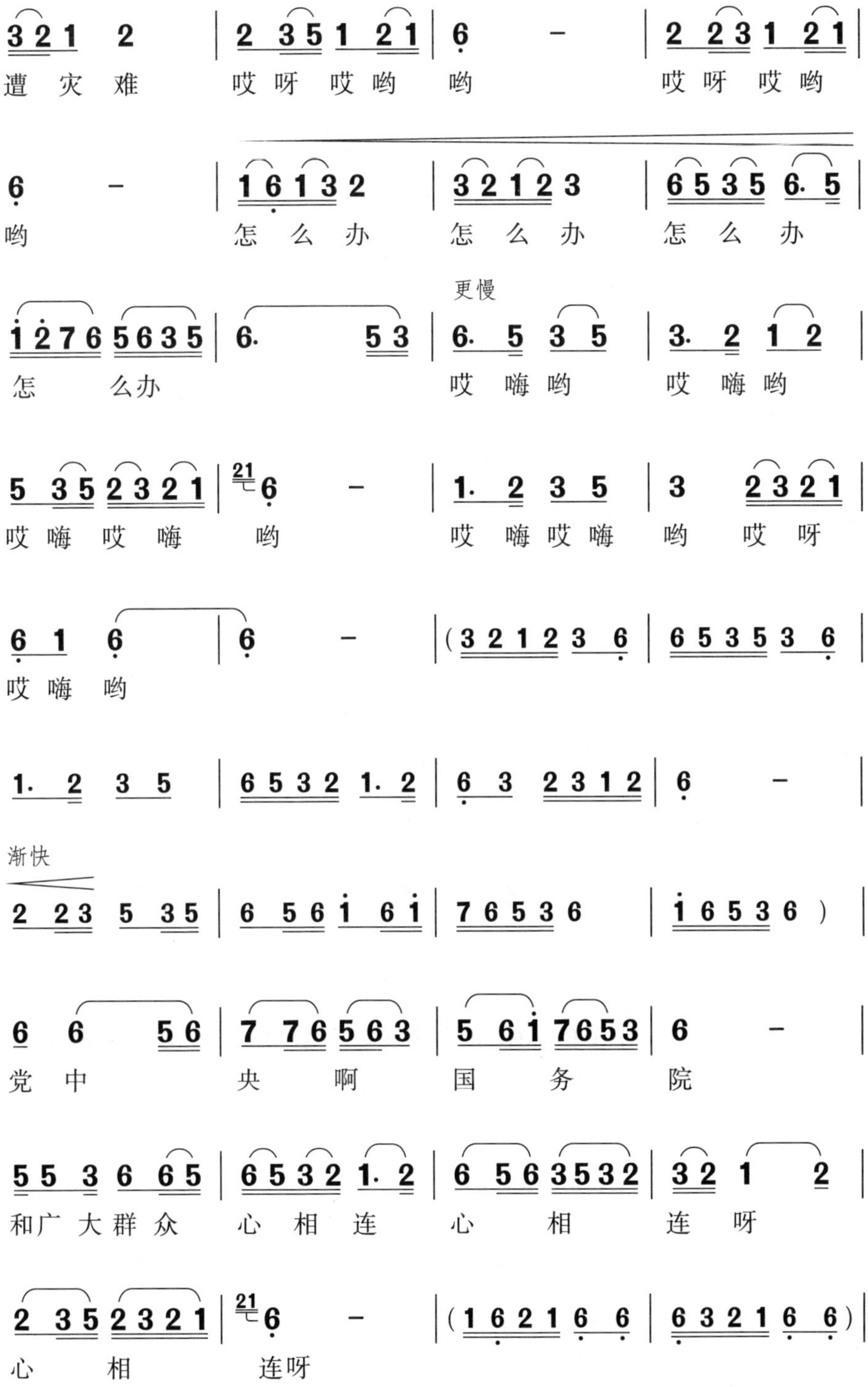

3 2 1 2 | 2 3 5 1 2 1 | 6 – | 2 2 3 1 2 1 |
遭 灾 难 哎 呀 哎 哟 哟 哎 呀 哎 哟

6 – | 1 6 1 3 2 | 3 2 1 2 3 | 6 5 3 5 6. 5 |
哟 怎 么 办 怎 么 办 怎 么 办

更慢

1 2 7 6 5 6 3 5 | 6. 5 3 | 6. 5 3 5 | 3. 2 1 2 |
怎 么办 哎 嗨 哟 哎 嗨 哟

5 3 5 2 3 2 1 | 21 6 – | 1. 2 3 5 | 3 2 3 2 1 |
哎 嗨 哎 嗨 哟 哎 嗨 哎 嗨 哟 哎 呀

6 1 6 | 6 – | (3 2 1 2 3 6 | 6 5 3 5 3 6 |
哎 嗨 哟

1. 2 3 5 | 6 5 3 2 1. 2 | 6 3 2 3 1 2 | 6 – |

渐快

2 2 3 5 3 5 | 6 5 6 1 6 1 | 7 6 5 3 6 | 1 6 5 3 6) |

6 6 5 6 | 7 7 6 5 6 3 | 5 6 1 7 6 5 3 | 6 – |
党 中 央 啊 国 务 院

5 5 3 6 6 5 | 6 5 3 2 1. 2 | 6 5 6 3 5 3 2 | 3 2 1 2 |
和广 大 群 众 心 相 连 心 相 连 呀

2 3 5 2 3 2 1 | 21 6 – | (1 6 2 1 6 6 | 6 3 2 1 6 6) |
心 相 连呀

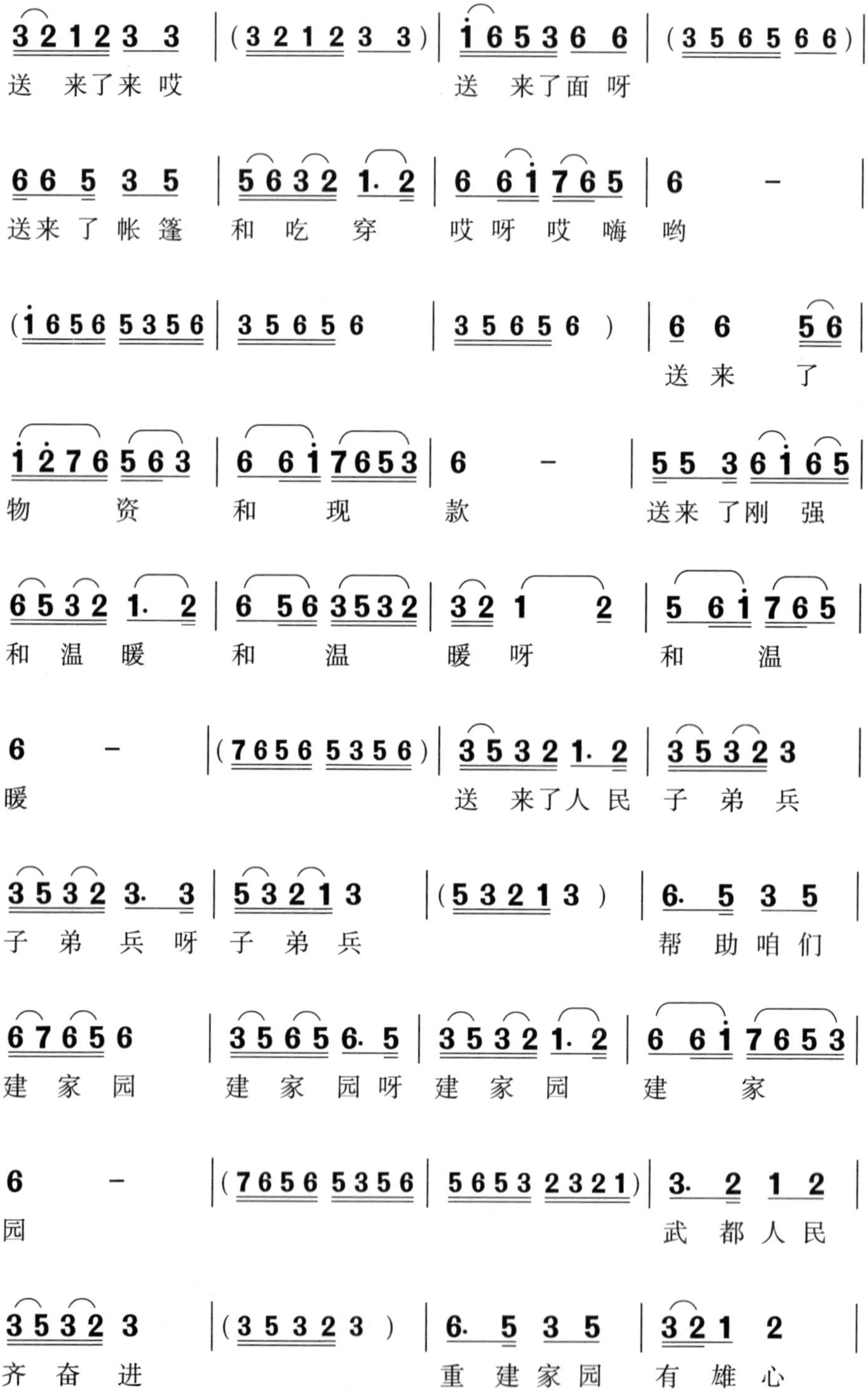

3 2 1 2 3 3 | (3 2 1 2 3 3) | i 6 5 3 6 6 | (3 5 6 5 6 6) |
送 来了来 哎 送 来了面 呀

6 6 5 3 5 | 5 6 3 2 1. 2 | 6 6 i 7 6 5 | 6 - |
送来 了 帐 篷 和 吃 穿 哎 呀 哎 嗨 哟

(i 6 5 6 5 3 5 6 | 3 5 6 5 6 | 3 5 6 5 6) | 6 6 5 6 |
送 来 了

i 2 7 6 5 6 3 | 6 6 i 7 6 5 3 | 6 - | 5 5 3 6 i 6 5 |
物 资 和 现 款 送来 了刚 强

6 5 3 2 1. 2 | 6 5 6 3 5 3 2 | 3 2 1 2 | 5 6 i 7 6 5 |
和 温 暖 和 温 暖 呀 和 温

6 - | (7 6 5 6 5 3 5 6) | 3 5 3 2 1. 2 | 3 5 3 2 3 |
暖 送 来了人 民 子 弟 兵

3 5 3 2 3. 3 | 5 3 2 1 3 | (5 3 2 1 3) | 6. 5 3 5 |
子 弟 兵 呀 子 弟 兵 帮 助 咱 们

6 7 6 5 6 | 3 5 6 5 6. 5 | 3 5 3 2 1. 2 | 6 6 i 7 6 5 3 |
建 家 园 建 家 园 呀 建 家 园 建 家

6 - | (7 6 5 6 5 3 5 6 | 5 6 5 3 2 3 2 1) | 3. 2 1 2 |
园 武 都 人 民

3 5 3 2 3 | (3 5 3 2 3) | 6. 5 3 5 | 3 2 1 2 |
齐 奋 进 重 建 家 园 有 雄 心

3 2 1 2. 2 | 3 2 1 3 2 | 3. 2 3 5 | 6. 7 6 5 |
有 雄 心 呀 有 雄 心 在 祖 国 母 亲 的

6. 5 3 2 | 1. 2 6 | 6 6 5 3 5 | 6 - | 1 5 |
关 怀 下 啊 天塌 地 陷 腰 杆

6 0 ‖:(1. 5 6 6 | 3 3 5 6 6 :‖: 1 1 6 5 6 | 3 5 6 :‖
硬

‖: 1. 6 5 6 | 5. 3 2 3 :‖: 1 6 5 6 5 3 2 3 :‖: 5 3 2 3 2 3 2 1 :‖

2 3 2 1 1 6 2 1 | 6 6 6 6 6 | 6 6 6 | 6 6 6 6) | 6. 6 6 1 |
长 江 大道

7 6 5 | 3 - | 3. 5 6 1 | 5 6 5 | 3 - |
平 哎 又 宽 哎 嗨哟 平 哎 又 宽

5. 5 6 6 | 7 6 5 | 3. 5 3 2 | 1. 2 3 5 | 3 6 5 3 |
座 座 高楼 修 呀 得 欢 呀 哎 嗨 哟嗬 哟嗬 哟

3 2 1 | 6 - | 6. 6 6 1 | 7 6 5 | 3 - |
修 哎 的 欢哎 变 化最大 钟 哎 楼 滩

3. 5 6 1 | 5 6 5 | 3 - | 5. 5 6 6 | 7 6 5 |
今 非 昔比 胜 哎 往 年 深 圳 中学 修 哎 得

3. 5 3 2 | 1. 2 3 5 | 3 6 5 3 | 3 2 1 | 6 - |
美 哎 深 圳 武都 心相 连哎 心 哎 相 连哎

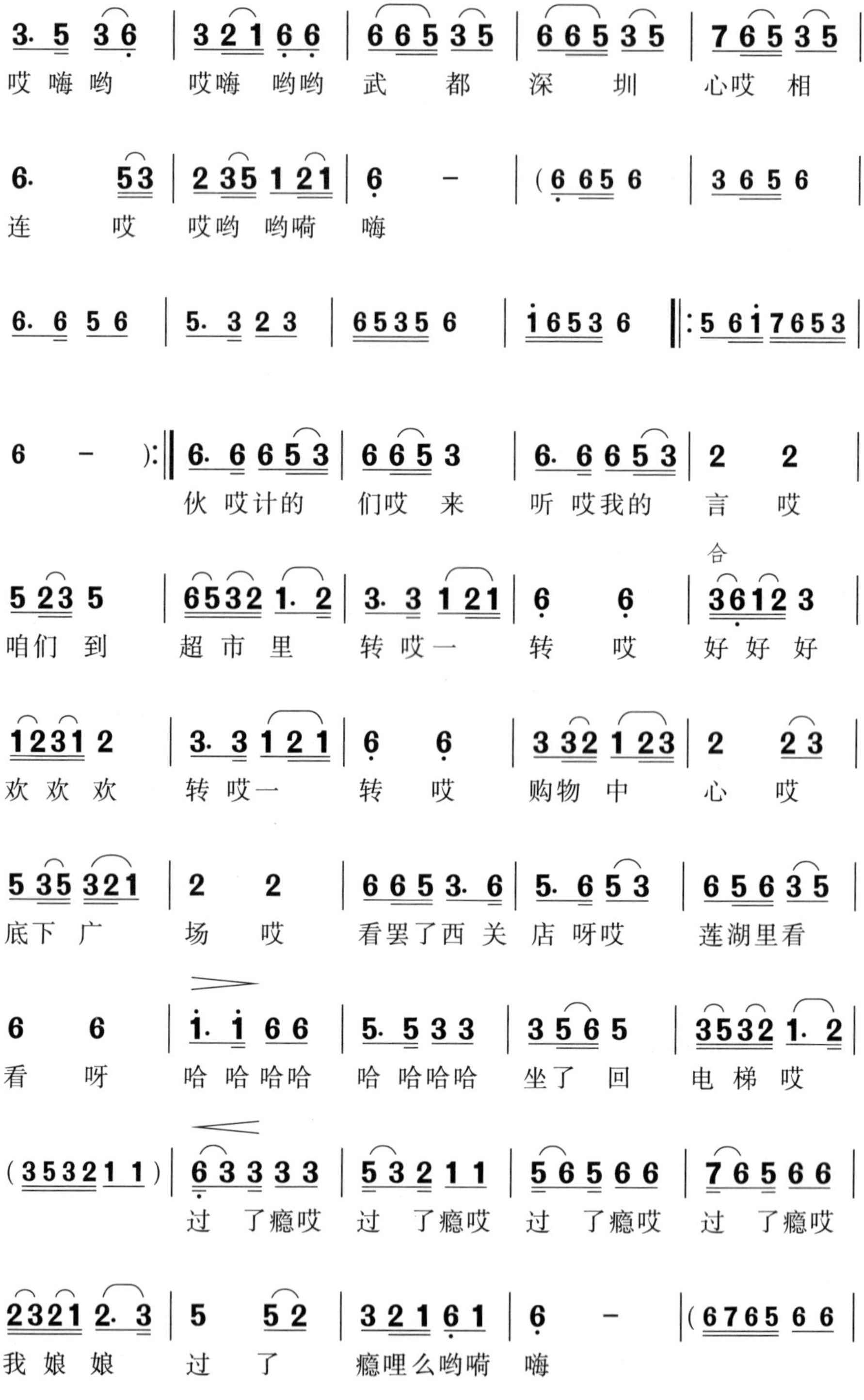

3. 5 3 6 | 3 2 1 6 6 | 6 6 5 3 5 | 6 6 5 3 5 | 7 6 5 3 5 |
哎 嗨 哟　哎嗨　哟哟　武　都　深　圳　心哎　相

6. 5 3 | 2 3 5 1 2 1 | 6 – | (6 6 5 6 | 3 6 5 6 |
连　哎　哎哟　哟啸　嗨

6. 6 5 6 | 5. 3 2 3 | 6 5 3 5 6 | i 6 5 3 6 ‖: 5 6 i 7 6 5 3 |

6 –):‖ 6. 6 6 5 3 | 6 6 5 3 | 6. 6 6 5 3 | 2 2 |
伙 哎计的　们哎　来　听 哎我的　言　哎

合

5 2 3 5 | 6 5 3 2 1. 2 | 3. 3 1 2 1 | 6 6 | 3 6 1 2 3 |
咱们　到　超　市　里　转 哎一　转　哎　好 好　好

1 2 3 1 2 | 3. 3 1 2 1 | 6 6 | 3 3 2 1 2 3 | 2 2 3 |
欢 欢　欢　转 哎一　转　哎　购物　中　心　哎

5 3 5 3 2 1 | 2 2 | 6 6 5 3. 6 | 5. 6 5 3 | 6 5 6 3 5 |
底下　广　场　哎　看罢了西　关　店　呀哎　莲湖里看

6 6 | i. i 6 6 | 5. 5 3 3 | 3 5 6 5 | 3 5 3 2 1. 2 |
看　呀　哈　哈哈哈　哈　哈哈哈　坐了　回　电　梯　哎

(3 5 3 2 1 1) | 6 3 3 3 3 | 5 3 2 1 1 | 5 6 5 6 6 | 7 6 5 6 6 |
过　了瘾哎　过　了瘾哎　过　了瘾哎　过　了瘾哎

2 3 2 1 2. 3 | 5 5 2 | 3 2 1 6 1 | 6 – | (6 7 6 5 6 6 |
我 娘　娘　过　了　瘾哩么哟啸　嗨

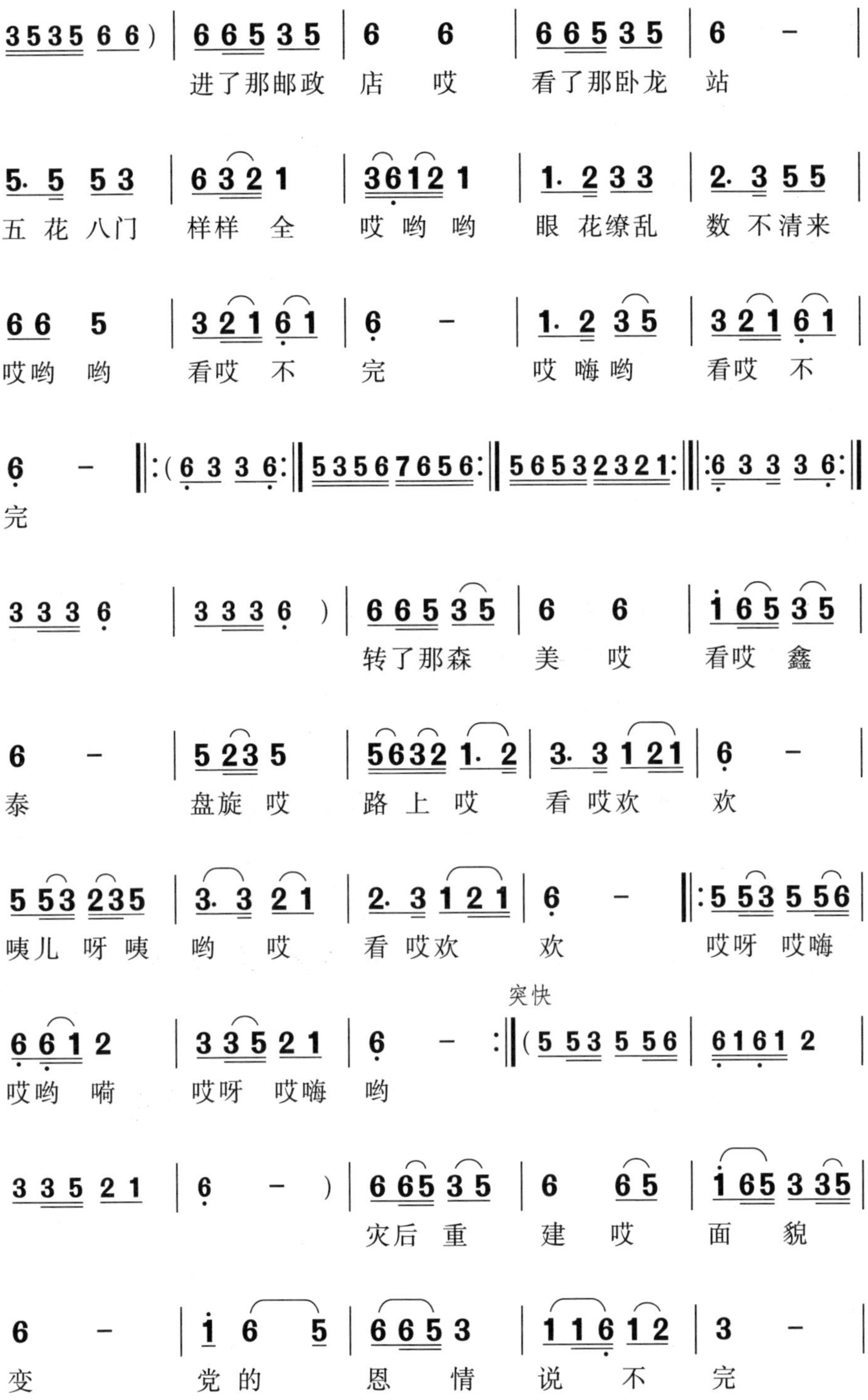

3535 66） | 66535 35 | 6 6 | 66535 35 | 6 – |
进了那邮政 店 哎 看了那卧龙 站

5. 5 53 | 63 21 | 36121 | 1. 2 33 | 2. 3 55 |
五 花 八门 样样 全 哎哟 哟 眼 花缭乱 数 不清来

66 5 | 321 61 | 6 – | 1. 2 35 | 321 61 |
哎哟 哟 看哎 不 完 哎 嗨哟 看哎 不

6 – ‖:（63 36:‖53567656:‖56532321:‖:63 33 36:‖
完

333 6 | 333 6 ） | 665 35 | 6 6 | i65 35 |
转了那森 美 哎 看哎 鑫

6 – | 5 23 5 | 5632 1. 2 | 3. 3 121 | 6 – |
泰 盘旋 哎 路 上 哎 看 哎欢 欢

5 53 235 | 3. 3 21 | 2. 3 121 | 6 – ‖:553 556 |
咦儿 呀 咦 哟 哎 看 哎欢 欢 哎呀 哎嗨

突快

661 2 | 335 21 | 6 – :‖（553 556 | 6161 2 |
哎哟 嗬 哎呀 哎嗨 哟

335 21 | 6 – ） | 665 35 | 6 65 | i65 335 |
灾后 重 建 哎 面 貌

6 – | i 6 5 | 6653 | 1161 12 | 3 – |
变 党的 恩 情 说 不 完

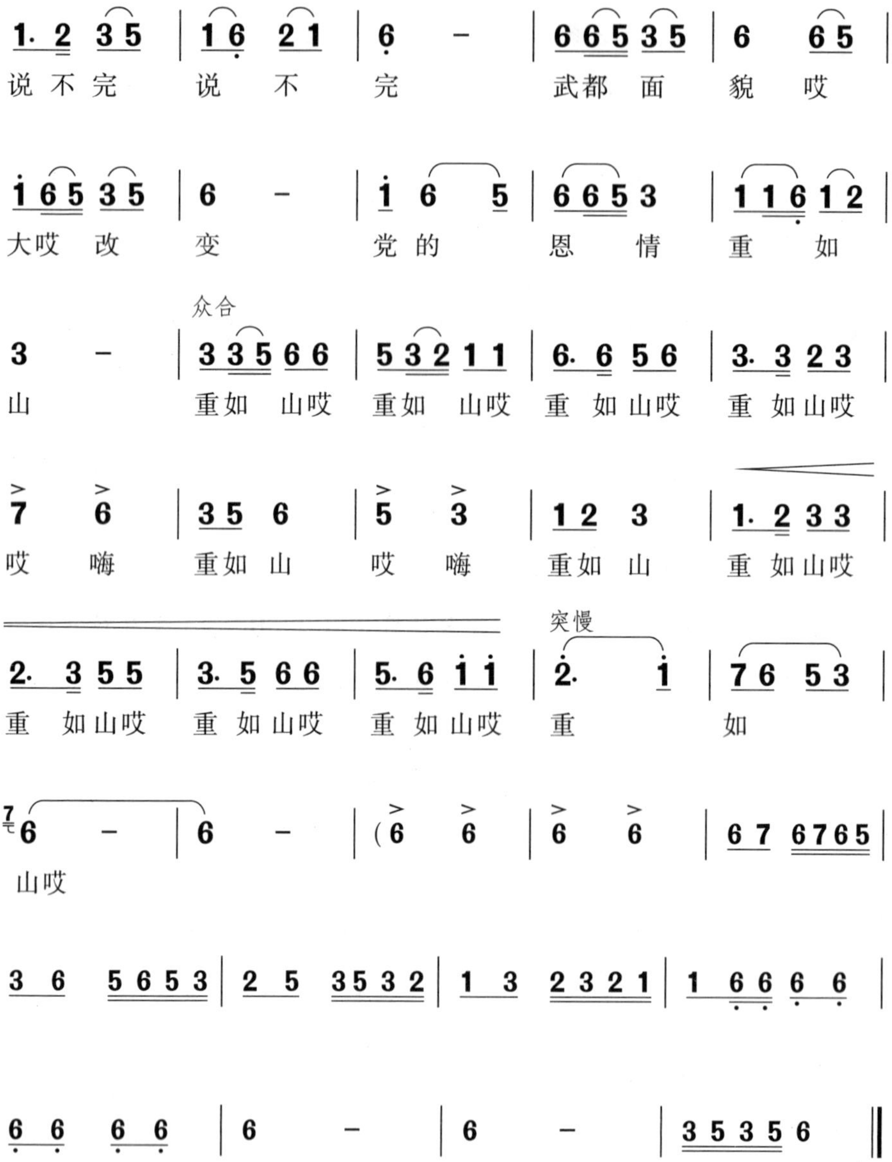

1· 2 3 5 | 1 6 2 1 | 6 – | 6 6 5 3 5 | 6 6 5 |

说不完 说 不 完 武都 面 貌 哎

1 6 5 3 5 | 6 – | 1 6 5 | 6 6 5 3 | 1 1 6 1 2 |

大哎 改 变 党的 恩 情 重 如

众合

3 – | 3 3 5 6 6 | 5 3 2 1 1 | 6· 6 5 6 | 3· 3 2 3 |

山 重如 山哎 重如 山哎 重 如山哎 重 如山哎

7 6 | 3 5 6 | 5 3 | 1 2 3 | 1· 2 3 3 |

哎 嗨 重如 山 哎 嗨 重如 山 重 如山哎

突慢

2· 3 5 5 | 3· 5 6 6 | 5· 6 1 1 | 2· 1 | 7 6 5 3 |

重 如山哎 重 如山哎 重 如山哎 重 如

7 6 – | 6 – | (6 6 | 6 6 | 6 7 6 7 6 5 |

山哎

3 6 5 6 5 3 | 2 5 3 5 3 2 | 1 3 2 3 2 1 | 1 6 6 6 6 |

6 6 6 6 | 6 – | 6 – | 3 5 3 5 6 ‖

夸武都

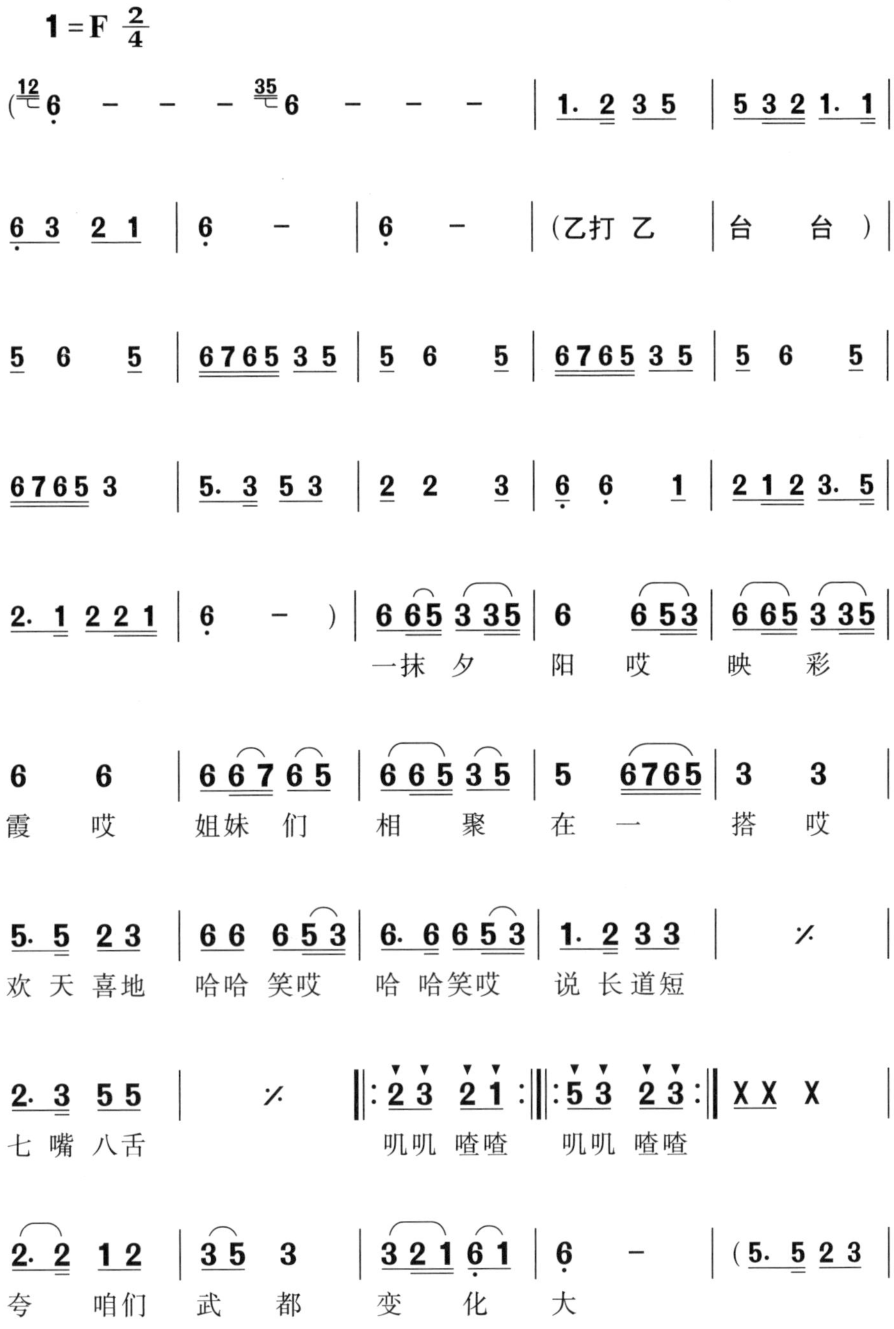

1＝F 2/4

一抹夕阳哎映彩霞哎
姐妹们相聚在一搭哎
欢天喜地哈哈笑哎哈哈笑哎
说长道短七嘴八舌
叽叽喳喳叽叽喳喳
夸咱们武都变化大

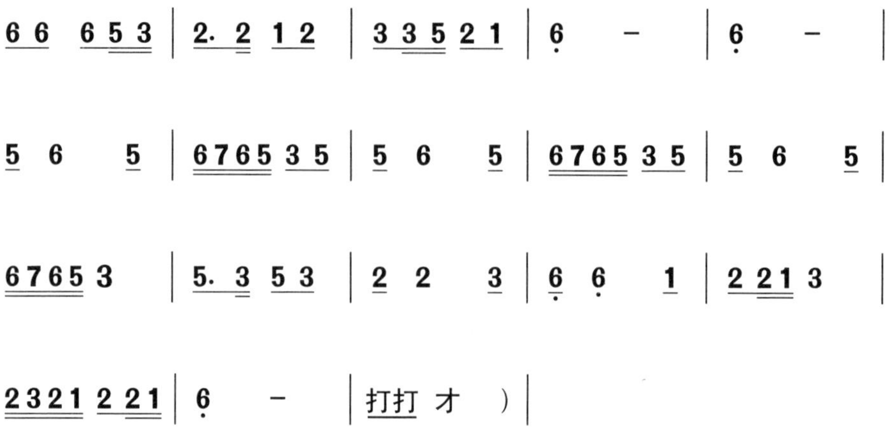

66 653 | 2. 2 12 | 33521 | 6 － | 6 － |

5 6 5 | 676535 | 5 6 5 | 676535 | 5 6 5 |

67653 | 5. 3 53 | 2 2 3 | 6 6 1 | 2213 |

2321221 | 6 － | 打打 才) |

数　板　说起花椒用处大，健脾养胃实不差。

椒籽榨油味道香。炸炒烹调顶呱呱。

西北人的口味大，吃吃喝喝爱麻辣。

油盐酱醋上八味，少了花椒味就差。

武都花椒把帅挂，远销港澳亚非拉，

墨西哥，加拿大，我请朋友都尝尕。

俄罗斯，孟加拉，欧洲朋友也试尕，

咬上一口麻煞煞，哈喽！哈喽！这个玩意叫什么？

眼看一个小不点，威力为啥这么大？

大红袍，笑哈哈，美得就像姑娘家。

叫老外，你莫怕，见了宝贝你怕啥？

我的名字叫花椒，陇南武都是我家。

想吃多少传个话，保你满意心牵挂。

上马街，到安化，质量保证没误差。

我们说话不变卦，要多要少随你拉。

随你拉！（才　才）

甲　姐妹们哎！

众　哦——

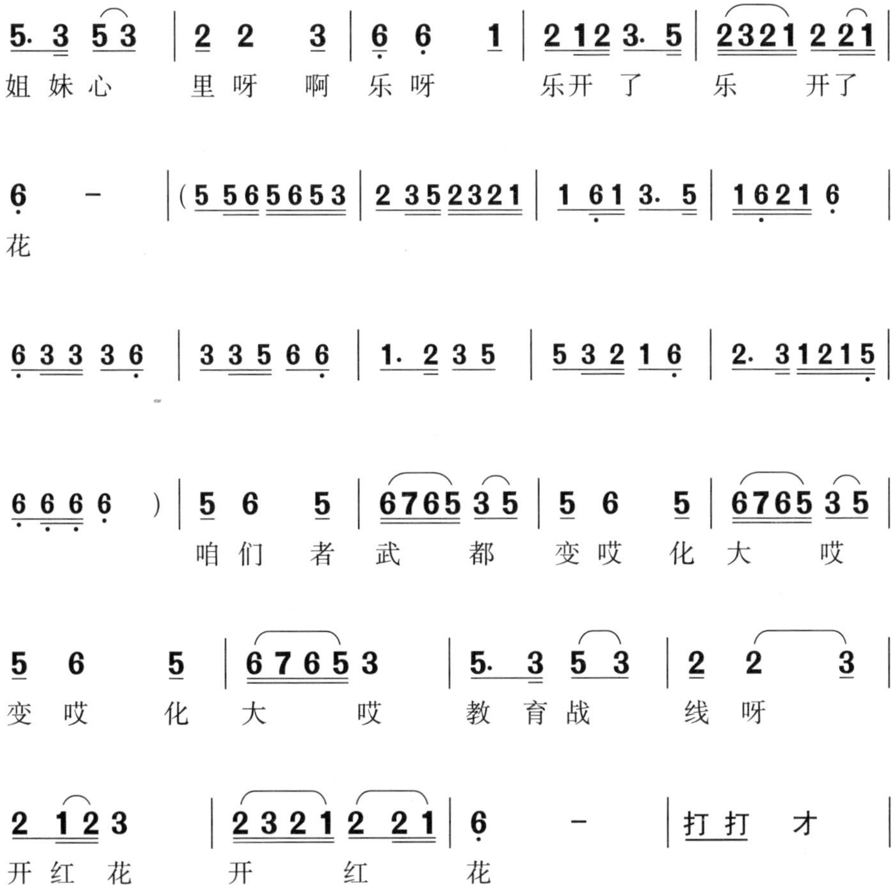

5. 3 5 3 | 2 2 3 | 6 6 1 | 2 12 3. 5 | 2321 2 21 |

姐 妹 心　里 呀　啊　乐 呀　乐开 了　乐　开了

6 － | (5 565653 | 2 352321 | 1 61 3. 5 | 16216 |

花

63336 | 33566 | 1. 235 | 53216 | 2. 31215 |

6666) | 5 6 5 | 6765 35 | 5 6 5 | 6765 35 |

咱 们 者 武　都　变 哎　化 大　哎

5 6 5 | 67653 | 5. 3 5 3 | 2 2 3 |

变 哎　化 大　哎　教 育 战　线 呀

2 12 3 | 2321 2 21 | 6 － | 打打 才 |

开 红 花　开　红　花

数　板　咱们武都变化大，教育事业开红花，

武都一中迁校址，石坡儿坝里有新家。

深圳中学修得美，高楼宏伟大院坝。

城乡教育大发展，新楼建了一拨塔。

人类灵魂工程师，兢兢业业育鲜花。

以人为本是实话，跨越发展靠大家。

强国必先抓教育，文化滞后人笑话。

党对教育支持大，和谐社会人人夸。

（才　才）

甲　姐妹们哎！

众　哦——

5. 3 5 3 | 2 2 3 | 6 6 1 | 2 2 1 3. 5 | 2 2 1 2 1 |
百 年 树　人 呀　好 呀　好办 法　好呀 好办

6 – | 5 6 5 | 6765 3 5 | 5 6 5 | 6765 3 5 |
法　咱 们 者　武 都　变 哎 化　大 哎

5 6 5 | 6765 3 | 5. 3 5 3 | 2 2 3 | 6 6 1 |
变 哎 化　大 呀　卫 生 医　疗 呀　开 呀

2 2 1 3. 5 | 2 2 1 2 2 1 | 6 – | (打 打 才) |
开 红 花　开 红　花

数　板　社会发展靠人干，人民健康是关键。

党中央，国务院，把人民健康记心间。

卫生事业大发展，城乡新建卫生院。

真为人民解困难，合作医疗常兑现。

市院、县院、中医院，白衣天使做奉献。

我老伴去年住医院，费用报销多一半。

我今年住院二十天，自个儿才掏几百元。

饮食清淡多锻炼，精神焕发胜从前。

（打打　才）

姐妹们哎——

众 哦——

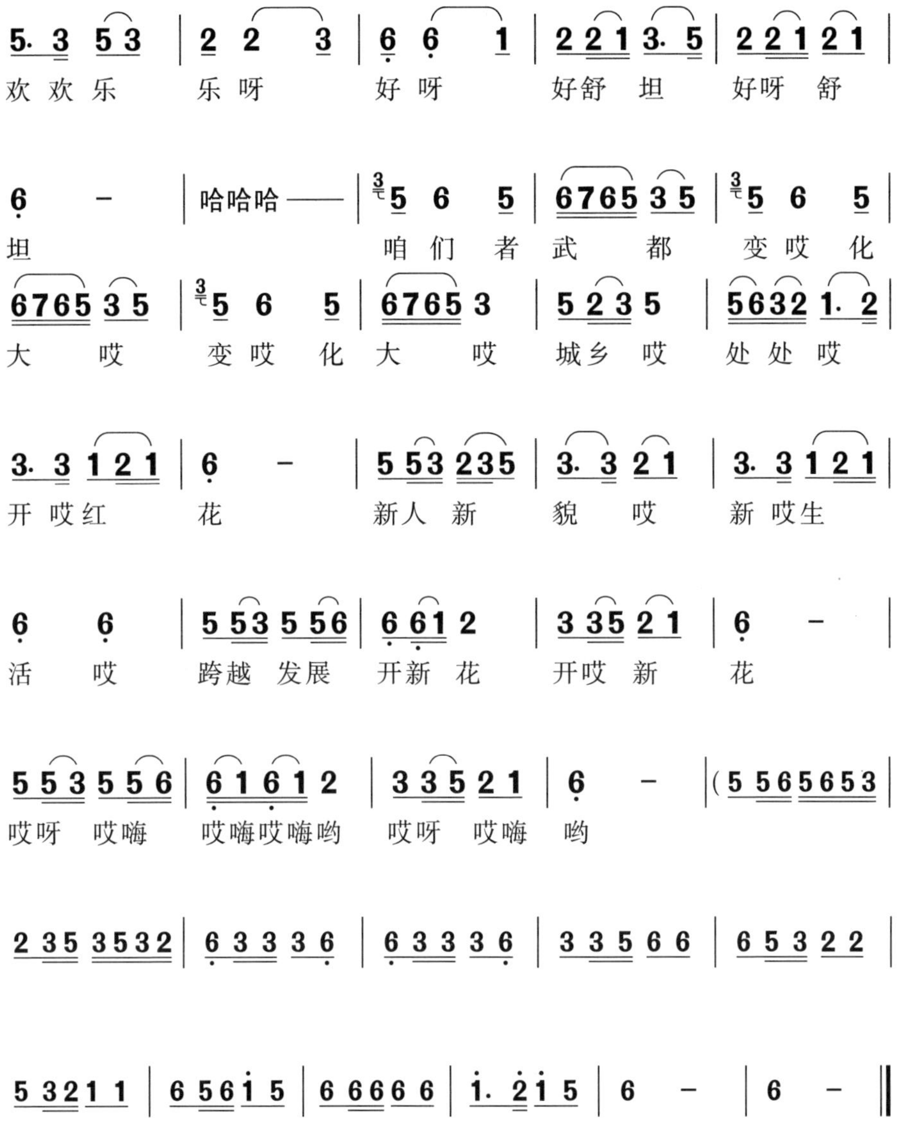

5. 3 5 3 | 2 2 3 | 6 6 1 | 2 2 1 3. 5 | 2 2 1 2 1 |
欢 欢 乐 乐 呀 好 呀 好舒 坦 好呀 舒

6 – | 哈哈哈—— | 5 6 5 | 6765 3 5 | 5 6 5 |
坦 咱 们 者 武 都 变 哎 化

6765 3 5 | 5 6 5 | 6765 3 | 5 2 3 5 | 5632 1. 2 |
大 哎 变 哎 化 大 哎 城乡 哎 处 处 哎

3. 3 1 2 1 | 6 – | 5 5 3 2 3 5 | 3. 3 2 1 | 3. 3 1 2 1 |
开 哎 红 花 新人 新 貌 哎 新 哎 生

6 6 | 5 5 3 5 5 6 | 6 6 1 2 | 3 3 5 2 1 | 6 – |
活 哎 跨越 发展 开新 花 开哎 新 花

5 5 3 5 5 6 | 6 1 6 1 2 | 3 3 5 2 1 | 6 – | (5 5 6 5 6 5 3 |
哎呀 哎嗨 哎嗨哎嗨哟 哎呀 哎嗨 哟

2 3 5 3 5 3 2 | 6 3 3 3 6 | 6 3 3 3 6 | 3 3 5 6 6 | 6 5 3 2 2 |

5 3 2 1 1 | 6 5 6 1 5 | 6 6 6 6 6 | 1. 2 1 5 | 6 – | 6 – ‖

回 娘 家

（新编高山戏小演唱）

时间：现代

地点：米仓山路上

人物：杨明礼　男　66岁

　　　李梅花　女　25岁

1＝F $\frac{2}{4}$

中速

(³⁵6 — — — | 7 6 0 | 7 6 0 | 6. 7 6 5 |

3. 5 3 2 | 6 3 2 1 | 3 3 5 6 5 | 6 3 2 1 | 6 — |

6 — | 3 5 6) | 3 3 5 3 5 | 6 — | 6. 7 6 5 3 |

合

哟嗬 咦哟 嗨 哟 嗬咦哟

2 — | 3. 3 3 6 | 5 3 6 | 5 3 6 | 6 7 6 7 6 5 |

嗨 哟 嗬 哟嗬 哟嗬 嗨 哟嗬 嗨 哟嗬咦 呀么

3 6 5 6 5 3 | 2 5 3 5 3 2 | 1 3 2 3 2 1 | 1 6 | 6 — |

哟嗬咦 呀么 哟嗬咦 呀么 哟嗬咦 呀么 哟 嗬 嗨

7 6 5 | 6 —) |

6 — | 6. 7 6 5 | 3 2 3 5 | ⁷6 — | 6 — |

云雾山上 北 风 寒哎

5 3 2 |

(3 6 3 6 | 3 5 3 5 6) | 6. 7 6 5 | 3 2 1 2 | ⁵3 — |

梅花急忙 把 路 赶哎

3 —) |

3 — | (6 3 6 3 | 3 5 3 2 3 3) | 5 3 5 | 6. 7 6 5 |

一口 气 跑 过了

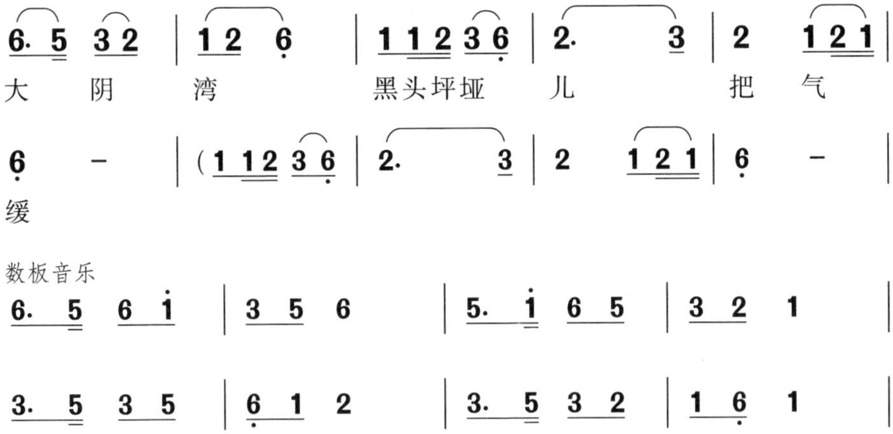

6. 5 3 2 | 1 2 6 | 1 1 2 3 6 | 2. 3 | 2 1 2 1 |
大 阴 湾 黑头坪垭 儿 把 气

6 – | (1 1 2 3 6 | 2. 3 | 2 1 2 1 | 6 – |
缓

数板音乐

6. 5 6 i | 3 5 6 | 5. i 6 5 | 3 2 1 |

3. 5 3 5 | 6 1 2 | 3. 5 3 2 | 1 6 1 |

数　板　嫁到天水十里铺，
十年没回娘家路，
米仓山上下了车，
好像腾云又驾雾。
站在山头往前看，
两条岔路在眼前，
不知哪条去杨坝，
梅花心中好为难。
左右为难心正烦，
身后走来一老汉，
稍等一会把路问，
问清道路不作难。

【杨明礼上。

梅　花　哎——哎——走杨坝该走哪条路啊？还有多远啊？

【杨明礼不理不睬低头走路。

梅　花　哎——哎——（走到杨明礼跟前）哎！问你哩，你咋不说话啊？

杨明礼　啊？你问我哩？

梅　花　不问你，问谁哩？你看这山路上除了你还有谁？

杨明礼　哦——对对对！这山路上除了我再没别人！你问啥哩？

梅　花　我问你走杨坝该走哪条路？还有多远啊？

杨明礼　到杨坝？哦——远着哩！远着哩！我给你按（丈量）一下（拿起手杖量路）嗨！这么按说不清，大略谋（大概）有十万八千棍吧！

梅　花　（大笑）哈哈哈——哪有这样按路的。路的远近要按“里”说哩！

杨明礼　对对对！“按理”说，“按理”说我就不叫“哎——”我叫杨明礼！明白道理的“明”，知晓礼貌的“礼”。

梅　花　（恍然醒悟）哦——我错了！我错了！按理说我应叫你大爷。（行礼）杨大爷，请原谅！年轻娃娃失礼了！

杨明礼　哈哈哈——这也难怪！现在的娃娃不讲礼貌的可多着哩！我们村里有的媳妇把她阿公（公公）叫“哎——”，把她阿家（婆婆）叫“哎——”，有的娃把他爸都叫“哎——”，把他妈也叫“哎——”；还有的娃娃——

【梅花急忙阻止。

梅　花　杨大爷，快别说了！我失礼了！以后一定改！一定改！

杨明礼　哈哈哈——知错就改，就是个好娃娃。我还没问你贵姓呢。走咋咋（哪里）去哩，探亲呢？还是——

梅　花　大爷，我叫李梅花，家在后宋化马哩，回娘家去哩，今晚打算歇着南坪杨坝，这条路没走过！

杨明礼　哈哈哈——莫急！莫急！娃娃，我就是南坪杨坝人，咱们正好同路。今晚你就歇在我家里，有你吃住的地方。

梅　花　那好啊！谢谢大爷给我上了一堂礼节课！

杨明礼　哈哈哈——

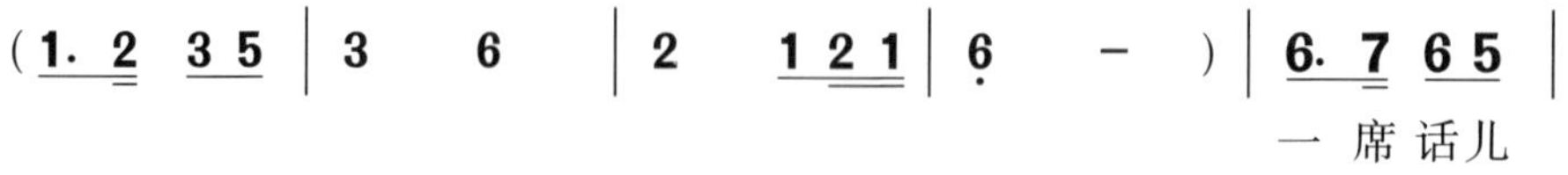

（1. 2 3 5 | 3 6 | 2 1 2 1 | 6 – ）| 6. 7 6 5 |

一 席 话儿

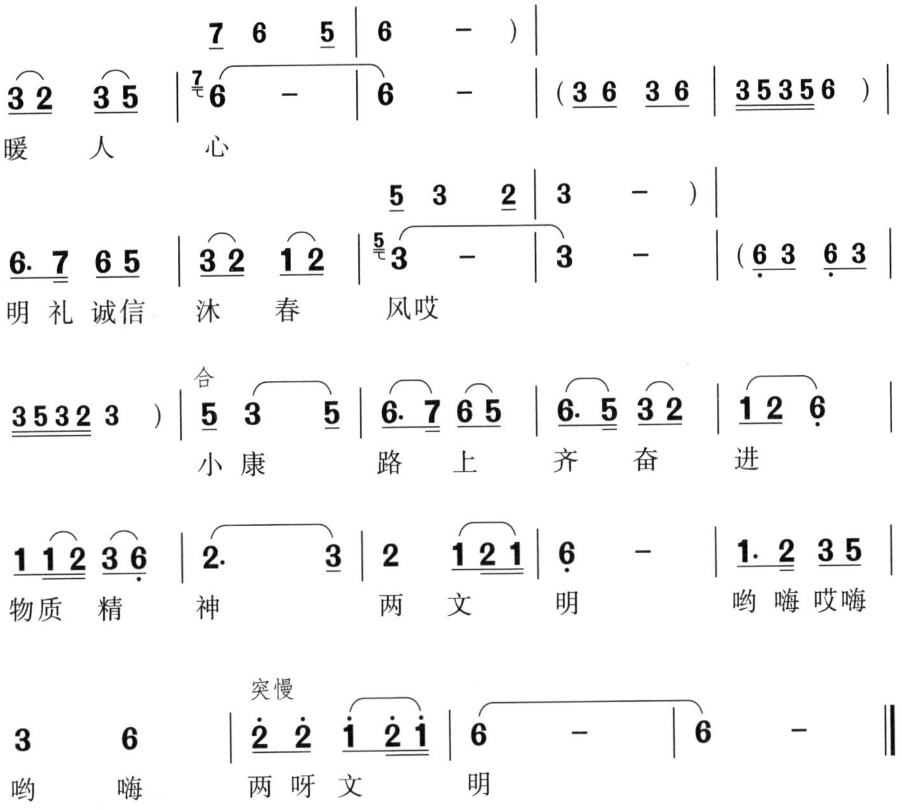

7 6 5 | 6 –) |

3 2 3 5 | 6 – | 6 – | (3 6 3 6 | 35356) |
暖 人 心

5 3 2 | 3 –) |

6. 7 6 5 | 3 2 1 2 | 3 – | 3 – | (6 3 6 3 |
明礼诚信 沐 春 风哎

合
35323 3) | 5 3 5 | 6. 7 6 5 | 6. 5 3 2 | 1 2 6 |
小康 路 上 齐 奋 进

1 1 2 3 6 | 2. 3 | 2 1 2 1 | 6 – | 1. 2 3 5 |
物质 精 神 两 文 明 哟 嗨 哎嗨

突慢
3 6 | 2 2 1 2 1 | 6 – | 6 – ‖
哟 嗨 两 呀 文 明

【远处传来喇叭声。

梅　花　杨大爷，你听，好像车来了。

杨明礼　哦——对对对，那是尹师傅的班车从县城里赶回来了。

梅　花　那尹师傅你认得吗？大爷，走咱们搭车去！

杨明礼　认识，认识。我们熟悉得很！尹师傅可是个懂礼貌的人啊，老远见了我就叫杨爷哩！

梅　花　那太好了，大爷，走，你给咱挡车，我给咱买票。

杨明礼　哈哈哈——好说！好说！

(5 3 2 1 | 6 –) | 3 5 6 | 3 5 6 | 1 6 5 3 |
来 仓 山 上 唱新 哎

2 – | 3 5 6 | 3 5 6 | i 6 5 3 | 2 – |

歌 一 山 唱 来 万山 哎 合

3 2 2 | 2· 3 5 5 | 5 2 | 3 2 1 6 | 3 3 5 |

哟嗬 嗨 社 会 和谐 人 明 礼 哎 丰 衣

2 3 | 5 3 2 1 | 6 – | 3· 3 5 3 5 | 6 – |

足 食 幸福 哎 多 哟 嗬咦哟 嗨

5 3 6 | 5 3 6 | 6 7 6765 | 3 6 5653 | 2 5 3532 |

哟嗬 嗨 哟嗬 嗨

1 3 2321 | 1 6 | 6 – | 6 – ‖

哟 嗬 嗨

【在欢快的音乐声中快步下场。

家常话

（新编高山戏表演唱）

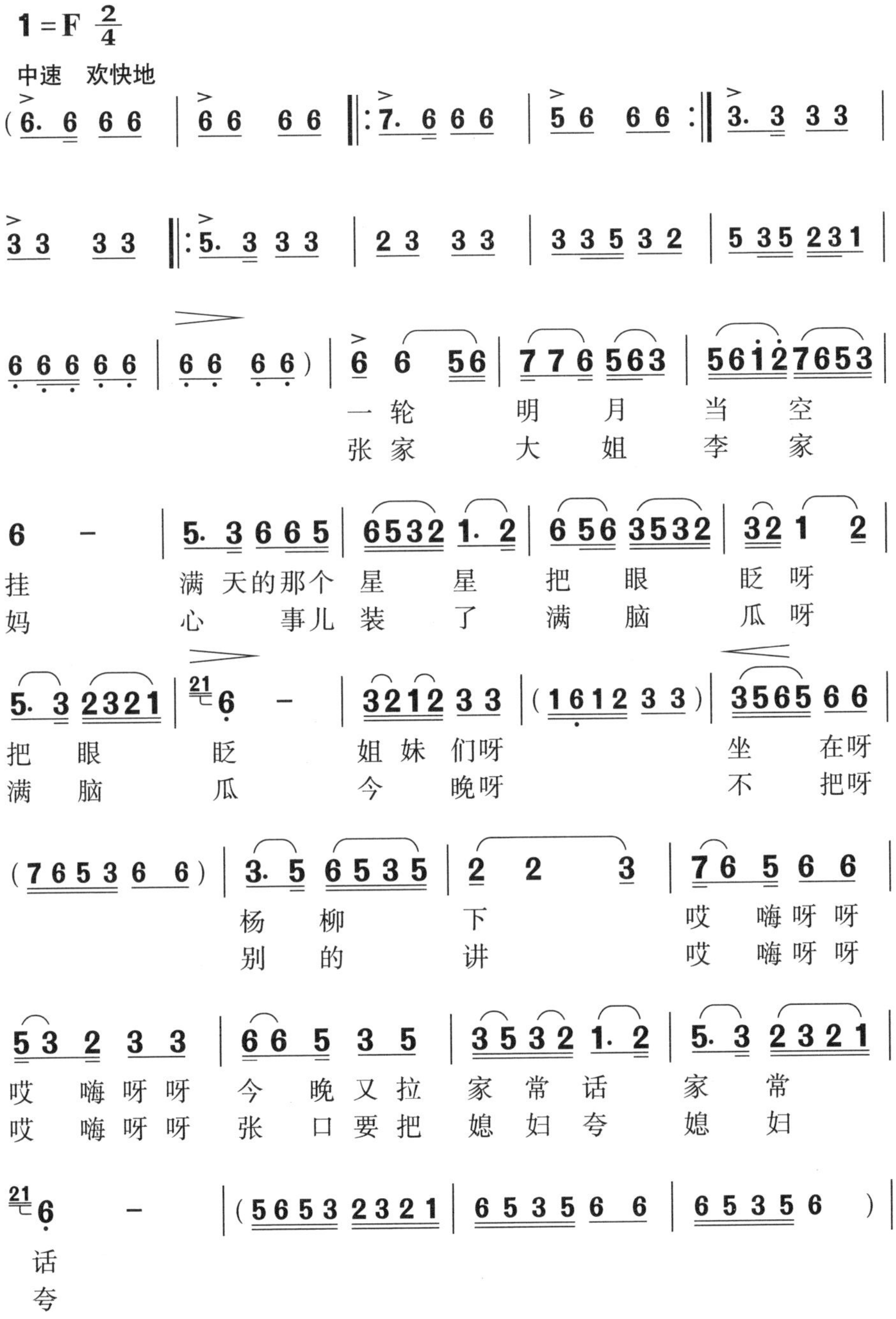

1＝F 2/4

中速　欢快地

一轮明月当空挂　满天的那个星星把眼眨呀　把眼眨　姐妹们呀　坐在呀杨柳下　哎嗨呀呀　哎嗨呀呀　今晚又拉家常话　家常话

张家大姐李家妈　心事儿装了满脑瓜呀　满脑瓜　今晚呀　不把呀别的讲　哎嗨呀呀　哎嗨呀呀　张口要把媳妇夸　媳妇夸

数板音乐

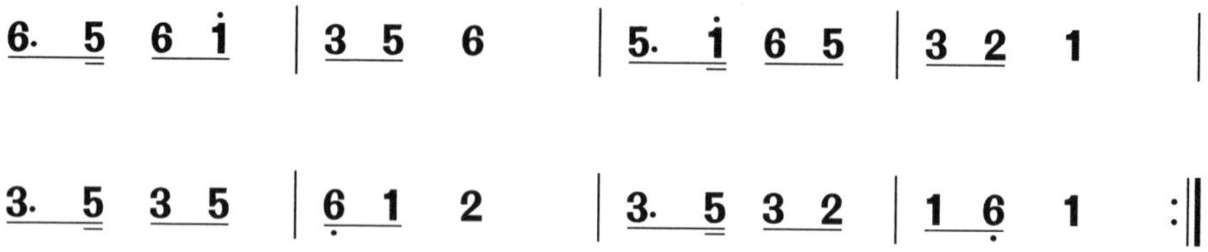

6. 5 6 i | 3 5 6 | 5. i 6 5 | 3 2 1 |

3. 5 3 5 | 6 1 2 | 3. 5 3 2 | 1 6 1 :||

【数板

甲　　媳妇名叫迎春花，亮丽贤惠一枝花，

娘家就在花儿坝，嫁到我们张家坝。

这娃心善甜嘴巴，左邻右舍谁不夸！

妈，妈，你想吃啥？请给你娃说句话。

软硬咸淡你尝尕，你说还得加点啥？

妈，妈，你听话，脱下你的外大褂，

大褂上面有垢痂，衣服脏了人笑话。

妈，妈，你摸尕，你的头发又脏啦。

端来板凳你坐哈，让我给你洗头发。

妈，妈，你看尕，满脸汗淌水洼洼，

我手里拿的干毛巾，让我给你把汗擦。

妈，妈，你歇尕，喂猪喂鸡我喂家。

洗洗脚，喝口茶，想看电视坐哪达。

暖热炕，片闲话，安排明天该干啥？

左邻右舍把我夸，夸我老婆福气大！

众　龙嫂子哎——

甲　哦——

众　你的福气可真大啊！

甲　啊你还当啥着哩！

【唱

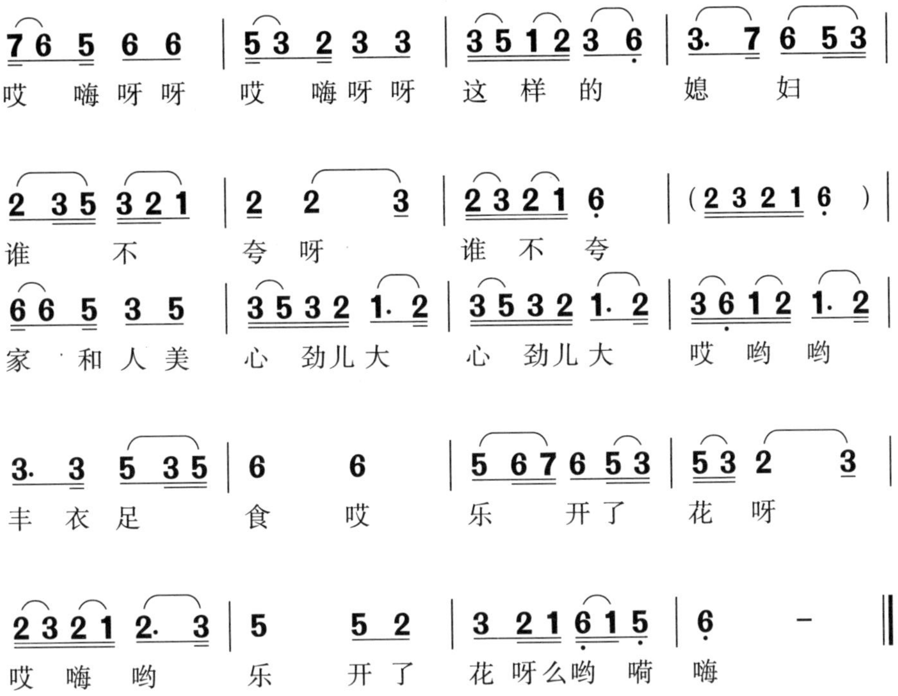

76 5 6 6 | 53 2 3 3 | 351 2 3 6 | 3. 7 6 53 |

哎 嗨呀呀 哎 嗨呀呀 这 样 的 媳 妇

2 35 321 | 2 2 3 | 2321 6 | (23216) |

谁 不 夸 呀 谁 不 夸

66 5 3 5 | 3532 1. 2 | 3532 1. 2 | 3612 1. 2 |

家 和人美 心 劲儿大 心 劲儿大 哎 哟 哟

3. 3 5 35 | 6 6 | 567 6 53 | 53 2 3 |

丰 衣 足 食 哎 乐 开 了 花 呀

2321 2. 3 | 5 5 2 | 3 21 615 | 6 - ‖

哎 嗨 哟 乐 开 了 花 呀么哟 嗬 嗨

【数板

乙　我媳妇名叫芙蓉花，荷塘坪上有娘家。

亭亭玉立长了个美，人美心美一枝花。

他和我儿是同学，自由恋爱嫁我家。

婚后三天把地下，烈日之下把汗洒。

务果园，又种瓜，科学种田有新法。

苹果熟了先敬我，常把甜瓜抱回家。

我不吃瓜她发话，我不敬老人瞎忙啥？

种柴胡，种半夏，家业很快就壮大。

兼办多种经营部，印度越南把牌挂。

媳妇开车本领大，把我拉上游天下。

成都绵阳攀枝花，重庆一转到长沙。

武汉大桥照个像，上海宾馆才住下。
苏州杭州转个够，转身北上到郑州，
转了郑州还不算，专门去了驻马店。
嵩山少林还心愿，吉林看了二人转。
一下转到黑龙江，长白山下吃了饭。
天津吃了狗不理，北京进了烤鸭店。

众　大姐姐哎——

乙　哦——

众　天津的狗不理包子好吃哩不？

乙　好吃，好吃！

众　北京的烤鸭呢，吃了没？

乙　吃了！吃了！

众　你好大的口福哎——

乙　北京城里过了瘾，名胜古迹都看遍。
天安门前合个影，鸟巢旁边照相片。
再从延安到西安，华清池里泡温泉。
又从天水到成县，小川跑到望子关。
一口气跑到米仓山，安华镇上吃搅团。
慢慢悠悠溜进城，过桥上了旧城山。
这次出门转得美，整整逛了一百天。
衣食住行媳妇管，谁不夸我媳妇贤。

众　大姐姐哎——

乙　哦——

众　你的媳妇子，颠倒子挂鸡窝里——不捡一个蛋！哈哈哈——

【唱。（同上曲）

丙　【数板

我媳妇名叫山菊花，待我老婆也不差，

别看模样一般化，可爱胜你芙蓉花。

十五六岁没了爸，里里外外靠妈妈。

女长十八变化大，俊秀聪慧人人夸。

二十二岁才出嫁，她跟我娃成了家。

我娃是个憨厚娃，媳妇进门就当家。

你莫小看山菊花，她把家务一手抓。

种庄稼，养鸡鸭，肥猪长到八百八。

韭菜菠菜和芹菜，老葱洋葱加笋瓜。

家庭会上把我夸，给我还把奖金发。

众 哈哈哈——尹家妹子哎——

丙 哦——

众 娃给你的奖金你收来没？

丙 收下了，收下了！这社会谁还不爱钱啊！

众 哈哈哈——

丙 你们别门缝里看人，娃的钱我才没收哩！

【数板

穿穿戴戴全靠她，我要奖金做啥家？

忙完家务上新疆，搭伙儿挣钱拾棉花。

出门把我常牵挂，晚上给我打电话。

说不完的贴心话，把我乐得睡不下！

众 尹家妹子哎——

丙 哦——

众 乐得你睡不着了，你咋不到长江大道上转去啊！

丙 我才没外闲工夫哩！

众 哈哈哈——

【唱。（同上曲）

丁 【数板

你们的媳妇好娃娃，我的媳妇也不差。
她的名叫腊梅花，今年刚满二十八。
我儿是个马大哈，光做生意不顾家。
自从进了我家门，真个亏了小梅花。
今日单说三年前，梅花结婚刚一年，
我患疾病住医院，全靠梅花来照看。
武都的七月热得凶，病房就像蒸笼蒸。
洗手洗脚擦浑身，手拿扇子来扇风。
剪指甲、梳头发，睁大眼把蚊子打。
娘娘哟——
中伏的蚊子凶得很，缠着不走把我啃！
一啃一个大红包，十天半月都不消。
你看我运气遭不遭，可把我媳妇害苦了。
又喂饭，又喂药，消肿止痒擦膏药。
把我伺候出院了，媳妇瘦成了杨柳梢。
同院的人们齐夸赞，说我的媳妇真比儿子好。
出医院，回到家，你看我的腊梅花。
好吃好喝服侍我，烧鱼杀鸡炸龙虾。
每晚婆媳坐一搭，和颜悦色把话拉。
当我说句感谢话，梅花笑着把话插，
妈，妈你看孬，你看孬，你就说了见外的话。
正是咱俩缘分大，我才能伺候你老人家。
孝敬老人是本分，你没话找话人笑话。

丁 众嫂子们哎——

众 哦——

丁 你们说，我的梅花媳妇好不好？

众 好好好！好得很！

丁 该夸不该夸？

众 哈哈哈——该夸！该夸！

【唱。

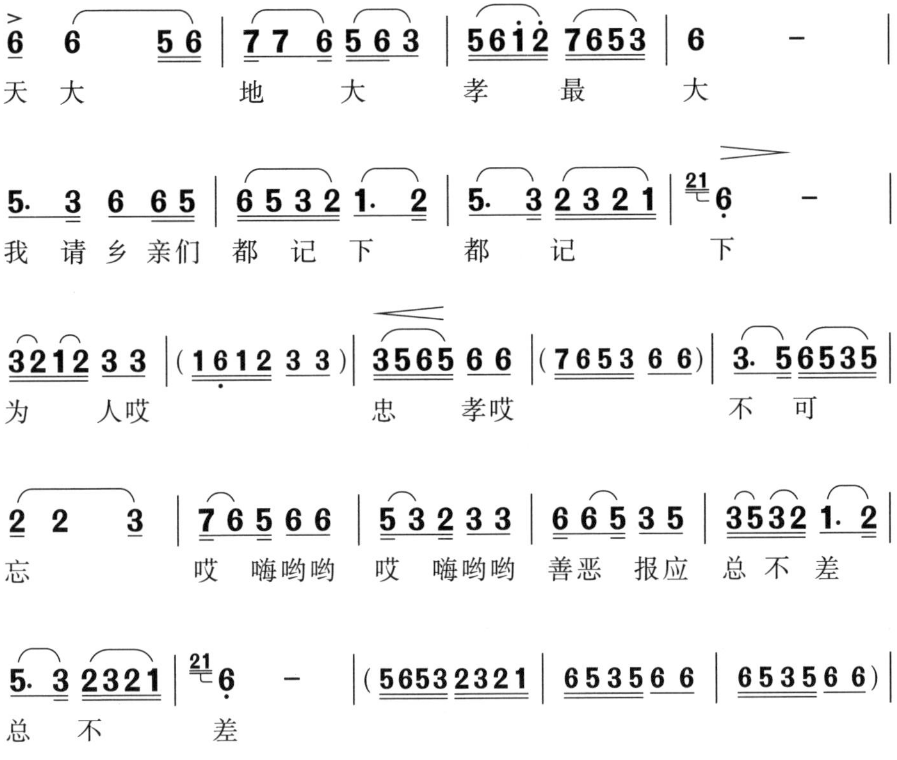

6 6 5 6 | 7 7 6 5 6 3 | 5 6 1 2 7 6 5 3 | 6 - |

天 大 地 大 孝 最 大

5. 3 6 6 5 | 6 5 3 2 1. 2 | 5. 3 2 3 2 1 | 6 - |

我 请 乡 亲们 都 记 下 都 记 下

3 2 1 2 3 3 | (1 6 1 2 3 3) | 3 5 6 5 6 6 | (7 6 5 3 6 6) | 3. 5 6 5 3 5 |

为 人哎 忠 孝哎 不 可

2 2 3 | 7 6 5 6 6 | 5 3 2 3 3 | 6 6 5 3 5 | 3 5 3 2 1. 2 |

忘 哎 嗨哟哟 哎 嗨哟哟 善恶 报应 总 不 差

5. 3 2 3 2 1 | 6 - | (5 6 5 3 2 3 2 1 | 6 5 3 5 6 6 | 6 5 3 5 6 6) |

总 不 差

【尾声

6. 6 6 6 | 6 6 6 6 ‖: 7. 6 6 6 | 5 6 6 6 :‖ 3. 3 3 3 | 3 3 3 3 |

‖: 5. 3 3 3 | 2 3 3 3 | 3 3 5 3 2 | 5 3 5 2 3 1 | 6 6 6 6 6 | 6 6 6 6) ‖

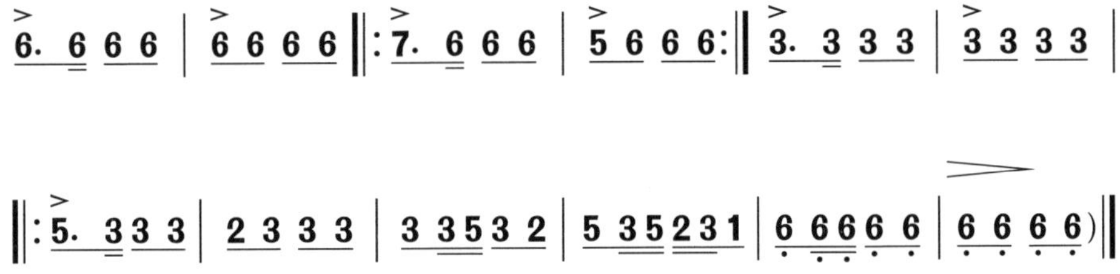

城市清洁员

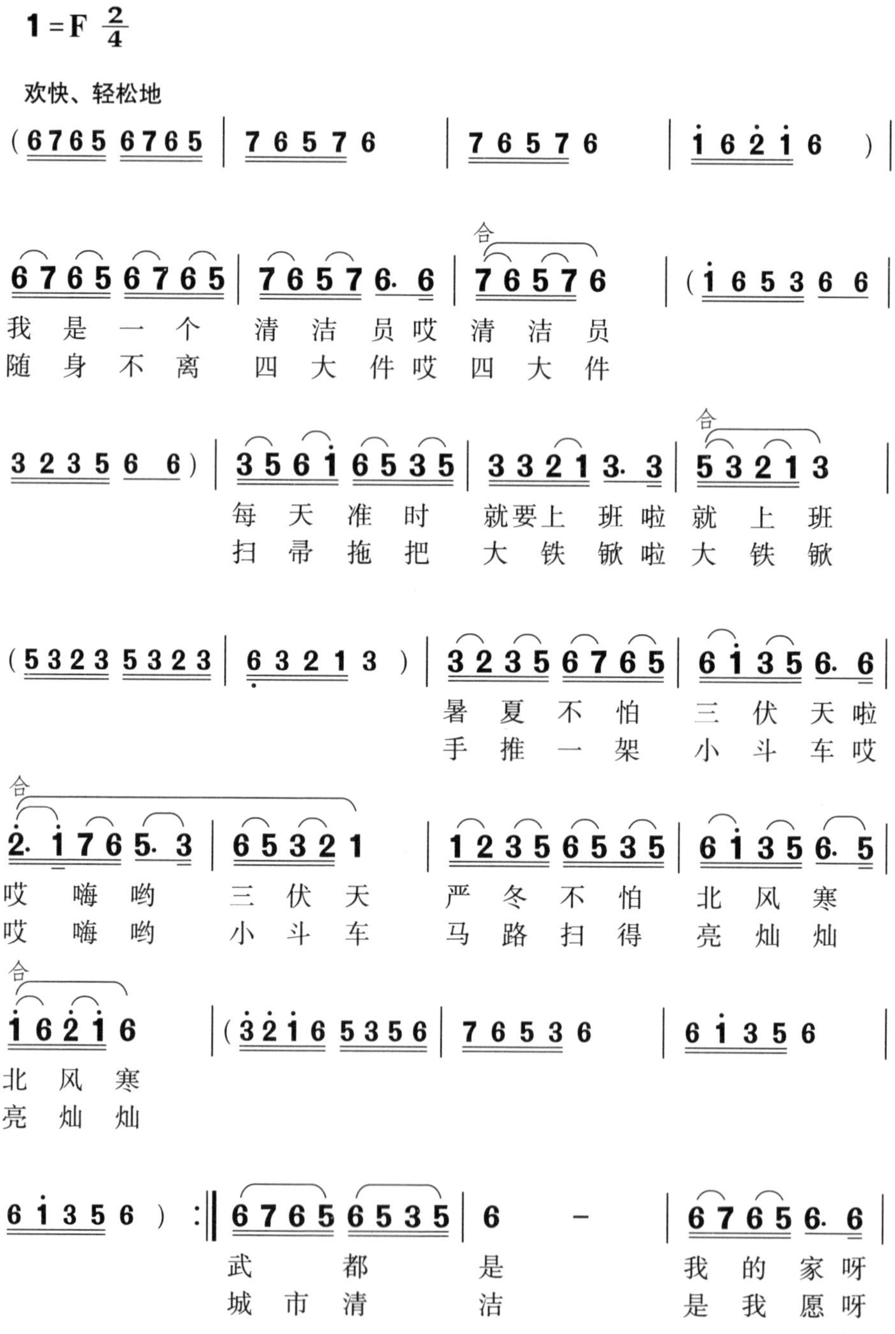

1=F 2/4

欢快、轻松地

(6765 6765 | 76576 | 76576 | 16216) |

6765 6765 | 7657 6. 6 | 合 76576 | (165366 |

我是一个 清洁员哎 清洁员

随身不离 四大件哎 四大件

32356 6) | 3561 6535 | 3321 3. 3 | 合 53213 |

每天准时 就要上班啦 就上班

扫帚拖把 大铁锨啦 大铁锨

(5323 5323 | 63213) | 3235 6765 | 6135 6. 6 |

暑夏不怕 三伏天啦

手推一架 小斗车哎

合 2. 1765. 3 | 65321 | 1235 6535 | 6135 6. 5 |

哎嗨哟 三伏天 严冬不怕 北风寒

哎嗨哟 小斗车 马路扫得 亮灿灿

合 16216 | (3216 5356 | 76536 | 61356 |

北风寒

亮灿灿

61356) :‖ 6765 6535 | 6 – | 6765 6. 6 |

武都是 我的家呀

城市清洁 是我愿呀

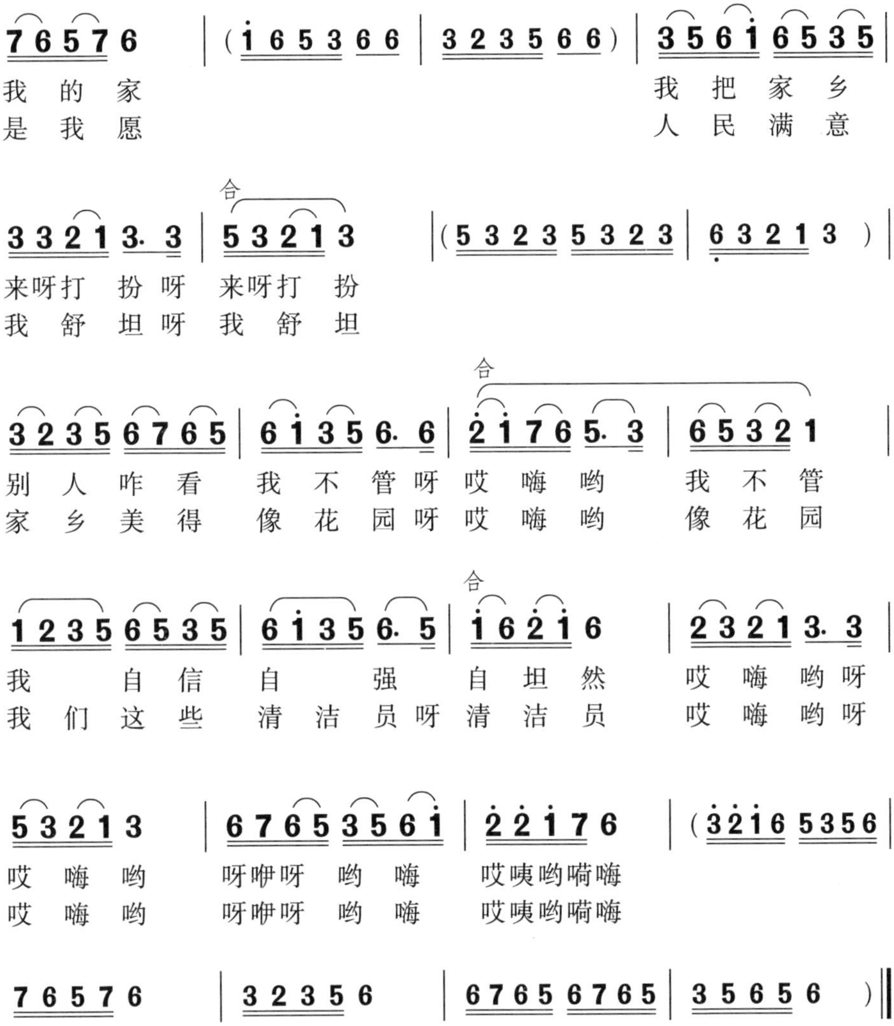

7 6 5 7 6 | (1 6 5 3 6 6 | 3 2 3 5 6 6) | 3 5 6 1 6 5 3 5 |

我 的 家 我 把 家 乡

是 我 愿 人 民 满 意

合

3 3 2 1 3· 3 | 5 3 2 1 3 | (5 3 2 3 5 3 2 3 | 6 3 2 1 3) |

来呀打 扮 呀 来呀打 扮

我 舒 坦 呀 我 舒 坦

合

3 2 3 5 6 7 6 5 | 6 1 3 5 6· 6 | 2 1 7 6 5· 3 | 6 5 3 2 1 |

别 人 咋 看 我 不 管 呀 哎 嗨 哟 我 不 管

家 乡 美 得 像 花 园 呀 哎 嗨 哟 像 花 园

合

1 2 3 5 6 5 3 5 | 6 1 3 5 6· 5 | 1 6 2 1 6 | 2 3 2 1 3· 3 |

我 自 信 自 强 自 坦 然 哎 嗨 哟 呀

我 们 这 些 清 洁 员 呀 清 洁 员 哎 嗨 哟 呀

5 3 2 1 3 | 6 7 6 5 3 5 6 1 | 2 2 1 7 6 | (3 2 1 6 5 3 5 6 |

哎 嗨 哟 呀咿呀 哟 嗨 哎咦哟嗬嗨

哎 嗨 哟 呀咿呀 哟 嗨 哎咦哟嗬嗨

7 6 5 7 6 | 3 2 3 5 6 | 6 7 6 5 6 7 6 5 | 3 5 6 5 6) ‖

2014年元旦，深夜无眠，回想自己已过古稀却一事无成，不觉憾叹人生——

此时此刻，马路清洁工扫路的声响不时响起，那昏暗的路灯，那昏暗路灯下的长长身影——知其者几人？

许是我多虑了，他们自也有自己的快乐！

高山戏唱腔曲牌【爱阳花】欢快流畅，这段音乐的旋律素材、节奏类型与它有着很大的关联。

我是一个护林员

1=G 2/4

神情地

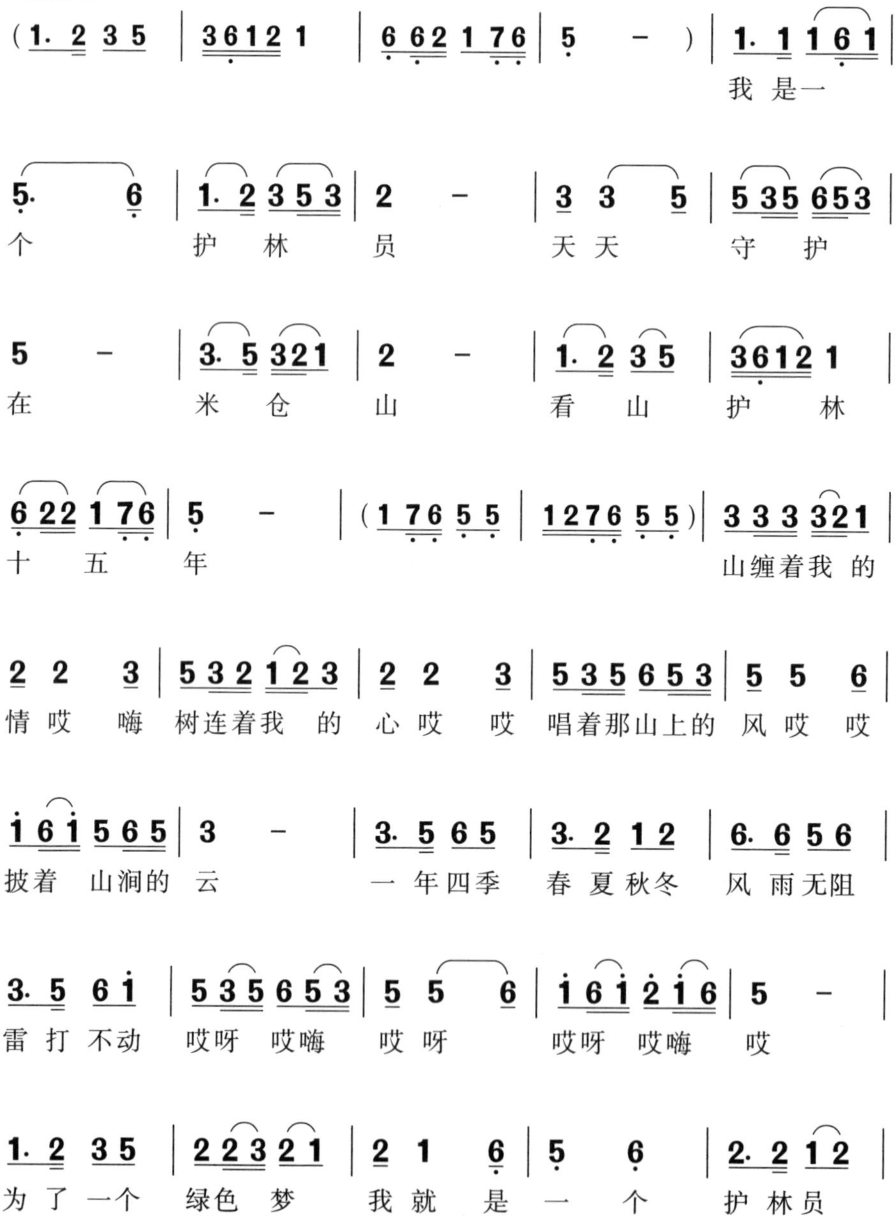

(1. 2 3 5 | 3 6 1 2 1 | 6 6 2 1 7 6 | 5 -) | 1. 1 1 6 1 |

我 是一

5. 6 | 1. 2 3 5 3 | 2 - | 3 3 5 | 5 3 5 6 5 3 |

个 护 林 员 天 天 守 护

5 - | 3. 5 3 2 1 | 2 - | 1. 2 3 5 | 3 6 1 2 1 |

在 米 仓 山 看 山 护 林

6 2 2 1 7 6 | 5 - | (1 7 6 5 5 | 1 2 7 6 5 5) | 3 3 3 3 2 1 |

十 五 年 山缠着我 的

2 2 3 | 5 3 2 1 2 3 | 2 2 3 | 5 3 5 6 5 3 | 5 5 6 |

情 哎 嗨 树连着我 的 心 哎 哎 唱着那山上的 风 哎 哎

1 6 1 5 6 5 | 3 - | 3. 5 6 5 | 3. 2 1 2 | 6. 6 5 6 |

披着 山涧的 云 一 年四季 春 夏 秋冬 风 雨 无阻

3. 5 6 1 | 5 3 5 6 5 3 | 5 5 6 | 1 6 1 2 1 6 | 5 - |

雷 打 不动 哎呀 哎嗨 哎 呀 哎呀 哎嗨 哎

1. 2 3 5 | 2 2 3 2 1 | 2 1 6 | 5 6 | 2. 2 1 2 |

为 了 一个 绿色 梦 我 就 是 一 个 护 林 员

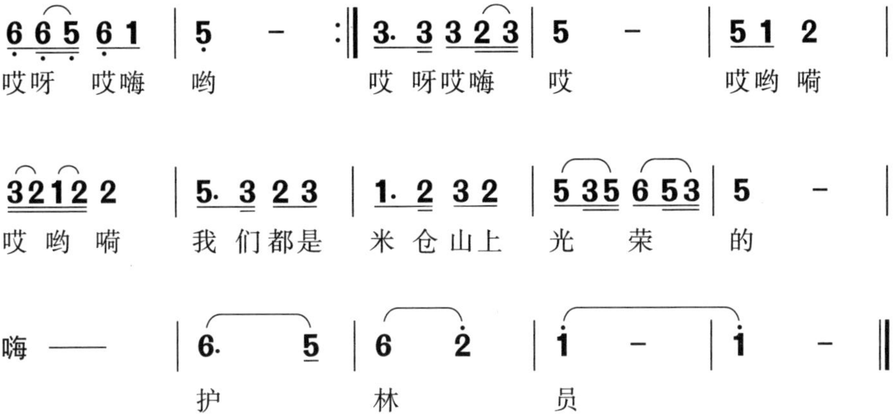

6 6 5 6 1 | 5 – :‖ 3. 3 3 2 3 | 5 – | 5 1 2 |

哎呀 哎嗨 哟 哎 呀哎嗨 哎 哎哟 嘀

3 2 1 2 2 | 5. 3 2 3 | 1. 2 3 2 | 5 3 5 6 5 3 | 5 – |

哎 哟 嘀 我 们都是 米 仓山上 光 荣 的

嗨 —— | 6. 5 | 6 2 | 1 – | 1 – ‖

护 林 员

夸婆婆

1＝F 2/4

亲切、欢快地

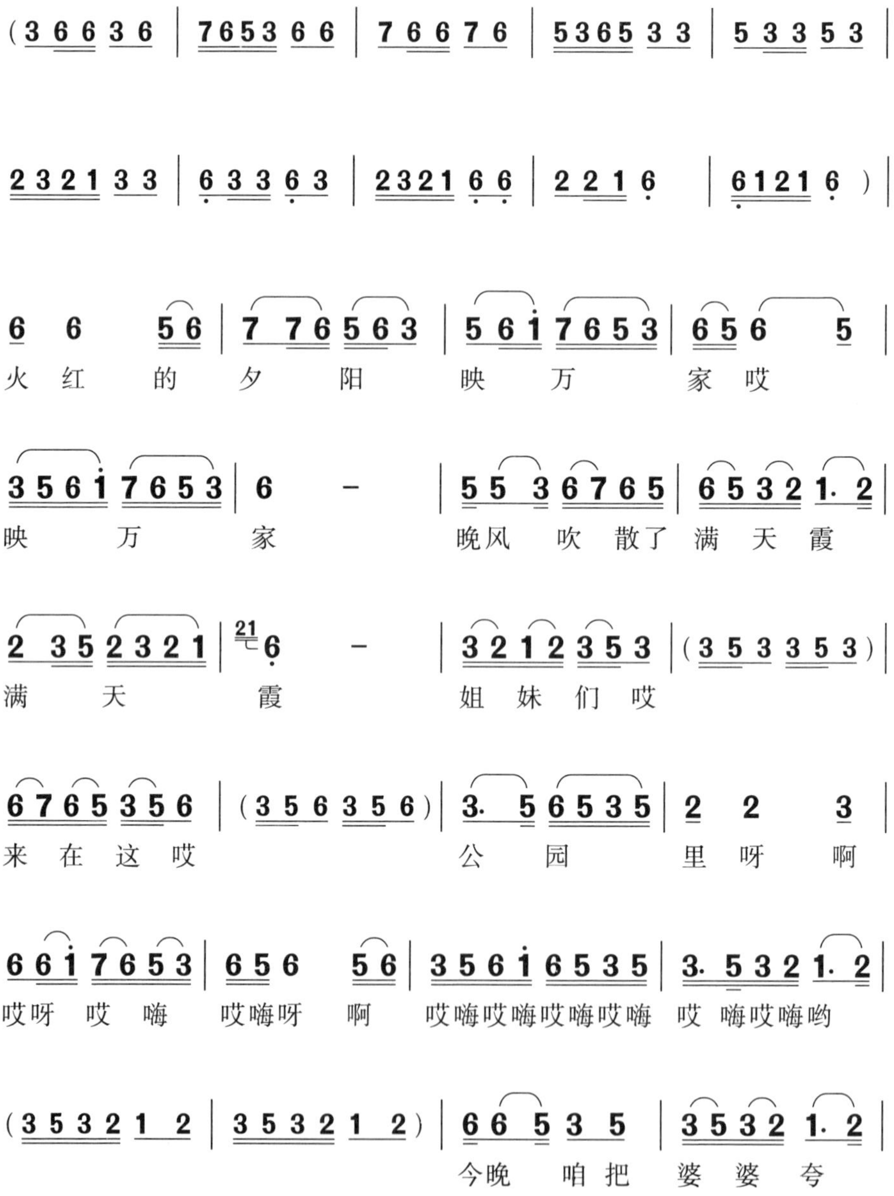

(3 6 6 3 6 | 7653 6 6 | 7 6 6 7 6 | 5365 3 3 | 5 3 3 5 3 |

2321 3 3 | 6 3 3 6 3 | 2321 6 6 | 2 2 1 6 | 6121 6) |

6 6 5 6 | 7 76 563 | 5 6 1 7653 | 6 5 6 5 |
火 红 的 夕 阳 映 万 家 哎

3561 7653 | 6 － | 55 3 6765 | 65 32 1. 2 |
映 万 家 晚风 吹 散了 满 天 霞

2 35 2321 | 21 6 － | 3212 353 | (353 353) |
满 天 霞 姐 妹 们 哎

6765 356 | (356 356) | 3. 5 6535 | 2 2 3 |
来 在 这 哎 公 园 里 呀 啊

66 1 7653 | 656 56 | 3561 6535 | 3. 532 1. 2 |
哎呀 哎 嗨 哎嗨呀 啊 哎嗨哎嗨哎嗨哎嗨 哎 嗨哎嗨哟

(35321 2 | 35321 2) | 66 5 3 5 | 3532 1. 2 |
今晚 咱 把 婆 婆 夸

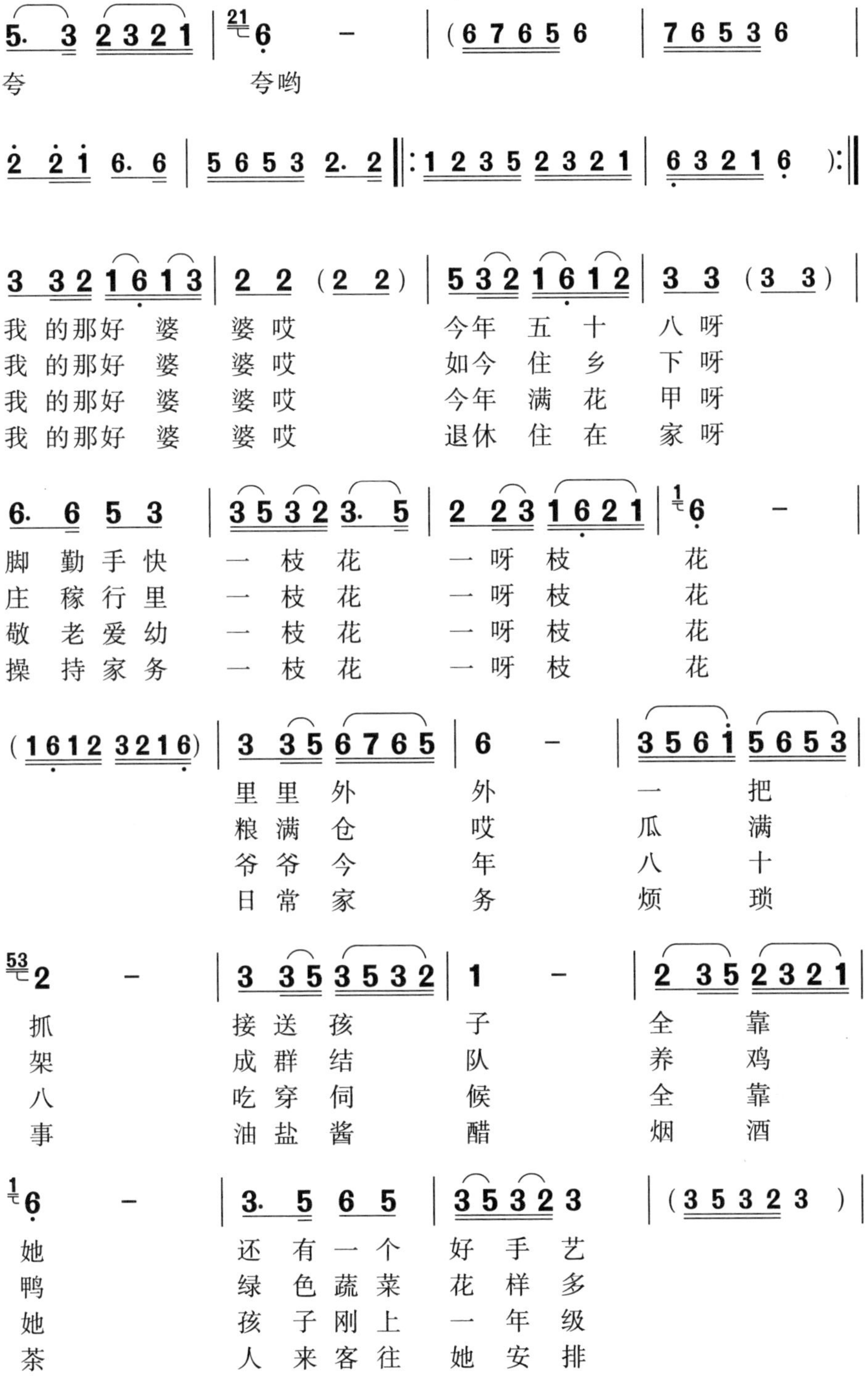

5. 3 2321 | 6 - | (67656 | 76536 |

夸 夸哟

2 21 6. 6 | 5653 2. 2 ‖: 1235 2321 | 63216 6):‖

3 32 1613 | 2 2 (2 2) | 532 1612 | 3 3 (3 3) |

我的那好婆婆哎 今年五十八呀

我的那好婆婆哎 如今住乡下呀

我的那好婆婆哎 今年满花甲呀

我的那好婆婆哎 退休住在家呀

6. 6 5 3 | 3532 3. 5 | 2 23 1621 | 6 - |

脚勤手快一枝花一呀枝花

庄稼行里一枝花一呀枝花

敬老爱幼一枝花一呀枝花

操持家务一枝花一呀枝花

(1612 3216) | 3 35 6765 | 6 - | 3561 5653 |

里里外外一把

粮满仓哎瓜满

爷爷今年八十

日常家务烦琐

2 - | 3 35 3532 | 1 - | 2 35 2321 |

抓接送孩子全靠

架成群结队养鸡

八吃穿伺候全靠

事油盐酱醋烟酒

6 - | 3. 5 6 5 | 3532 3 | (35323) |

她还有一个好手艺

鸭绿色蔬菜花样多

她孩子刚上一年级

茶人来客往她安排

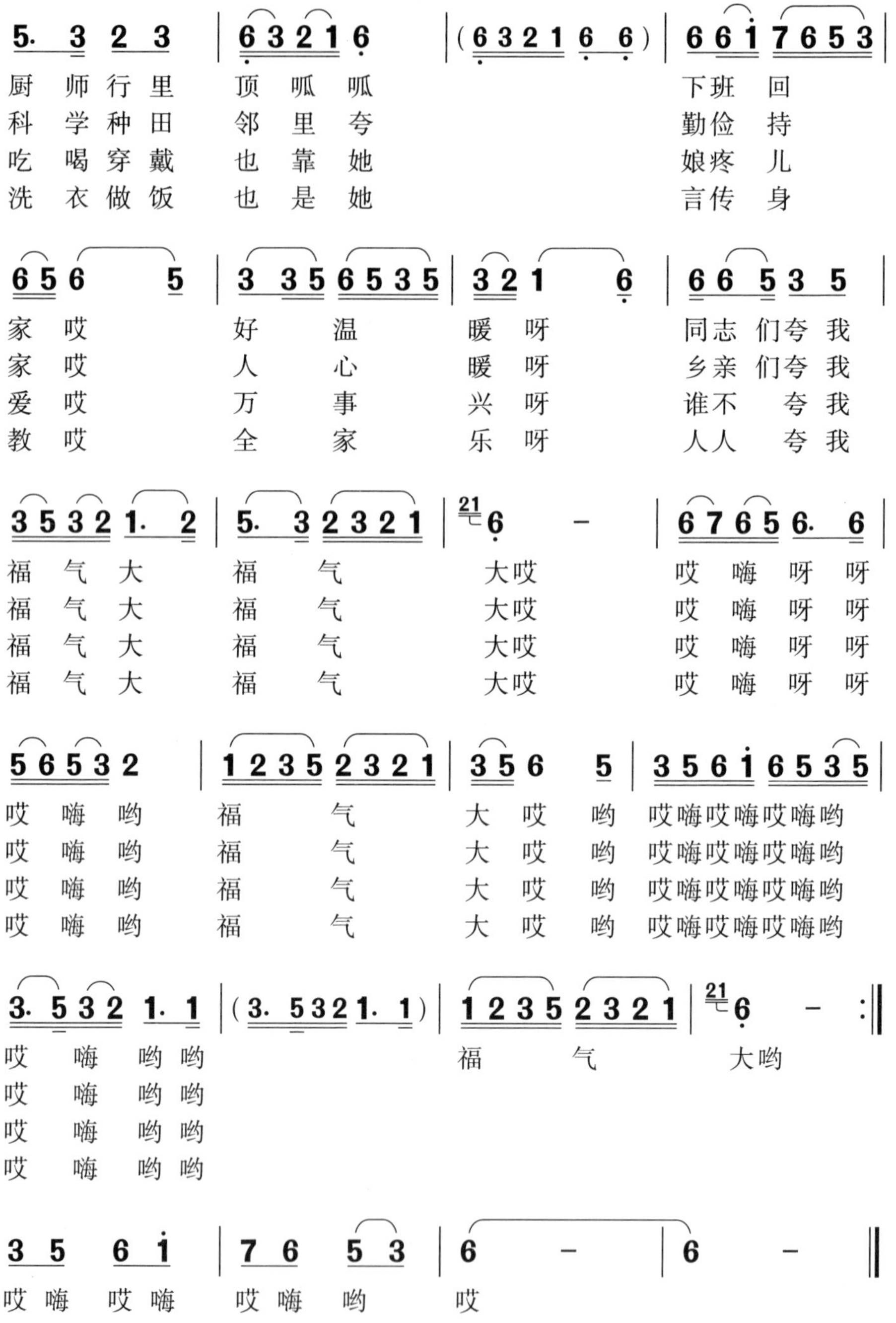

5. 3 2 3 | 6 3 2 1 6 | (6 3 2 1 6 6) | 6 6 i 7 6 5 3 |

厨 师 行 里 顶 呱 呱 下班 回
科 学 种 田 邻 里 夸 勤俭 持
吃 喝 穿 戴 也 靠 她 娘疼 儿
洗 衣 做 饭 也 是 她 言传 身

6 5 6 5 | 3 3 5 6 5 3 5 | 3 2 1 6 | 6 6 5 3 5 |

家 哎 好 温 暖 呀 同志 们夸 我
家 哎 人 心 暖 呀 乡亲 们夸 我
爱 哎 万 事 兴 呀 谁不 夸 我
教 哎 全 家 乐 呀 人人 夸 我

3 5 3 2 1. 2 | 5. 3 2 3 2 1 | 21 6 - | 6 7 6 5 6. 6 |

福 气 大 福 气 大哎 哎 嗨 呀 呀
福 气 大 福 气 大哎 哎 嗨 呀 呀
福 气 大 福 气 大哎 哎 嗨 呀 呀
福 气 大 福 气 大哎 哎 嗨 呀 呀

5 6 5 3 2 | 1 2 3 5 2 3 2 1 | 3 5 6 5 | 3 5 6 i 6 5 3 5 |

哎 嗨 哟 福 气 大 哎 哟 哎嗨哎嗨哎嗨哟
哎 嗨 哟 福 气 大 哎 哟 哎嗨哎嗨哎嗨哟
哎 嗨 哟 福 气 大 哎 哟 哎嗨哎嗨哎嗨哟
哎 嗨 哟 福 气 大 哎 哟 哎嗨哎嗨哎嗨哟

3. 5 3 2 1. 1 | (3. 5 3 2 1. 1) | 1 2 3 5 2 3 2 1 | 21 6 - :‖

哎 嗨 哟哟 福 气 大哟
哎 嗨 哟哟
哎 嗨 哟哟
哎 嗨 哟哟

3 5 6 i | 7 6 5 3 | 6 - | 6 - ‖

哎 嗨 哎 嗨 哎 嗨 哟 哎

乐 无 疆

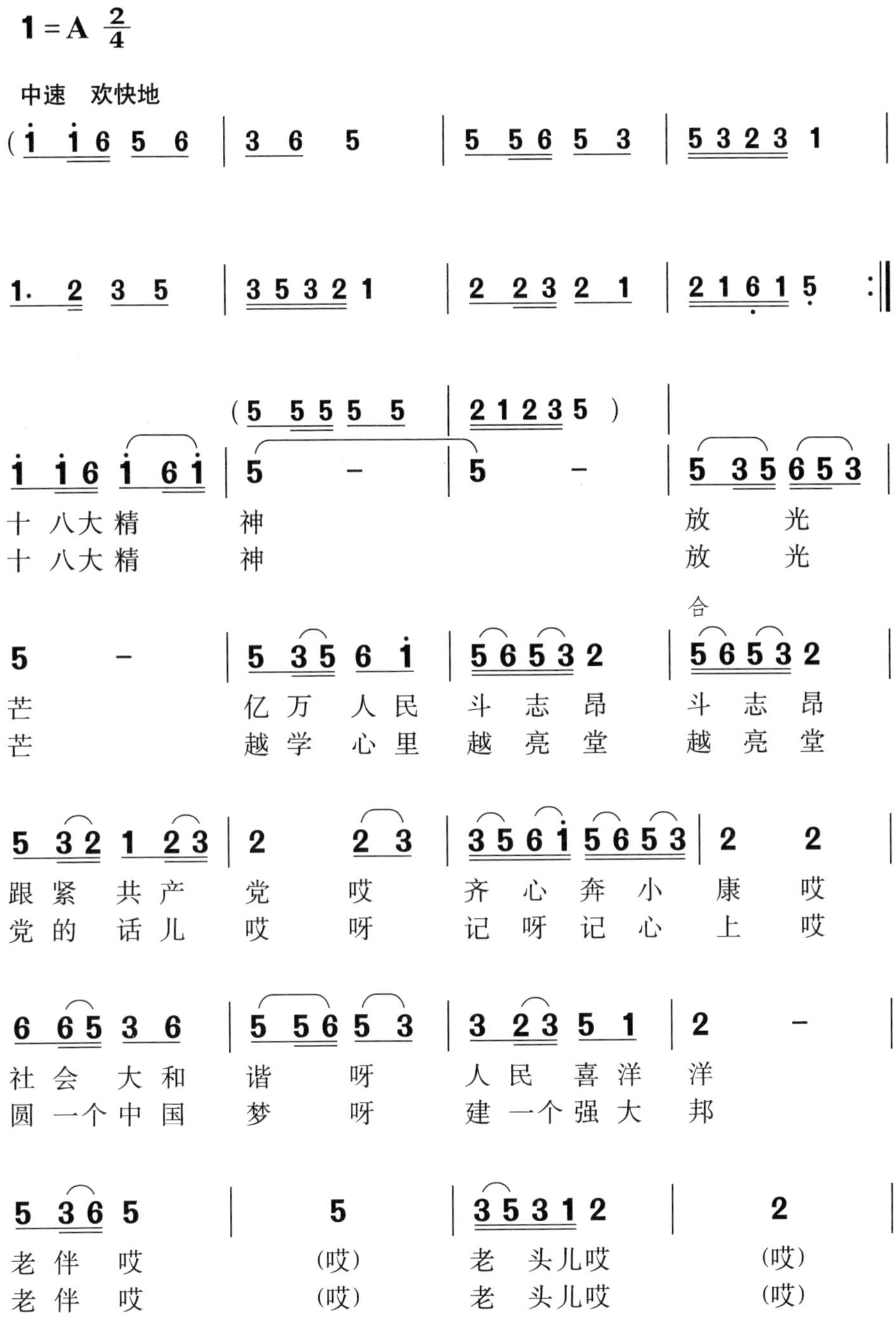

1＝A $\frac{2}{4}$

中速　欢快地

（i i6 56 | 3 6 5 | 5 565 3 | 5323 1 |

1. 2 3 5 | 35321 | 2 232 1 | 21615 :‖

（5 555 5 | 21235 ）|

i i6 i 6i | 5 － | 5 － | 5 35653 |

十 八大精　神　放　光

十 八大精　神　放　光

5 － | 5 35 6 i | 56532 | 56532 |

芒　亿万　人民　斗　志　昂　斗　志　昂

芒　越学　心里　越　亮　堂　越　亮　堂

（合）

5 32 1 23 | 2 2 3 | 3561 5653 | 2 2 |

跟紧　共产　党　哎　齐心奔小　康　哎

党的　话儿　哎　呀　记呀记心　上　哎

6 65 3 6 | 5 56 5 3 | 3 23 5 1 | 2 － |

社会　大和　谐　呀　人民　喜洋　洋

圆一个中国　梦　呀　建一个强大　邦

5 36 5 | 5 | 35312 | 2 |

老伴　哎　（哎）　老　头儿哎　（哎）

老伴　哎　（哎）　老　头儿哎　（哎）

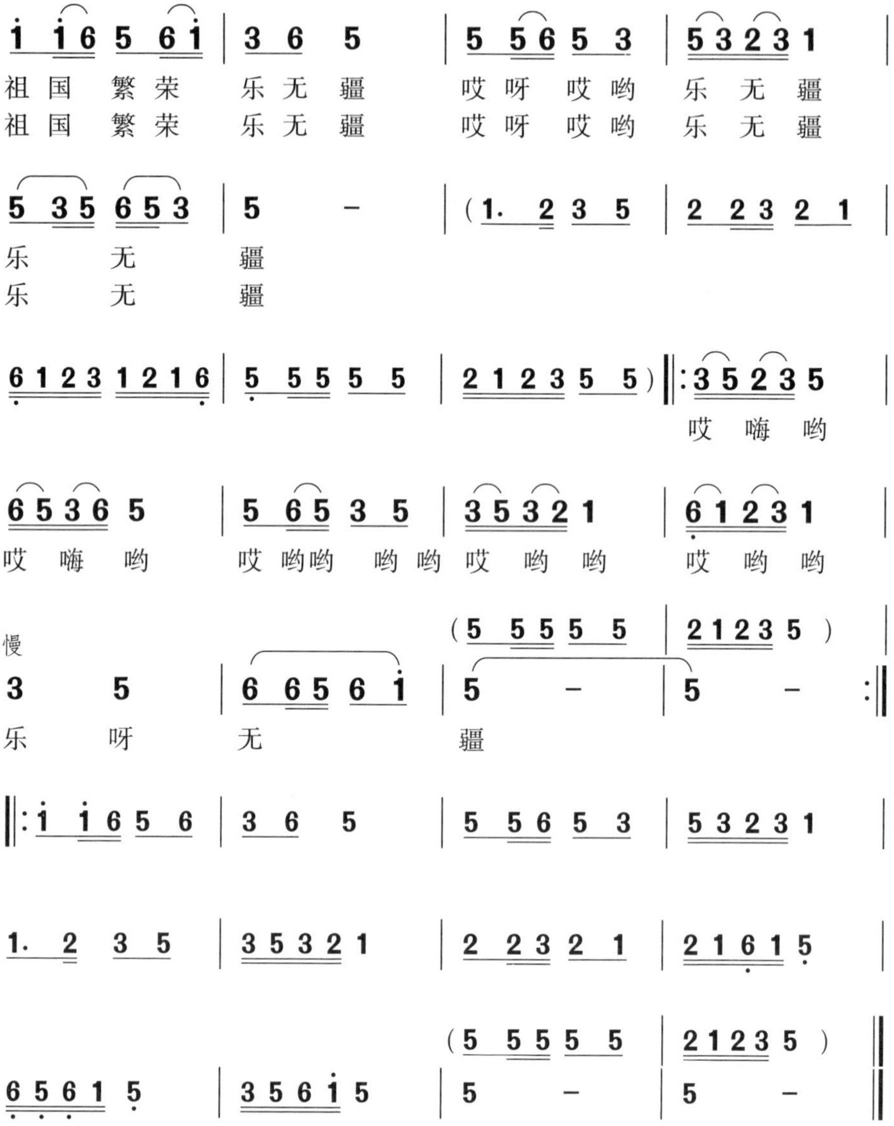

1 1 6 5 6 1 | 3 6 5 | 5 5 6 5 3 | 5 3 2 3 1 |

祖国 繁荣 乐无 疆 哎呀 哎哟 乐 无 疆

祖国 繁荣 乐无 疆 哎呀 哎哟 乐 无 疆

5 3 5 6 5 3 | 5 – | (1. 2 3 5 | 2 2 3 2 1 |

乐 无 疆

乐 无 疆

6 1 2 3 1 2 1 6 | 5 5 5 5 5 | 2 1 2 3 5 5) ‖: 3 5 2 3 5 |

哎 嗨 哟

6 5 3 6 5 | 5 6 5 3 5 | 3 5 3 2 1 | 6 1 2 3 1 |

哎 嗨 哟 哎 哟哟 哟哟 哎 哟 哟 哎 哟 哟

慢

(5 5 5 5 5 | 2 1 2 3 5)

3 5 | 6 6 5 6 1 | 5 – | 5 – :‖

乐 呀 无 疆

‖: 1 1 6 5 6 | 3 6 5 | 5 5 6 5 3 | 5 3 2 3 1 |

1. 2 3 5 | 3 5 3 2 1 | 2 2 3 2 1 | 2 1 6 1 5 |

(5 5 5 5 5 | 2 1 2 3 5) ‖

6 5 6 1 5 | 3 5 6 1 5 | 5 – | 5 – ‖

该曲以高山戏传统曲牌唱腔【十盏灯】为基调，通过跳跃的音程关系，富于变化的节奏类型，独具特色的衬词语言表达了学习十八大的老人们欢快、喜悦的心情。

此曲于2013年2月完成初稿。2014年3月，作者在武都西关赵家大院一楼在放大镜的帮助下完成再稿。

美丽陇南

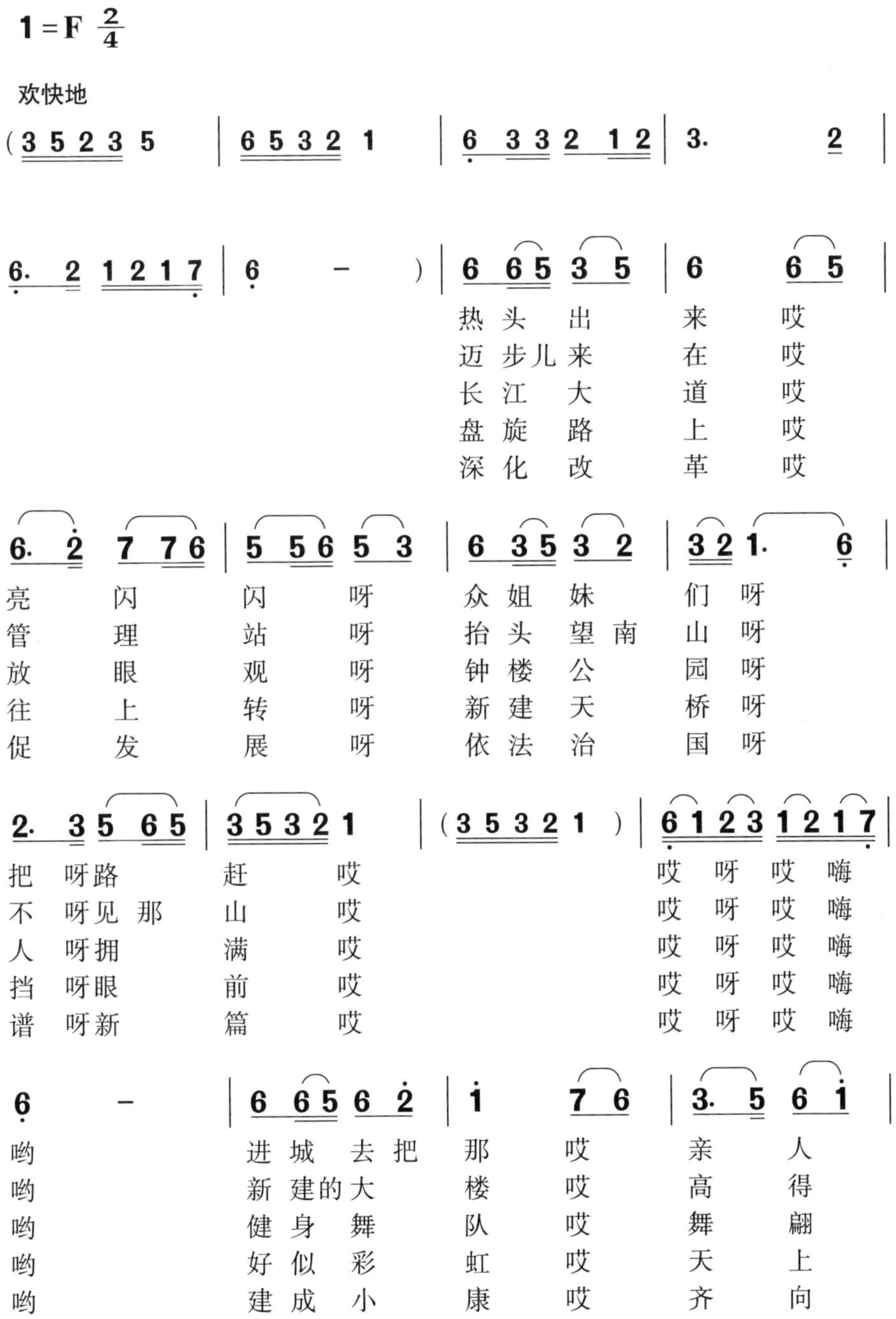

1=F $\frac{2}{4}$

欢快地

(3 5 2 3 5 5 | 6 5 3 2 1 | 6 3 3 2 1 2 | 3. 2 |

6. 2 1 2 1 7 | 6 —) | 6 6 5 3 5 | 6 6 5 |

热头出来哎
迈步儿来在哎
长江大道哎
盘旋路上哎
深化改革哎

6. 2 7 7 6 | 5 5 6 5 3 | 6 3 5 3 2 | 3 2 1. 6 |

亮闪闪呀众姐妹们呀
管理站呀抬头望南山呀
放眼观呀钟楼公园呀
往上转呀新建天桥呀
促发展呀依法治国呀

2. 3 5 6 5 | 3 5 3 2 1 | (3 5 3 2 1) | 6 1 2 3 1 2 1 7 |

把呀路赶哎 哎呀哎嗨
不呀见那山哎 哎呀哎嗨
人呀拥满哎 哎呀哎嗨
挡呀眼前哎 哎呀哎嗨
谱呀新篇哎 哎呀哎嗨

6 — | 6 6 5 6 2 | 1 7 6 | 3. 5 6 1 |

哟 进城去把那哎亲人
哟 新建的大楼哎高得
哟 健身舞队哎舞翩
哟 好似彩虹哎天上
哟 建成小康哎齐向

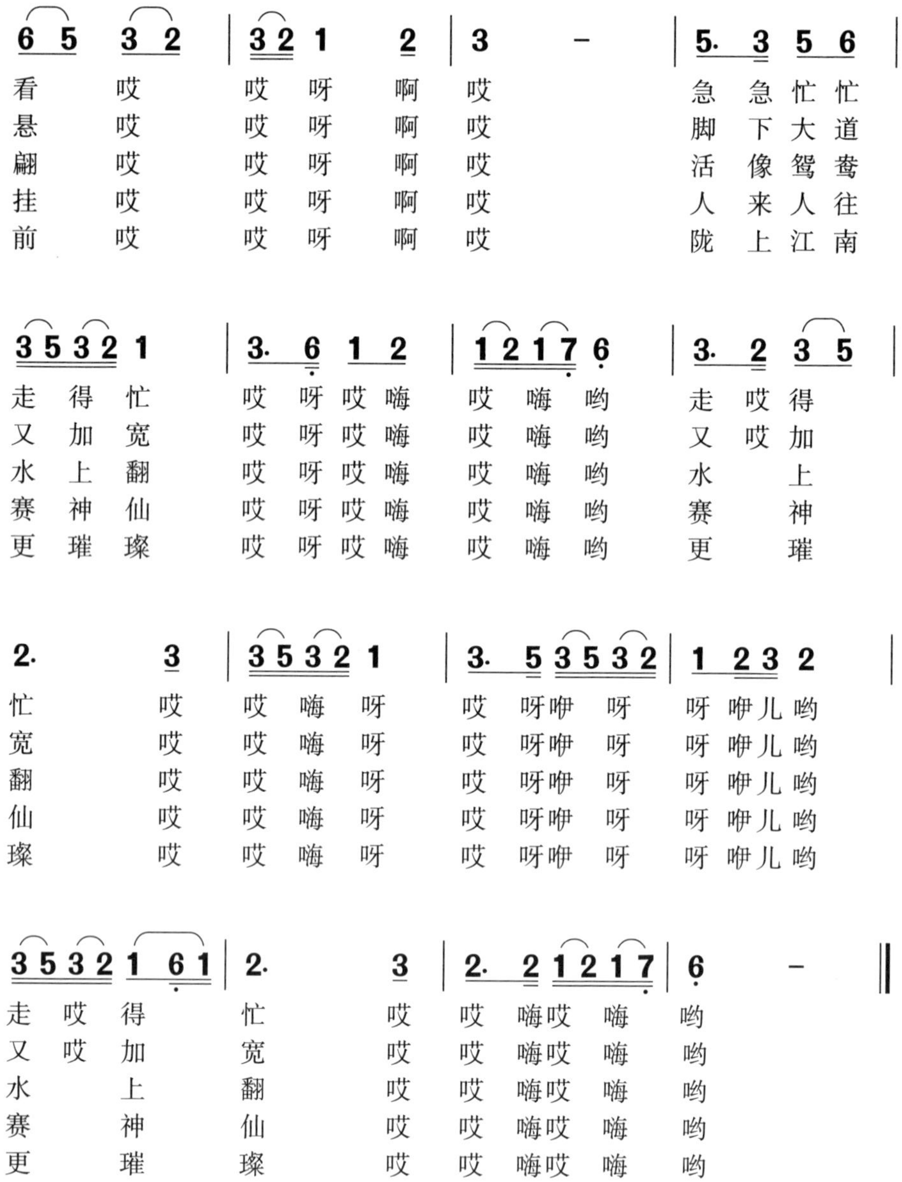

6 5 3 2 | 3 2 1 2 | 3 – | 5. 3 5 6 |

看 哎 哎 呀 啊 哎 急 急 忙 忙

悬 哎 哎 呀 啊 哎 脚 下 大 道

翩 哎 哎 呀 啊 哎 活 像 鸳 鸯

挂 哎 哎 呀 啊 哎 人 来 人 往

前 哎 哎 呀 啊 哎 陇 上 江 南

3 5 3 2 1 | 3. 6 1 2 | 1 2 1 7 6 | 3. 2 3 5 |

走 得 忙 哎 呀 哎 嗨 哎 嗨 哟 走 哎 得

又 加 宽 哎 呀 哎 嗨 哎 嗨 哟 又 哎 加

水 上 翻 哎 呀 哎 嗨 哎 嗨 哟 水 上

赛 神 仙 哎 呀 哎 嗨 哎 嗨 哟 赛 神

更 璀 璨 哎 呀 哎 嗨 哎 嗨 哟 更 璀

2. 3 | 3 5 3 2 1 | 3. 5 3 5 3 2 | 1 2 3 2 |

忙 哎 哎 嗨 呀 哎 呀咿 呀 呀 咿 儿 哟

宽 哎 哎 嗨 呀 哎 呀咿 呀 呀 咿 儿 哟

翻 哎 哎 嗨 呀 哎 呀咿 呀 呀 咿 儿 哟

仙 哎 哎 嗨 呀 哎 呀咿 呀 呀 咿 儿 哟

璨 哎 哎 嗨 呀 哎 呀咿 呀 呀 咿 儿 哟

3 5 3 2 1 6 1 | 2. 3 | 2. 2 1 2 1 7 | 6 – ‖

走 哎 得 忙 哎 哎 嗨哎 嗨 哟

又 哎 加 宽 哎 哎 嗨哎 嗨 哟

水 上 翻 哎 哎 嗨哎 嗨 哟

赛 神 仙 哎 哎 嗨哎 嗨 哟

更 璀 璨 哎 哎 嗨哎 嗨 哟

瓢子开花白粉粉

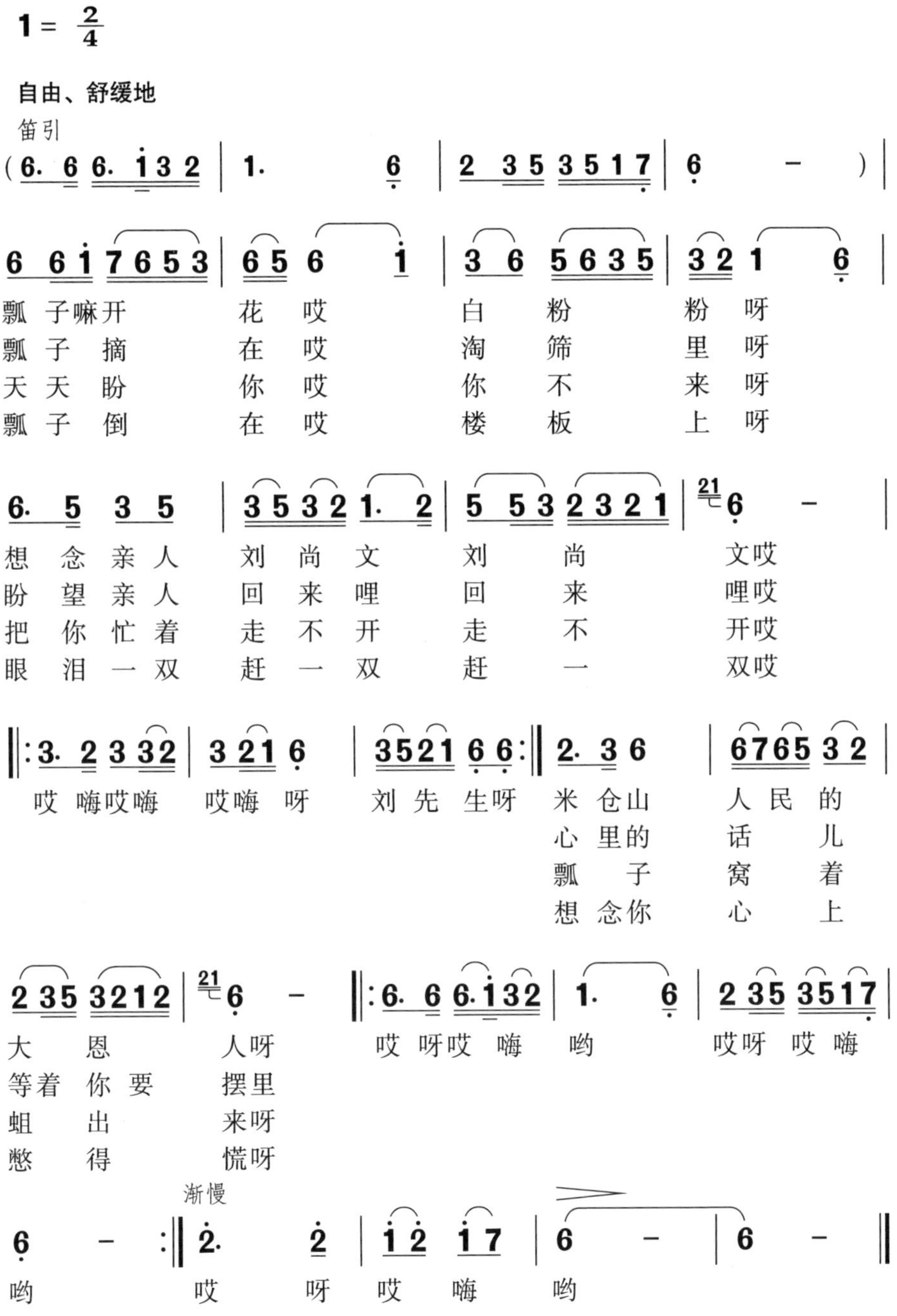

1 = $\frac{2}{4}$

自由、舒缓地

笛引

(6. 6 6. i 3 2 | 1. 6 | 2 3 5 3 5 1 7 | 6 –) |

6 6 i 7 6 5 3 | 6 5 6 i | 3 6 5 6 3 5 | 3 2 1 6 |

瓢 子嘛开 花 哎 白 粉 粉 呀
瓢 子 摘 在 哎 淘 筛 里 呀
天 天 盼 你 哎 你 不 来 呀
瓢 子 倒 在 哎 楼 板 上 呀

6. 5 3 5 | 3 5 3 2 1. 2 | 5 5 3 2 3 2 1 | 21 6 – |

想 念 亲 人 刘 尚 文 刘 尚 文哎
盼 望 亲 人 回 来 哩 回 来 哩哎
把 你 忙 着 走 不 开 走 不 开哎
眼 泪 一 双 赶 一 双 赶 一 双哎

‖: 3. 2 3 3 2 | 3 2 1 6 | 3 5 2 1 6 6 :‖ 2. 3 6 | 6 7 6 5 3 2 |

哎 嗨哎嗨 哎嗨 呀 刘 先 生呀 米 仓山 人 民 的
心 里的 话 儿
瓢 子 窝 着
想 念你 心 上

2 3 5 3 2 1 2 | 21 6 – ‖: 6. 6 6. i 3 2 | 1. 6 | 2 3 5 3 5 1 7 |

大 恩 人呀 哎 呀哎 嗨 哟 哎呀 哎 嗨
等着 你 要 摆里
蛆 出 来呀
憋 得 慌呀

渐慢

6 – :‖ 2. 2 | i 2 i 7 | 6 – | 6 – ‖

哟 哎 呀 哎 嗨 哟

太 平 年

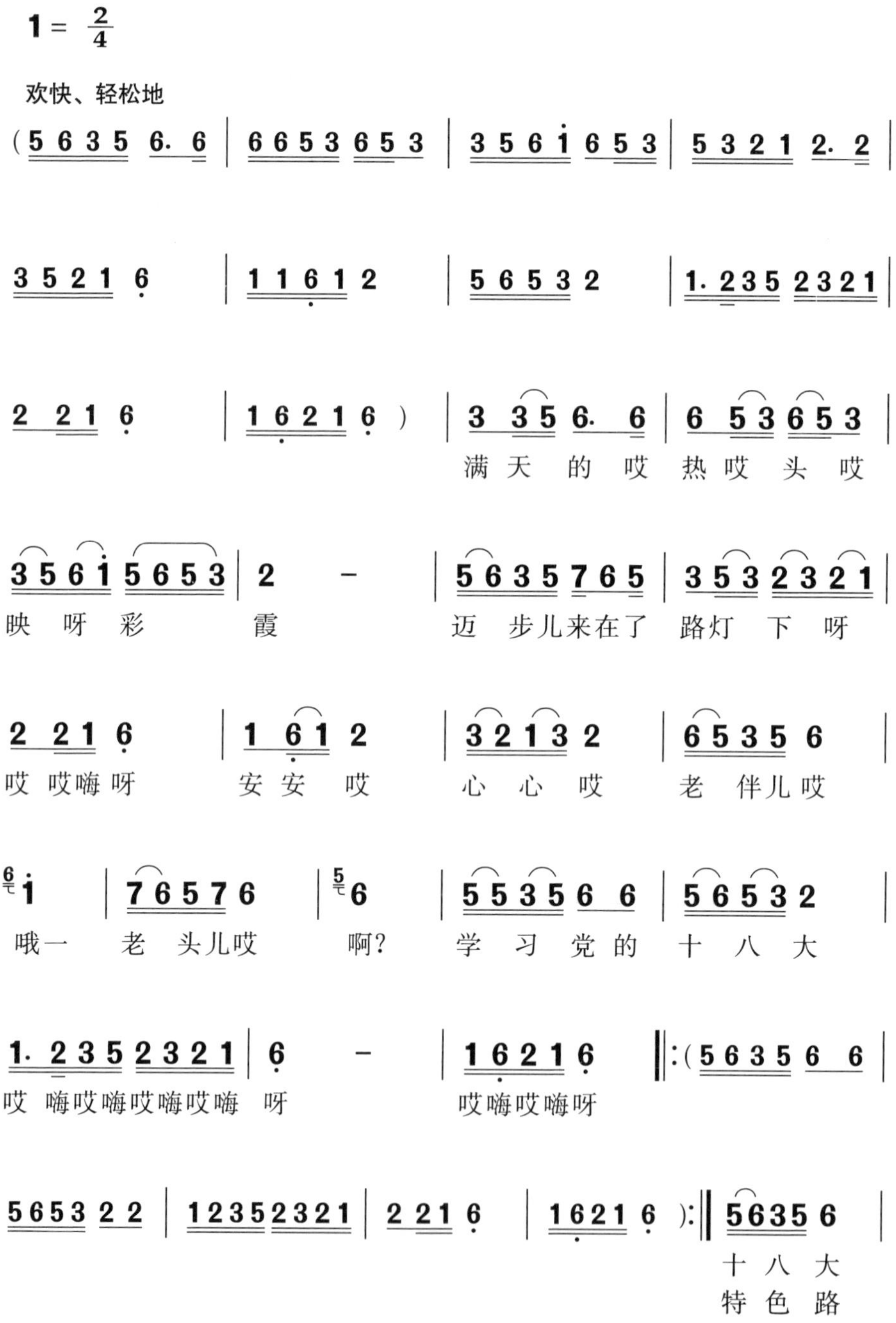

1= 2/4

欢快、轻松地

(5635 6. 6 | 6653 653 | 3561 653 | 5321 2. 2 |

3521 6 | 1161 2 | 56532 | 1. 235 2321 |

2 21 6 | 1621 6) | 3 35 6. 6 | 6 53 653 |
满天 的 哎 热哎 头 哎

3561 5653 | 2 - | 5635 765 | 353 2321 |
映 呀 彩 霞 迈 步儿来在了 路灯 下 呀

2 21 6 | 1 61 2 | 3213 2 | 6535 6 |
哎 哎嗨 呀 安安 哎 心 心 哎 老 伴儿哎

1 | 76576 | 6 | 5535 6 6 | 5653 2 |
哦一 老 头儿哎 啊? 学 习 党 的 十 八 大

1. 235 2321 | 6 - | 1621 6 ‖:(5635 6 6 |
哎 嗨哎嗨哎嗨哎嗨 呀 哎嗨哎嗨呀

5653 2 2 | 12352321 | 2 21 6 | 1621 6):‖ 5635 6 |
十 八 大
特 色 路

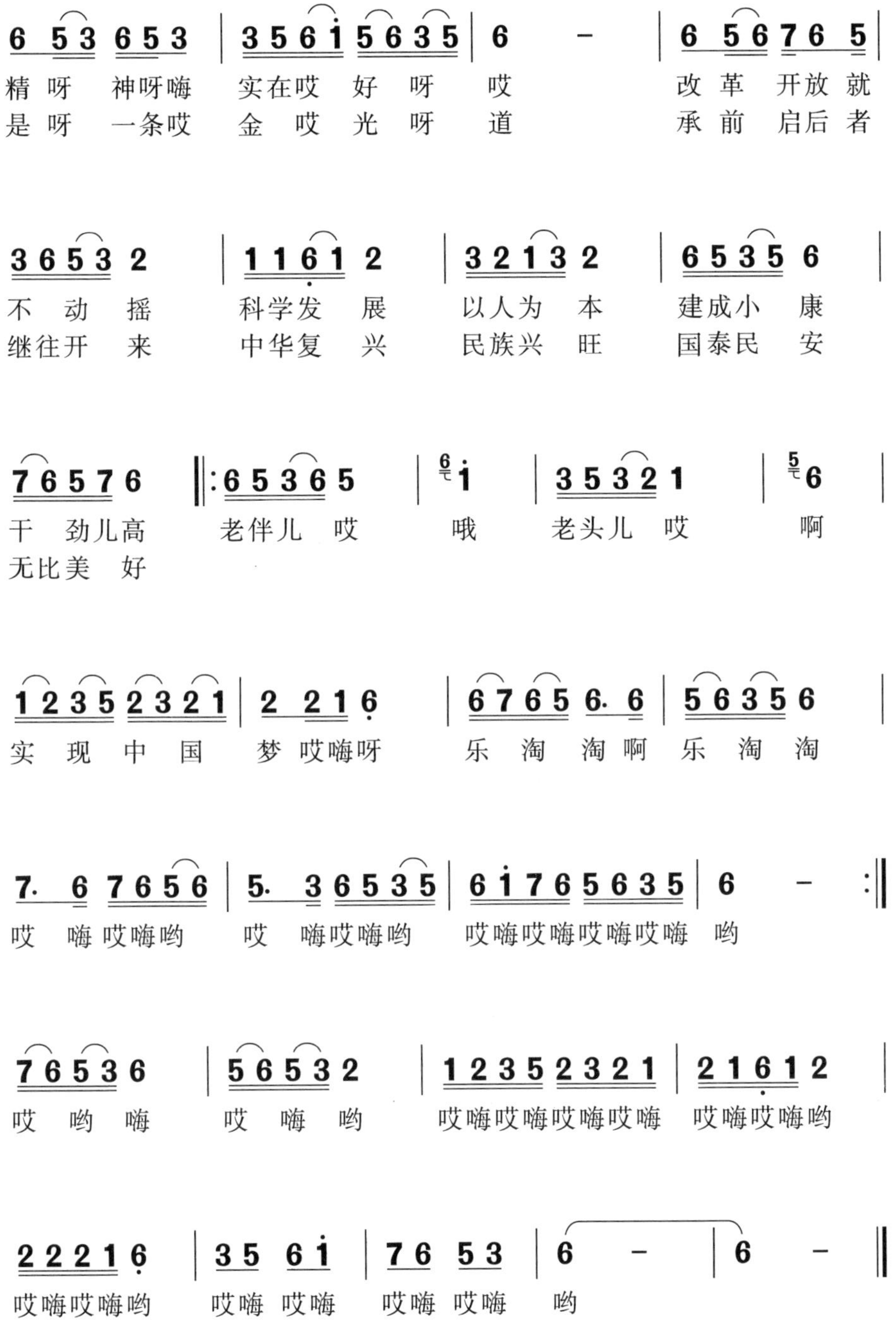

6 53 653 | 3561 5635 | 6 – | 6 56 76 5 |
精 呀 神呀嗨 实在哎 好 呀 哎 改 革 开放 就
是 呀 一条哎 金 哎 光 呀 道 承 前 启后 者

3653 2 | 1161 2 | 3213 2 | 6535 6 |
不 动 摇 科学发 展 以人为 本 建成小 康
继往开 来 中华复 兴 民族兴 旺 国泰民 安

7657 6 ‖: 6536 5 | 1 | 3532 1 | 6 |
干 劲儿高 老伴儿 哎 哦 老头儿 哎 啊
无比美 好

1235 2321 | 2 216 | 6765 6. 6 | 5635 6 |
实 现 中 国 梦 哎嗨呀 乐 淘 淘 啊 乐 淘 淘

7. 6 7656 | 5. 36535 | 6176 5635 | 6 – :‖
哎 嗨 哎嗨哟 哎 嗨哎嗨哟 哎嗨哎嗨哎嗨哎嗨 哟

7653 6 | 5653 2 | 1235 2321 | 2161 2 |
哎 哟 嗨 哎 嗨 哟 哎嗨哎嗨哎嗨哎嗨 哎嗨哎嗨哟

2221 6 | 35 61 | 76 53 | 6 – | 6 – ‖
哎嗨哎嗨哟 哎嗨 哎嗨 哎嗨 哎嗨 哟

望子成龙

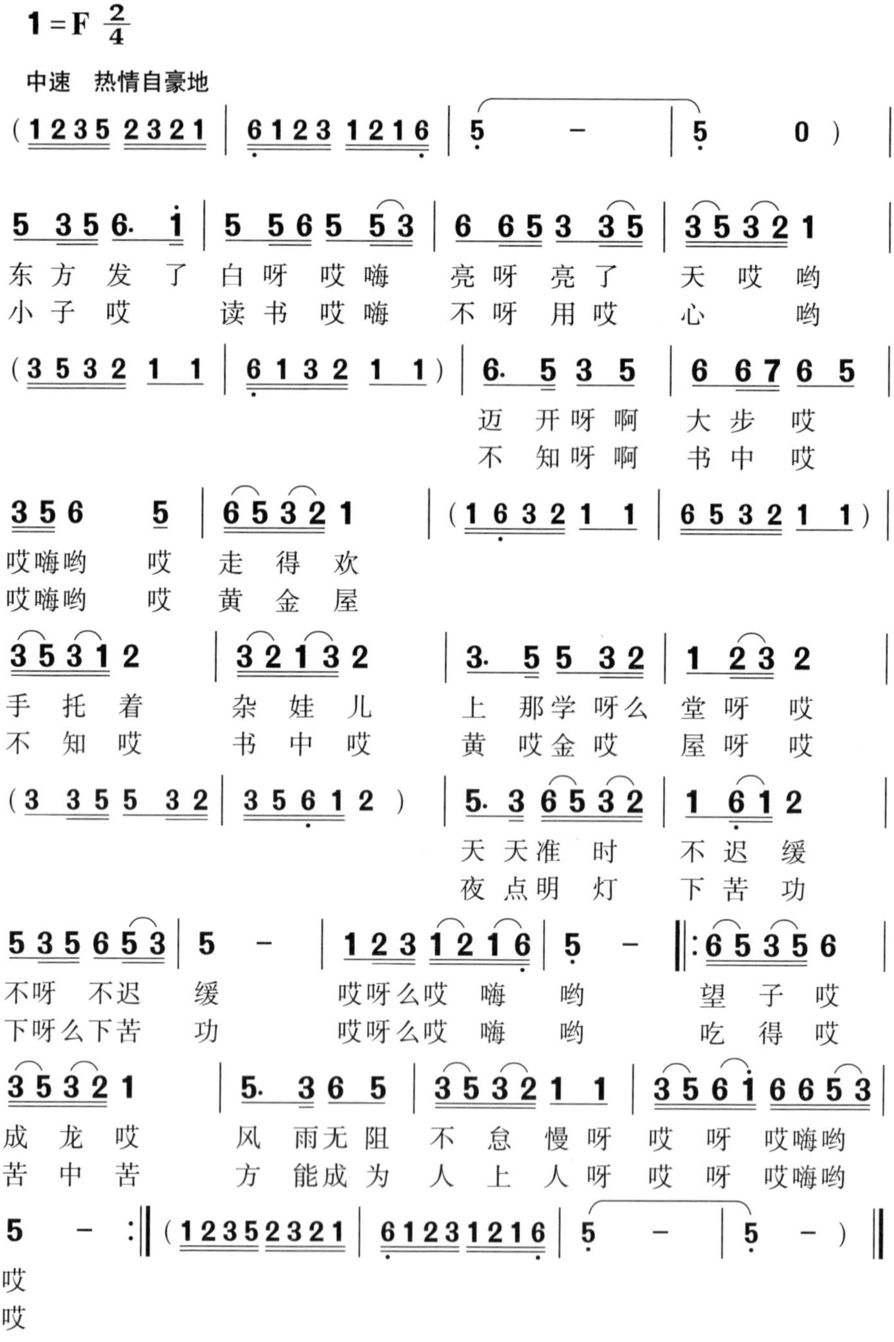

1＝F $\frac{2}{4}$

中速　热情自豪地

（1235 2321 | 6123 1216 | 5 － | 5 0） |

5 356· 1 | 5 565 53 | 6 653 35 | 35321 |

东方发了　白呀哎嗨　亮呀亮了　天哎哟

小子哎　读书哎嗨　不呀用哎　心哟

（3532 1 1 | 6132 1 1）| 6· 5 3 5 | 6 676 5 |

迈开呀啊　大步哎

不知呀啊　书中哎

356 5 | 65321 | （1632 1 1 | 6532 1 1）|

哎嗨哟　哎　走得欢

哎嗨哟　哎　黄金屋

35312 | 32132 | 3· 5 5 32 | 1 23 2 |

手托着　杂娃儿　上那学呀么　堂呀哎

不知哎　书中哎　黄哎金哎　屋呀哎

（3 355 32 | 35612）| 5· 3 6532 | 1 61 2 |

天天准时　不迟缓

夜点明灯　下苦功

535 653 | 5 － | 123 1216 | 5 － ‖: 65356 |

不呀不迟缓　哎呀么哎嗨哟　望子哎

下呀么下苦功　哎呀么哎嗨哟　吃得哎

35321 | 5· 36 5 | 35321 1 | 3561 6653 |

成龙哎　风雨无阻　不息慢呀　哎呀哎嗨哟

苦中苦　方能成为　人上人呀　哎呀哎嗨哟

5 － :‖（1235 2321 | 6123 1216 | 5 － | 5 －）‖

哎

哎

学习党的十八大

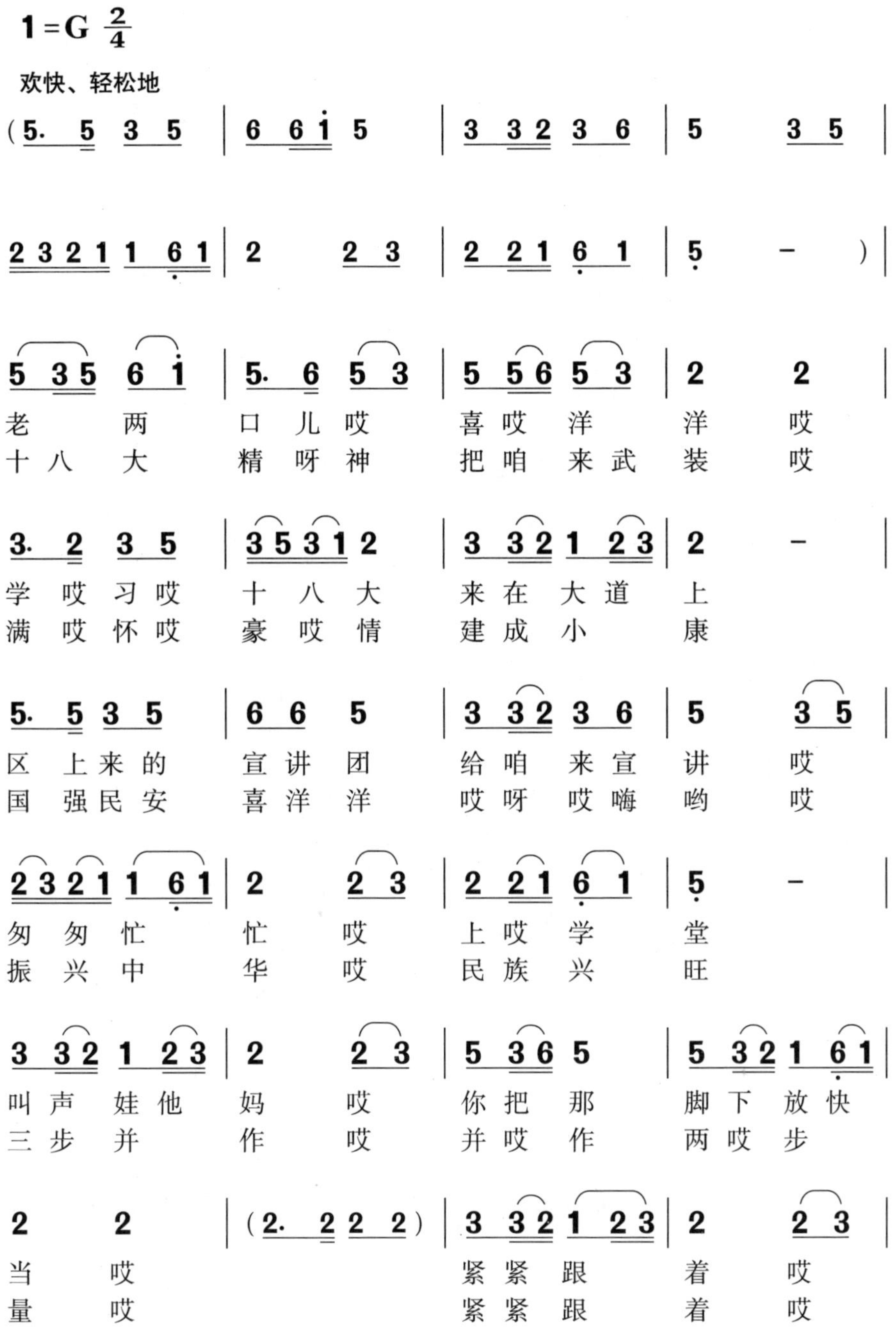

1 = G $\frac{2}{4}$

欢快、轻松地

(5. 5 3 5 | 6 6 i 5 | 3 32 3 6 | 5 3 5 |

2321 1 61 | 2 2 3 | 2 21 6 1 | 5 –) |

5 35 6 i | 5. 6 5 3 | 5 56 5 3 | 2 2 |

老 两 口儿哎 喜哎洋 洋 哎

十八 大 精呀神 把咱来武 装 哎

3. 2 3 5 | 35312 | 3 321 23 | 2 – |

学哎习哎 十八大 来在大道 上

满哎怀哎 豪哎情 建成小 康

5. 5 3 5 | 6 6 5 | 3 32 3 6 | 5 3 5 |

区 上来的 宣讲团 给咱来宣 讲 哎

国 强民安 喜洋洋 哎呀哎嗨 哟 哎

2321 1 61 | 2 2 3 | 2 21 6 1 | 5 – |

匆 匆 忙 忙 哎 上哎学 堂

振 兴 中 华 哎 民族兴 旺

3 32 1 23 | 2 2 3 | 5 36 5 | 5 321 61 |

叫声 娃他 妈 哎 你把 那 脚下 放快

三步 并 作 哎 并哎 作 两哎 步

2 2 | (2. 2 2 2) | 3 321 23 | 2 2 3 |

当 哎 紧紧跟 着 哎

量 哎 紧紧跟 着 哎

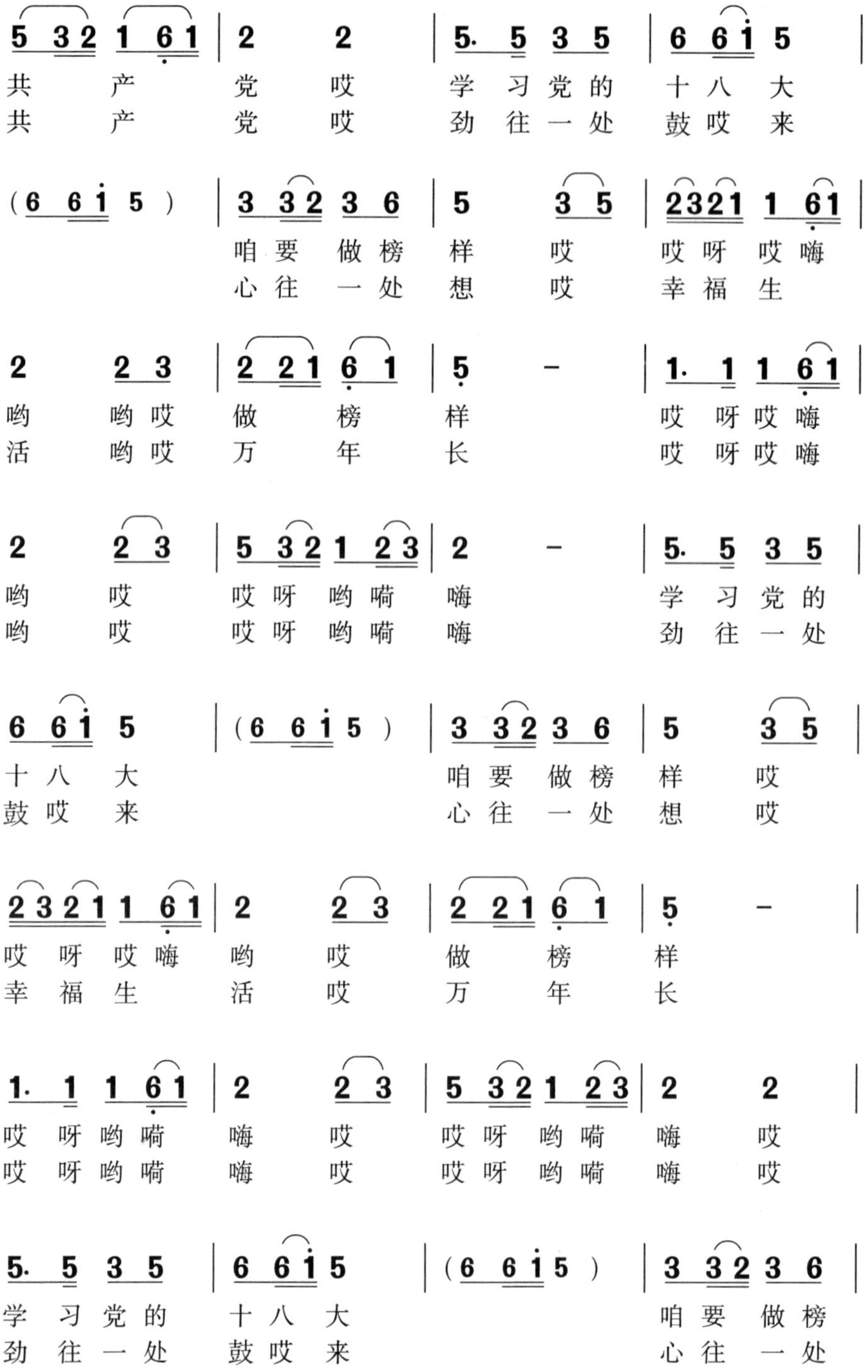

5 32 1 61 | 2 2 | 5. 5 3 5 | 6 6i 5 |
共产党哎 学习党的十八大
共产党哎 劲往一处鼓哎来

(6 6i 5) | 3 32 3 6 | 5 3 5 | 2321 1 61 |
咱要做榜样哎 哎呀哎嗨
心往一处想哎 幸福生

2 2 3 | 2 21 6 1 | 5 - | 1. 1 1 61 |
哟哟哎 做榜样 哎呀哎嗨
活哟哎 万年长 哎呀哎嗨

2 2 3 | 5 32 1 23 | 2 - | 5. 5 3 5 |
哟哎 哎呀哟嗬嗨 学习党的
哟哎 哎呀哟嗬嗨 劲往一处

6 6i 5 | (6 6i 5) | 3 32 3 6 | 5 3 5 |
十八大 咱要做榜样哎
鼓哎来 心往一处想哎

2321 1 61 | 2 2 3 | 2 21 6 1 | 5 - |
哎呀哎嗨 哟哎 做榜样
幸福生活哎 万年长

1. 1 1 61 | 2 2 3 | 5 32 1 23 | 2 2 |
哎呀哟嗬嗨哎 哎呀哟嗬嗨哎
哎呀哟嗬嗨哎 哎呀哟嗬嗨哎

5. 5 3 5 | 6 6i 5 | (6 6i 5) | 3 32 3 6 |
学习党的十八大 咱要做榜
劲往一处鼓哎来 心往一处

5 3 5 | 2321 1 61 | 2 2 3 | 2 21 6 1 |
样 哎 哎呀 哎嗨 哟 哎 做哎 榜
想 哎 幸福 生 活 哎 万 年

5 – :‖ 6· 5 | 6· 1 | 2 2 1 6 1 | 5 – |
样 万 哎 年 哎 万哎 年 长
长

5 – | (2· 2 2 1 | 6 1 | 5 – | 5 –) ‖

该曲以高山戏唱腔曲牌【点兵】【十杯酒】音乐为素材，以其独特的衬词、节奏、音程关系等作曲手法充分展现了老两口儿学习十八大时的欢乐情绪。

原始曲牌【点兵】音乐欢快、跳跃，具有舞曲风格，因此，也是高山戏把式舞队表演时演唱的主要曲目。

原始曲牌【十杯酒】音乐诙谐、流畅，善于表达乐观、向上的情绪。

雁过留声

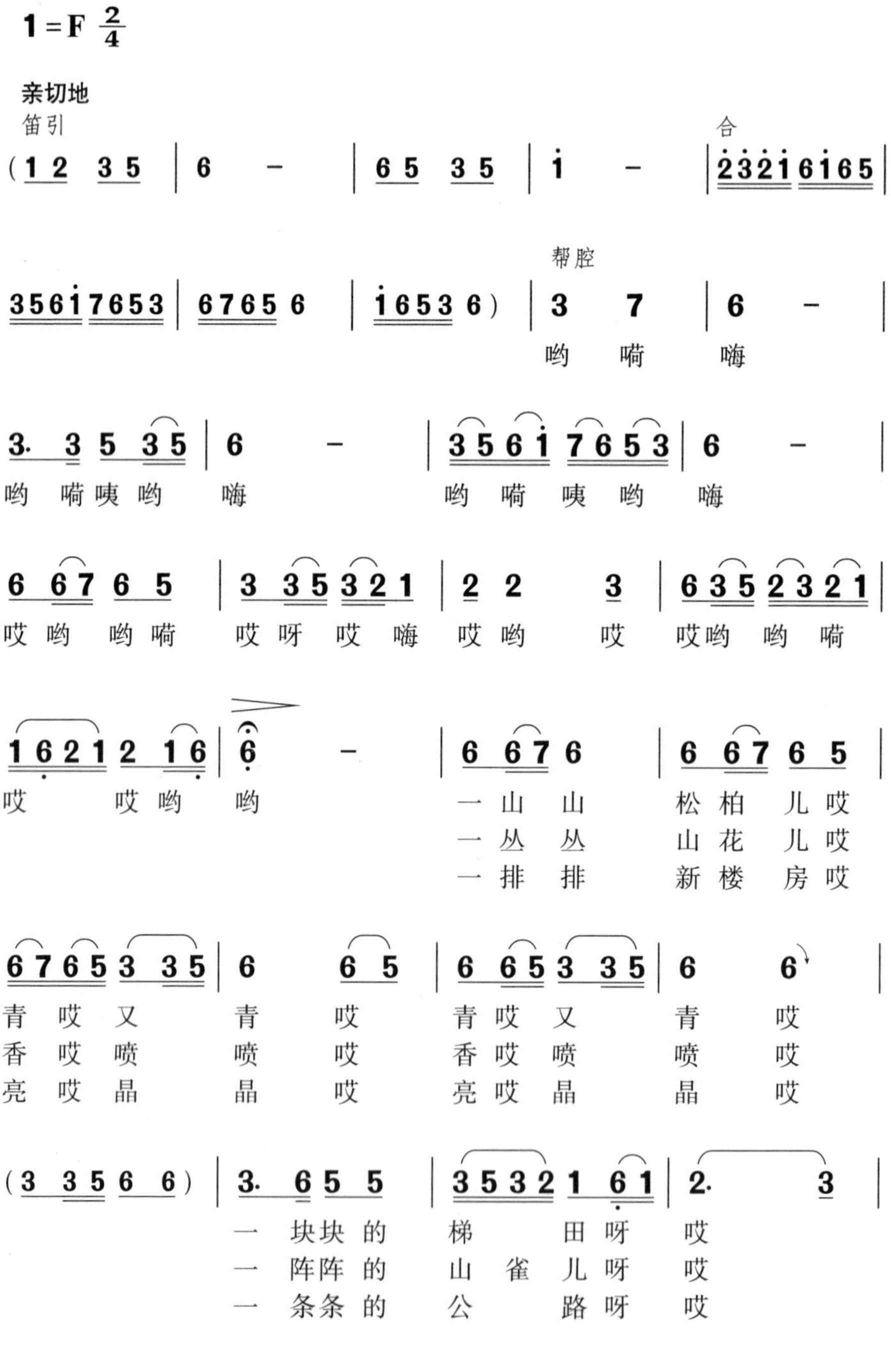

1＝F $\frac{2}{4}$

亲切地

笛引　　　　　　　　　　　　　　　　　　　　　　　合

(1 2 3 5 | 6 － | 6 5 3 5 | i － | 2̇ 3̇ 2̇ i 6 i 6 5 |

　　　　　　　　　　　　　　　　帮腔

3 5 6 i 7 6 5 3 | 6 7 6 5 6 | i 6 5 3 6) | 3 7 | 6 － |

哟 嗬 嗨

3. 3 5 3 5 | 6 － | 3 5 6 i 7 6 5 3 | 6 － |

哟 嗬 咦 哟 嗨 哟 嗬 咦 哟 嗨

6 6 7 6 5 | 3 3 5 3 2 1 | 2 2 3 | 6 3 5 2 3 2 1 |

哎 哟 哟 嗬 哎 呀 哎 嗨 哎 哟 哎 哎 哟 哟 嗬

1 6̣ 2 1 2 1 6̣ | 6̣ － | 6 6 7 6 | 6 6 7 6 5 |

哎 哎 哟 哟 一 山 山 松 柏 儿 哎

一 丛 丛 山 花 儿 哎

一 排 排 新 楼 房 哎

6 7 6 5 3 3 5 | 6 6 5 | 6 6 5 3 3 5 | 6 6 |

青 哎 又 青 哎 青 哎 又 青 哎

香 哎 喷 喷 哎 香 哎 喷 喷 哎

亮 哎 晶 晶 哎 亮 哎 晶 晶 哎

(3 3 5 6 6) | 3. 6 5 5 | 3 5 3 2 1 6̣ 1 | 2. 3 |

一 块块 的 梯 田 呀 哎

一 阵阵 的 山 雀 儿 呀 哎

一 条条 的 公 路 呀 哎

哎 嗨 哎 嗨 平 哎 又 哎 平 一 沟 沟 的
哎 嗨 哎 嗨 山 涧 鸣 一 串 串 的
哎 嗨 哎 嗨 入 哎 深 林 一 车 车 的

槐 花 儿 白 呀 粉 粉 哎
山 曲 儿 撩 呀 人 心 哎
土 特 产 拉 出 了 村 哎

一 坡 坡 的 花 椒 哟 红 又 红 呀
一 幅 幅 的 美 景 哟 好 迷 人 呀
卖 下 的 那 新 票 子 哟 都 是 那 呀

哎 嗨 哟 一 坡 坡 花 椒 红 呀 又
哎 嗨 哟 一 幅 幅 美 景 好 呀 迷
锦 鸡 红 一 沓 沓 新 票 子 都 是 锦 鸡

红 呀 哎 呀 呀 咿 儿 哟
人 呀 哎 呀 呀 咿 儿 哟
红 呀 哎 呀 呀 咿 儿 哟

贴 心 的
吃 水 着

歌 儿 唱 给 贴 心 的 人 哎 贴 心 的
不 忘 挖 井 人 哎 挖 井

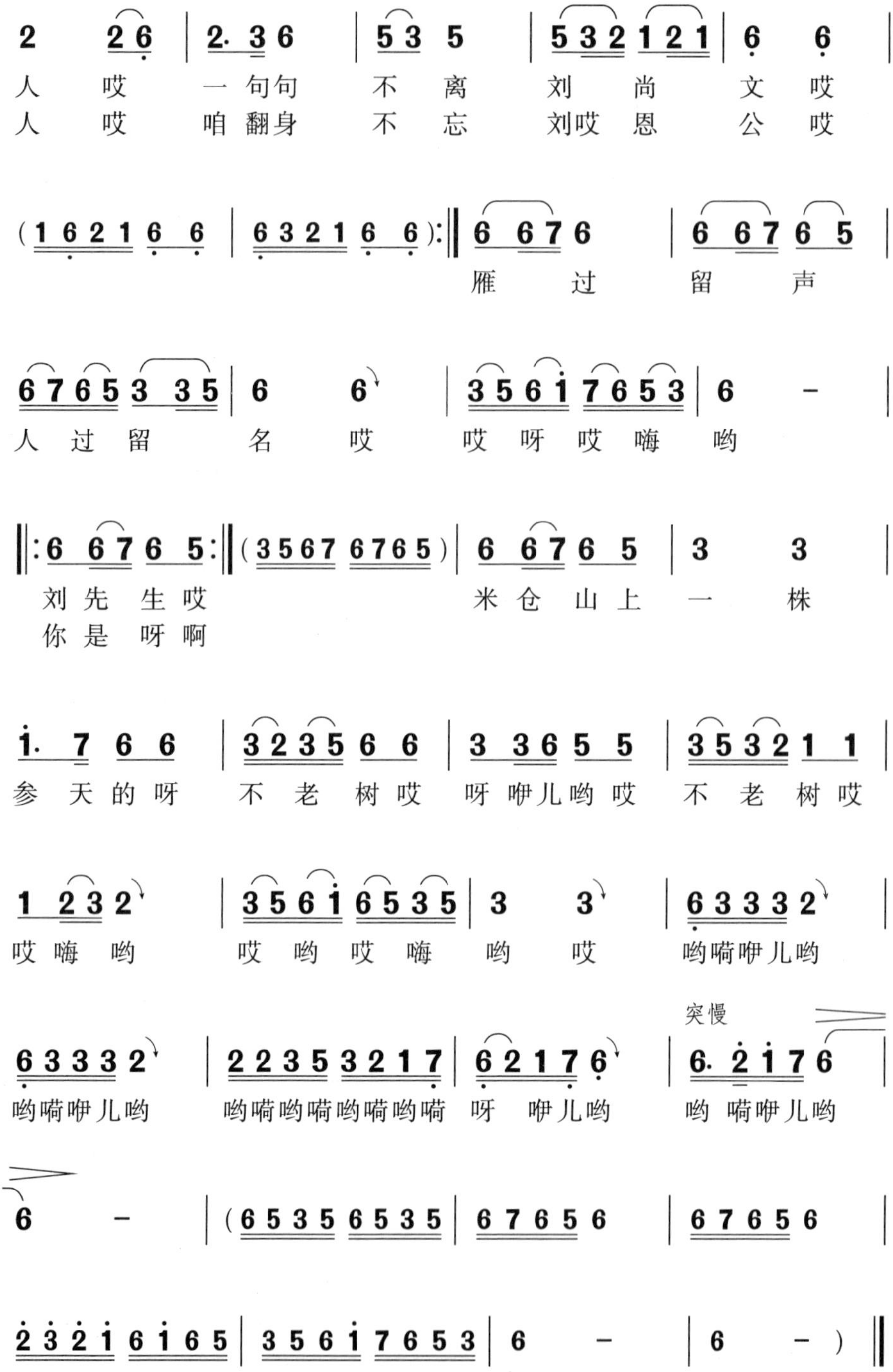

2 2 6 | 2. 3 6 | 5 3 5 | 5 3 2 1 2 1 | 6 6 |

人 哎 一句句 不 离 刘 尚 文 哎

人 哎 咱翻身 不 忘 刘哎 恩 公 哎

(1 6 2 1 6 6 | 6 3 2 1 6 6):‖ 6 6 7 6 | 6 6 7 6 5 |

雁 过 留 声

6 7 6 5 3 3 5 | 6 6 | 3 5 6 i 7 6 5 3 | 6 – |

人 过 留 名 哎 哎 呀 哎 嗨 哟

‖:6 6 7 6 5:‖(3 5 6 7 6 7 6 5) | 6 6 7 6 5 | 3 3 |

刘先 生哎 米仓 山上 一 株

你是 呀啊

i. 7 6 6 | 3 2 3 5 6 6 | 3 3 6 5 5 | 3 5 3 2 1 1 |

参 天的呀 不 老 树 哎 呀 咿儿哟 哎 不 老 树 哎

1 2 3 2 | 3 5 6 i 6 5 3 5 | 3 3 | 6 3 3 3 2 |

哎 嗨 哟 哎 哟 哎 嗨 哟 哎 哟嗬咿儿哟

突慢

6 3 3 3 2 | 2 2 3 5 3 2 1 7 | 6 2 1 7 6 | 6. 2 i 7 6 |

哟嗬咿儿哟 哟嗬哟嗬哟嗬哟嗬 呀 咿儿哟 哟 嗬咿儿哟

6 – | (6 5 3 5 6 5 3 5 | 6 7 6 5 6 | 6 7 6 5 6 |

2 3 2 i 6 i 6 5 | 3 5 6 i 7 6 5 3 | 6 – | 6 –) ‖

摇 钱 树

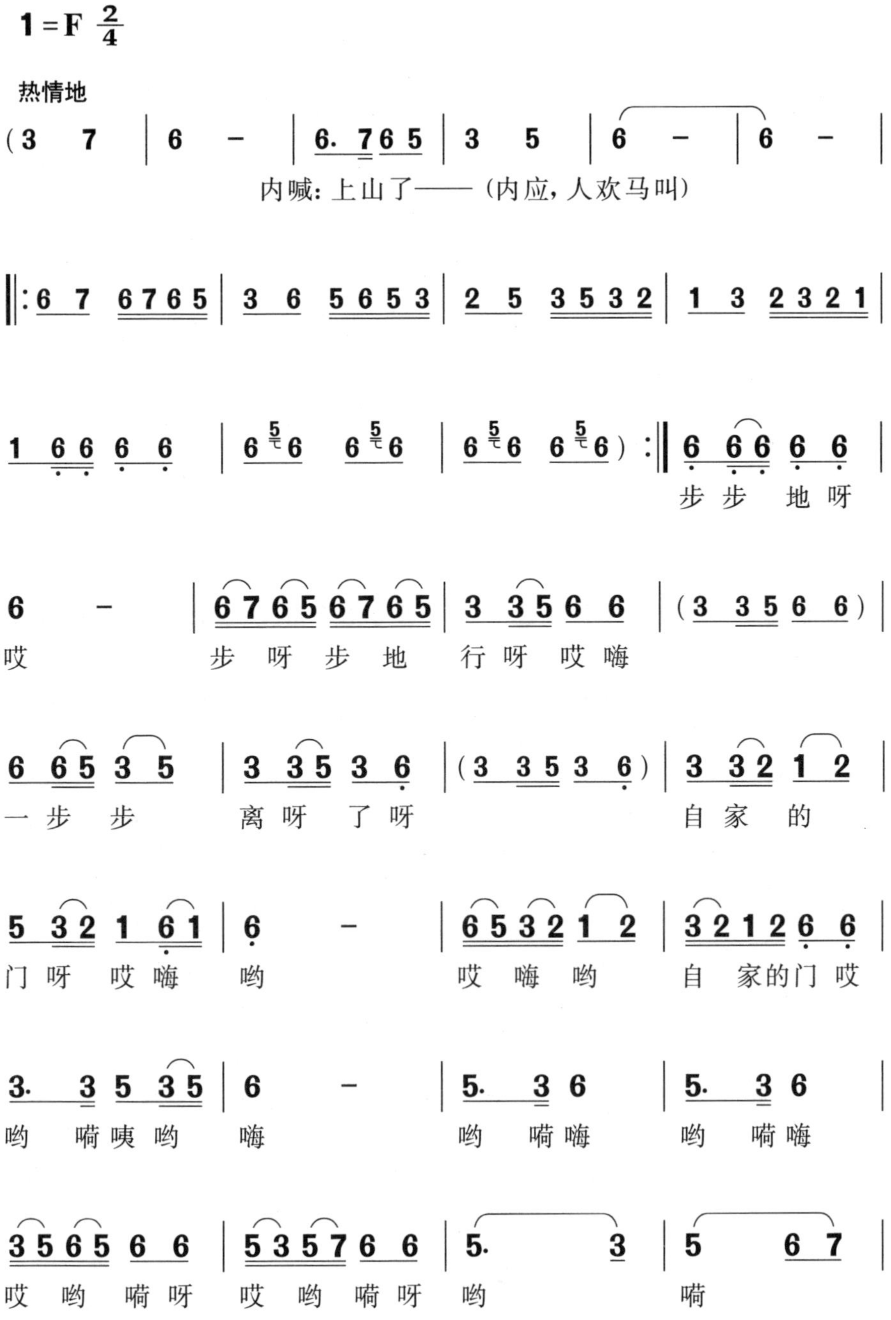

1 = F $\frac{2}{4}$

热情地

(3 7 | 6 – | 6. 7 6 5 | 3 5 | 6 – | 6 – |

内喊：上山了——（内应，人欢马叫）

‖: 6 7 6765 | 3 6 5653 | 2 5 3532 | 1 3 2321 |

1 6 6 6 6 | 6 ⁵6 6 ⁵6 | 6 ⁵6 6 ⁵6) :‖ 6 6 6 6 6 |

步步 地呀

6 – | 6765 6765 | 3 35 6 6 | (3 35 6 6) |

哎 步 呀 步 地 行 呀 哎 嗨

6 65 3 5 | 3 35 3 6 | (3 35 3 6) | 3 32 1 2 |

一 步 步 离 呀 了 呀 自 家 的

5 32 1 61 | 6 – | 6532 1 2 | 3212 6 6 |

门 呀 哎 嗨 哟 哎 嗨 哟 自 家的门 哎

3. 3 5 35 | 6 – | 5. 3 6 | 5. 3 6 |

哟 嗬咦 哟 嗨 哟 嗬 嗨 哟 嗬 嗨

3565 6 6 | 5357 6 6 | 5. 3 | 5 6 7 |

哎 哟 嗬 呀 哎 哟 嗬 呀 哟 嗬

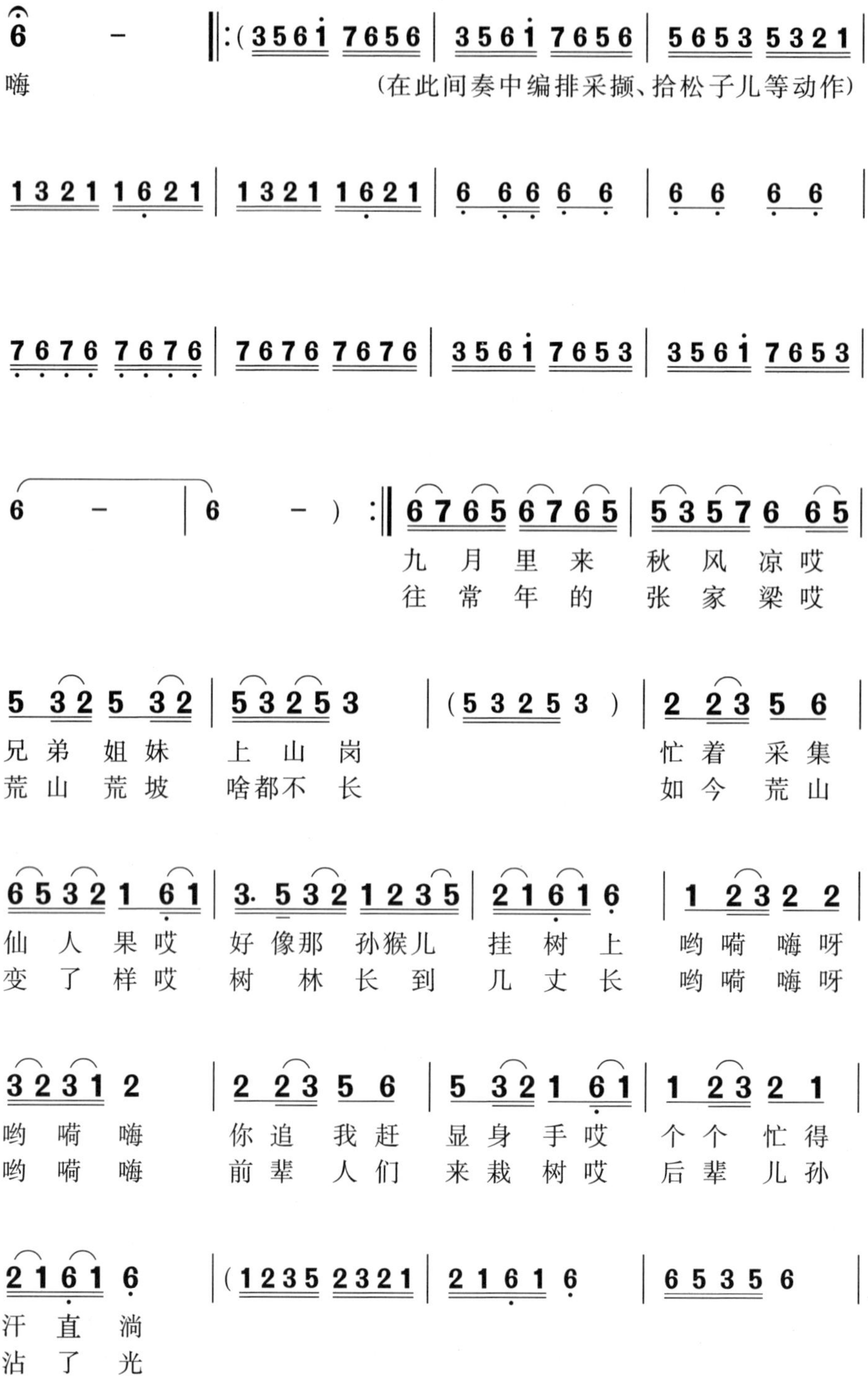

6 – ‖:（3561 7656 | 3561 7656 | 5653 5321 |

嗨　　（在此间奏中编排采撷、拾松子儿等动作）

1321 1621 | 1321 1621 | 6 666 6 6 | 6 6 6 6 |

7676 7676 | 7676 7676 | 3561 7653 | 3561 7653 |

6 – | 6 – ）:‖ 6765 6765 | 5357 6 65 |

九月里来 秋风凉哎

往常年的 张家梁哎

5 32 5 32 | 53253 | （53253） | 2 23 5 6 |

兄弟姐妹 上山岗 忙着采集

荒山荒坡 啥都不长 如今荒山

6532 1 61 | 3. 532 1235 | 2161 6 | 1 23 2 2 |

仙人果哎 好像那孙猴儿 挂树上 哟嗬嗨呀

变了样哎 树林长到 几丈长 哟嗬嗨呀

3231 2 | 2 23 5 6 | 5 321 61 | 1 23 2 1 |

哟嗬嗨 你追我赶 显身手哎 个个忙得

哟嗬嗨 前辈人们 来栽树哎 后辈儿孙

2161 6 | （1235 2321 | 2161 6 | 65356 |

汗直淌

沾了光

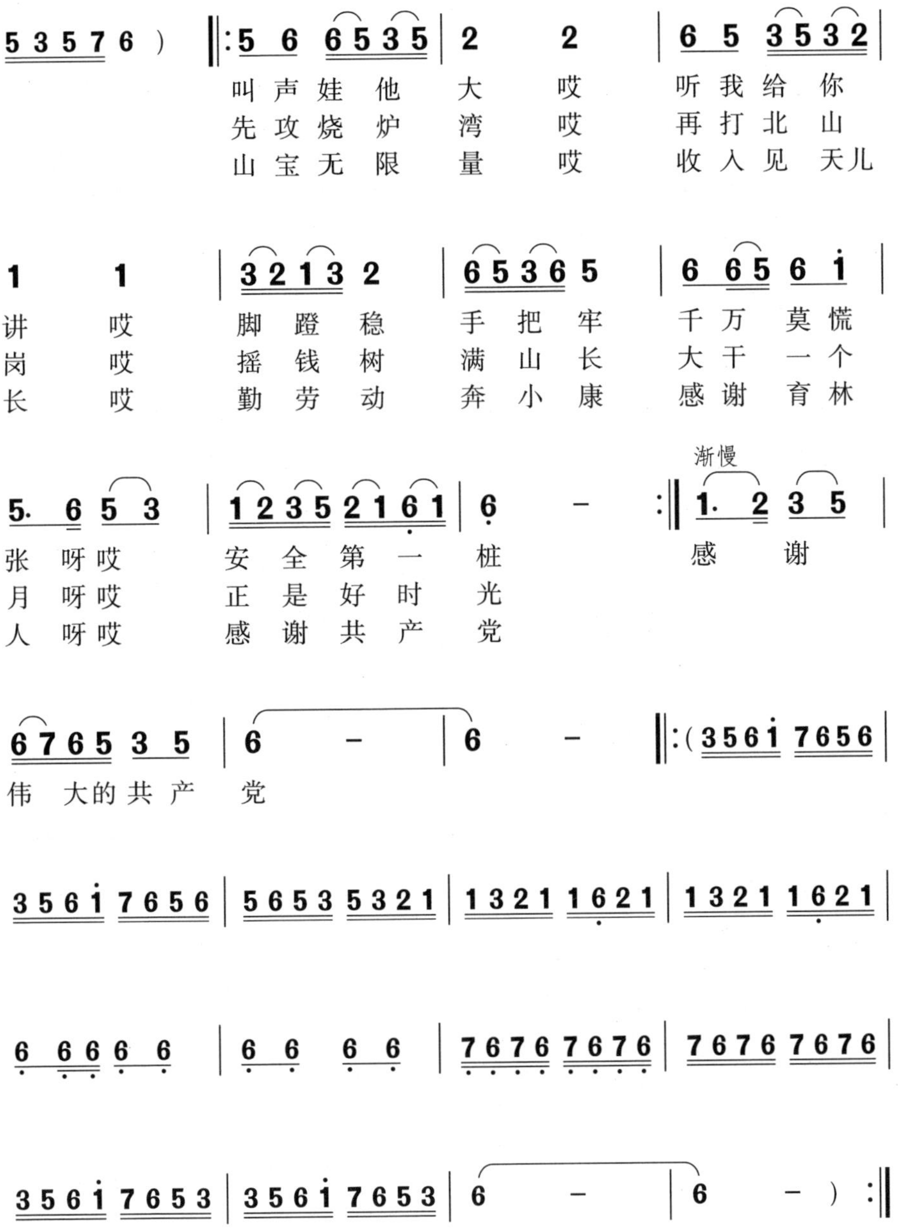

5 3 5 7 6 ）‖: 5 6 6 5 3 5 | 2 2 | 6 5 3 5 3 2 |

叫声娃他大哎 听我给你
先攻烧炉湾哎 再打北山
山宝无限量哎 收入见天儿

1 1 | 3 2 1 3 2 | 6 5 3 6 5 | 6 6 5 6 i |

讲哎 脚蹬稳 手把牢 千万莫慌
岗哎 摇钱树 满山长 大干一个
长哎 勤劳动 奔小康 感谢育林

渐慢

5· 6 5 3 | 1 2 3 5 2 1 6 1 | 6 – :‖ 1· 2 3 5 |

张呀哎 安全第一桩 感谢
月呀哎 正是好时光
人呀哎 感谢共产党

6 7 6 5 3 5 | 6 – | 6 – ‖:（3 5 6 i 7 6 5 6 |

伟大的共产党

3 5 6 i 7 6 5 6 | 5 6 5 3 5 3 2 1 | 1 3 2 1 1 6 2 1 | 1 3 2 1 1 6 2 1 |

6 6 6 6 6 | 6 6 6 6 | 7 6 7 6 7 6 7 6 | 7 6 7 6 7 6 7 6 |

3 5 6 i 7 6 5 3 | 3 5 6 i 7 6 5 3 | 6 – | 6 – ）:‖

9月，又一个收获的时节到了。米仓山系鱼龙镇的宁家山、仓头山、冯家山、瓦房等十多个村庄，满山遍野的仙人果（松果子）成熟了。每日，东方泛白之时，家家户户门就上锁，男女老少拥上山头，有的背着背篓，有的扛着竹竿，有的提着麻袋，有的赶着牲口，他们骑着摩托车、开着四轮、欢呼着、簇拥着，大山沸腾了——

我和几位鱼龙籍的乡亲闲聊，无意中他们就会谈到今年的收成。他们说刚采下来的松子儿每千克能卖到一元钱，只要勤劳，大多农户卖个几千元甚至上万元都不在话下。有些城里务工的人这个时候都会赶到山里打松果子的，这可是新产业啊——乡亲们的欣喜之情溢于言表。这不能不让我想起了几十年如一日为米仓一带绿化做出杰出贡献的全国植树造林劳动模范刘尚文先生；不能不想到和他一起为绿化山河做出贡献的大鹿院老支书王治昌先生；仓头山村的张威先生，赵湾村老支书赵宽代先生，林模张荣华先生、赵志福先生等。

我一直对这些无私奉献的先辈心存感激，今天用高山戏曲牌【过板套十二花】写了这个歌舞表演形式的小节目，为这些新时代的有名有姓的大英雄，也为那些默默付出的无名英雄！希望我们在党的英明领导下，再接再厉、真抓实干把家乡建设得更加美丽、更加富庶！

白露时节　于上尹家村

愚　公　赞

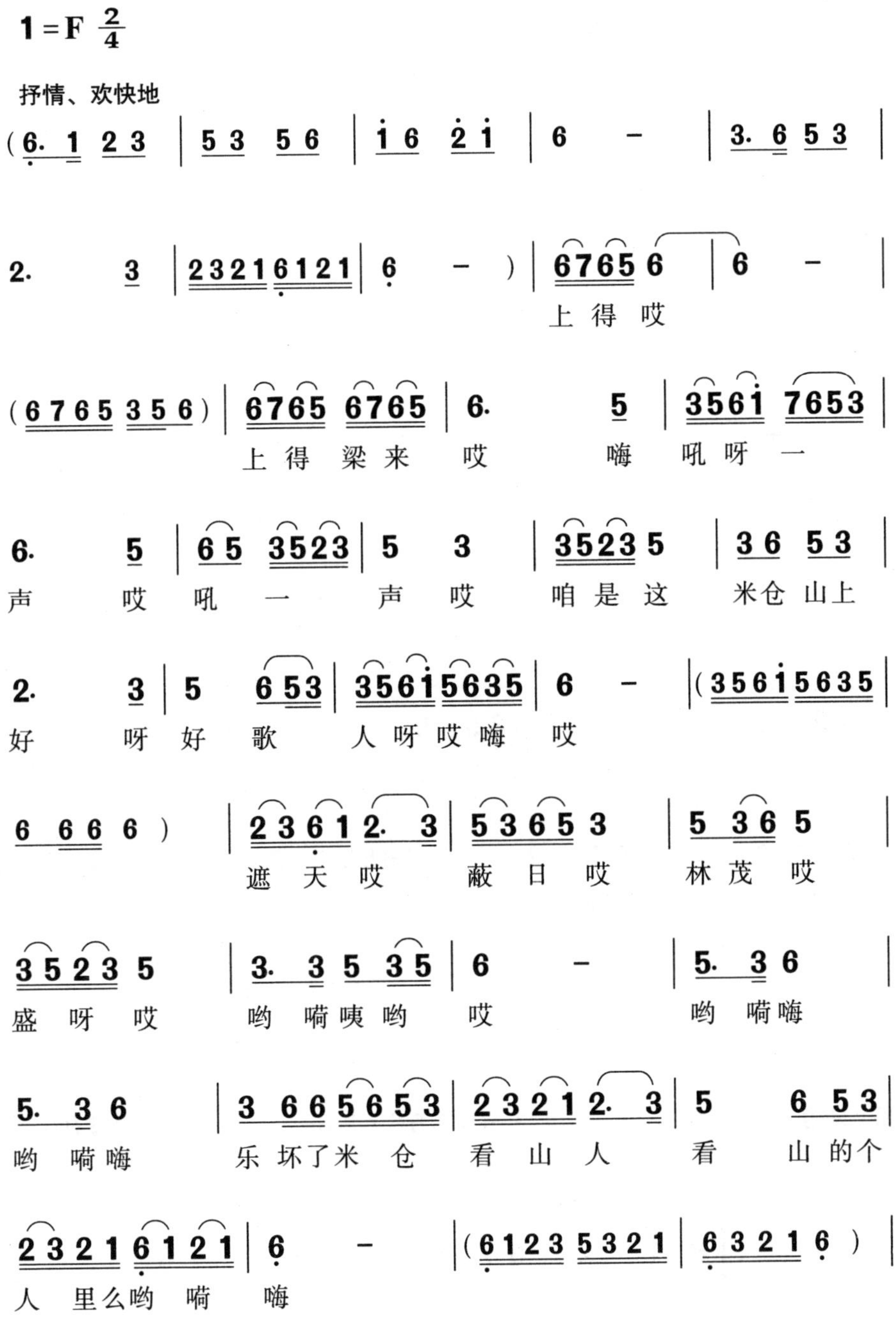

1＝F $\frac{2}{4}$

抒情、欢快地

上得哎

上得梁来哎　嗨吼呀一

声哎吼一声哎咱是这米仓山上

好呀好歌人呀哎嗨哎

遮天哎蔽日哎林茂哎

盛呀哎哟嗬咦哟哎哟嗬嗨

哟嗬嗨乐坏了米仓看山人看山的个

人里么哟嗬嗨

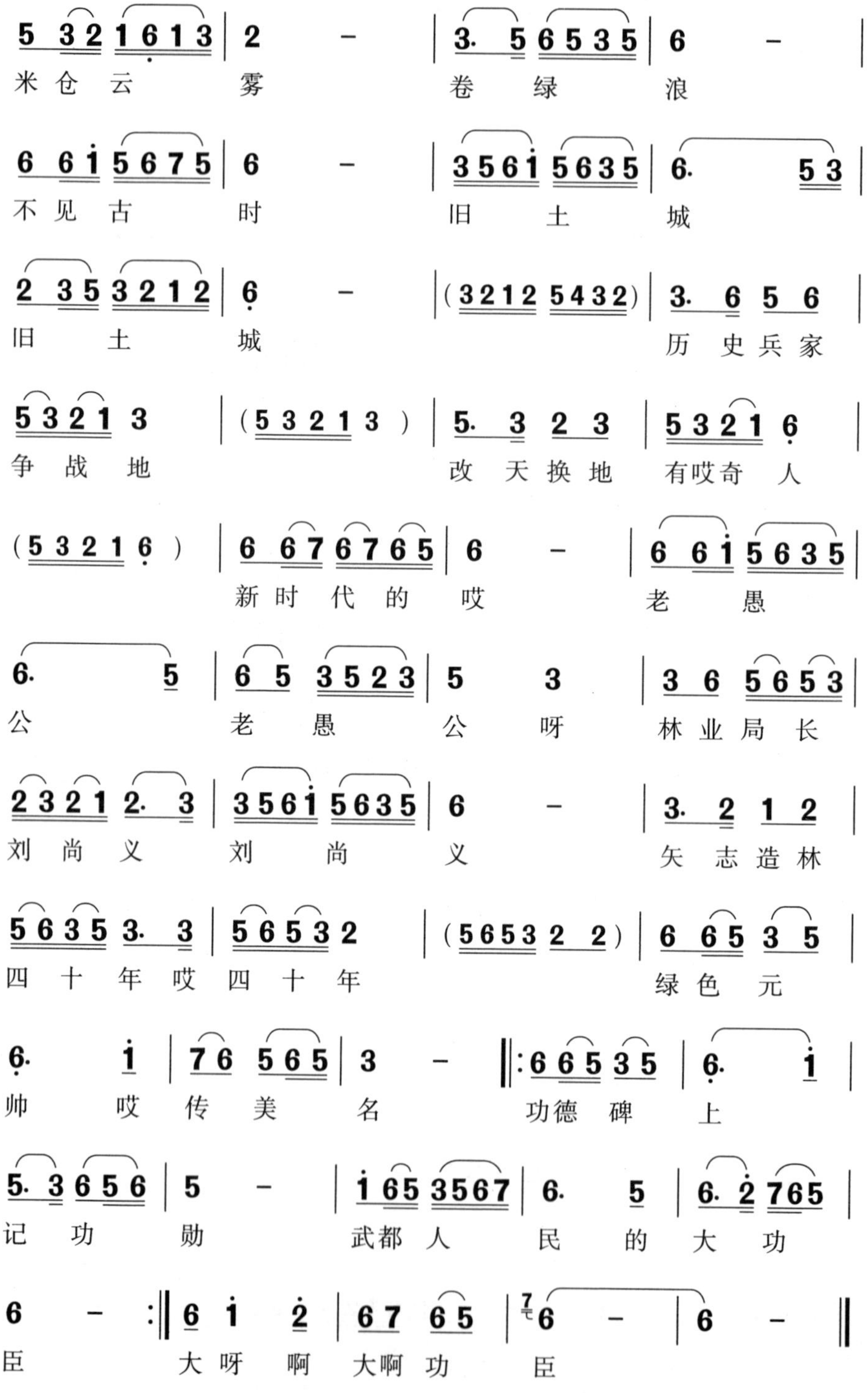

5 32 1613 | 2 － | 3. 5 6535 | 6 － |
米仓云 雾 卷 绿 浪

6 61̇ 5675 | 6 － | 3561̇ 5635 | 6. 53 |
不见古 时 旧 土 城

2 35 3212 | 6 － | (3212 5432) | 3. 6 5 6 |
旧 土 城 历史兵家

5321 3 | (5321 3) | 5. 3 2 3 | 5321 6 |
争战地 改天换地 有哎奇人

(5321 6) | 6 67 6765 | 6 － | 6 61̇ 5635 |
新时代的 哎 老 愚

6. 5 | 6 5 3523 | 5 3 | 3 6 5653 |
公 老 愚 公 呀 林业局长

2321 2. 3 | 3561̇ 5635 | 6 － | 3. 2 1 2 |
刘尚义 刘 尚 义 矢志造林

5635 3. 3 | 5653 2 | (5653 2 2) | 6 65 3 5 |
四十年哎四十年 绿色元

6. 1̇ | 76 565 | 3 － ‖: 6 65 35 | 6. 1̇ |
帅 哎 传 美 名 功德 碑 上

5. 3 656 | 5 － | 1̇ 65 3567 | 6. 5 | 6. 2̇ 765 |
记 功 勋 武都人 民 的 大 功

6 － :‖ 6 1̇ 2̇ | 67 65 | 6 － | 6 － ‖
臣 大呀 啊 大啊功 臣

更上一层楼

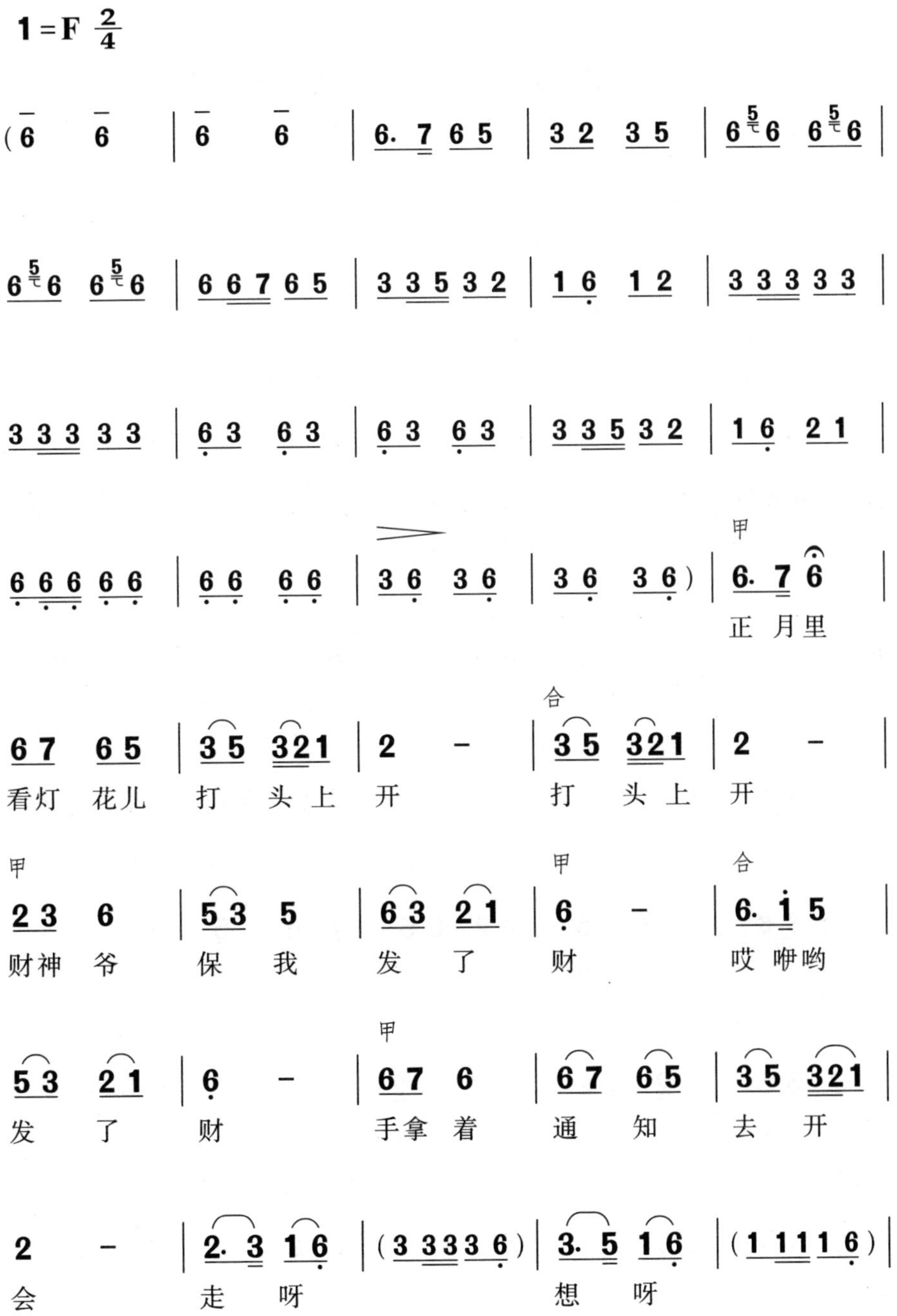

1＝F $\frac{2}{4}$

(6 6 | 6 6 | 6. 7 6 5 | 3 2 3 5 | 6 ⁵6 6 ⁵6 |

6 ⁵6 6 ⁵6 | 6 6 7 6 5 | 3 3 5 3 2 | 1 6 1 2 | 3 3 3 3 3 |

3 3 3 3 3 | 6 3 6 3 | 6 3 6 3 | 3 3 5 3 2 | 1 6 2 1 |

6 6 6 6 6 | 6 6 6 6 | 3 6 3 6 | 3 6 3 6) | 甲 6. 7 6 |

正 月里

6 7 6 5 | 3 5 3 2 1 | 2 – | 合 3 5 3 2 1 | 2 – |

看灯 花儿 打 头上 开 打 头上 开

甲 2 3 6 | 5 3 5 | 6 3 2 1 | 甲 6 – | 合 6. i 5 |

财神 爷 保 我 发 了 财 哎 咿哟

5 3 2 1 | 6 – | 甲 6 7 6 | 6 7 6 5 | 3 5 3 2 1 |

发 了 财 手拿 着 通 知 去 开

2 – | 2. 3 1 6 | (3 3 3 3 6) | 3. 5 1 6 | (1 1 1 1 6) |

会 走 呀 想 呀

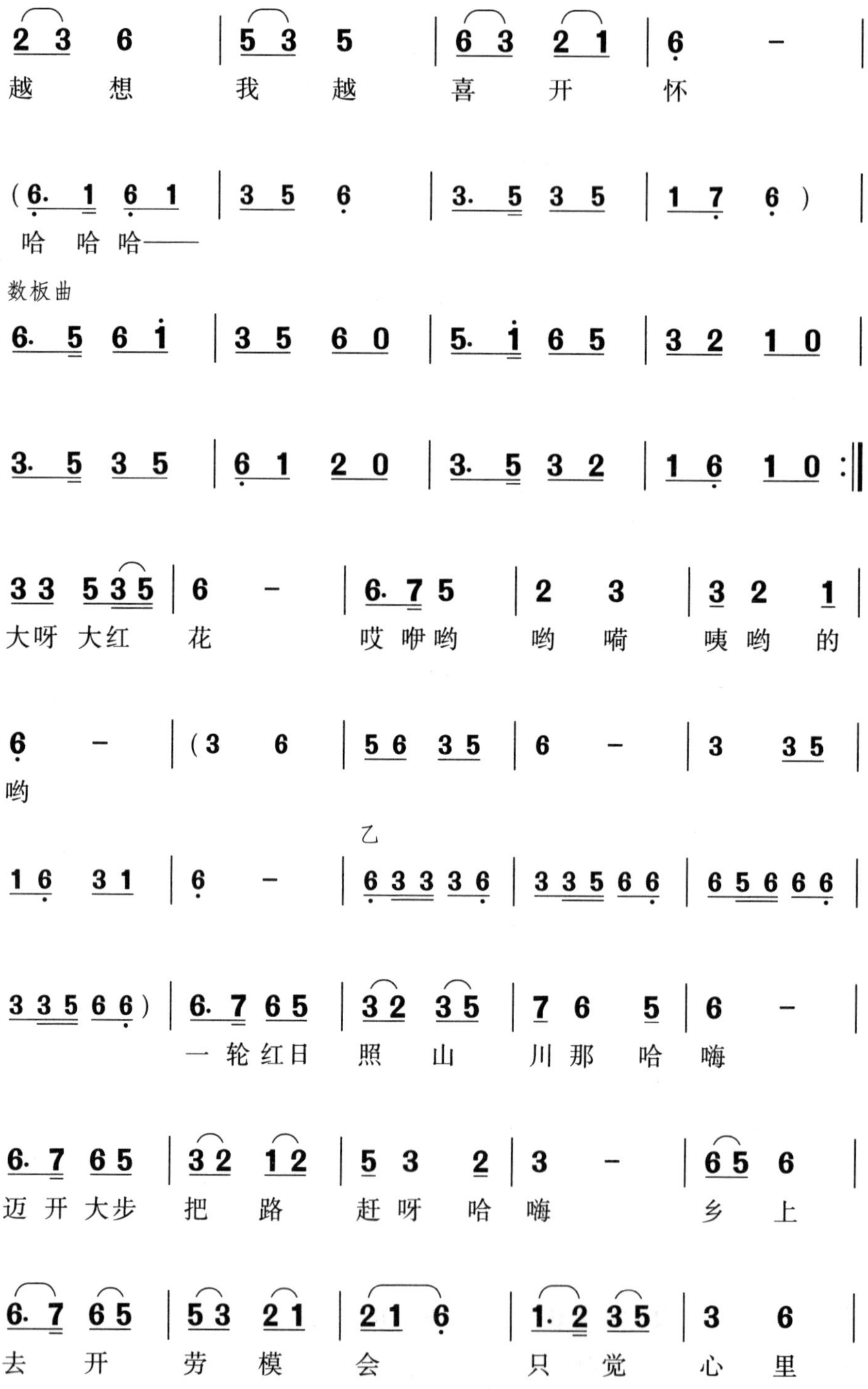

23 6 | 53 5 | 63 21 | 6 - |
越 想 我 越 喜 开 怀

(6. 1 6 1 | 3 5 6 | 3. 5 3 5 | 1 7 6) |
哈 哈 哈——

数板曲

6. 5 6 1 | 3 5 6 0 | 5. 1 6 5 | 3 2 1 0 |

3. 5 3 5 | 6 1 2 0 | 3. 5 3 2 | 1 6 1 0 :||

33 535 | 6 - | 6. 7 5 | 2 3 | 3 2 1 |
大呀 大红 花 哎 咿哟 哟 嗬 咦 哟 的

6 - | (3 6 | 56 35 | 6 - | 3 35 |
哟

乙

16 31 | 6 - | 63336 | 33566 | 65666 |

33566) | 6. 7 65 | 32 35 | 7 6 5 | 6 - |
一 轮红日 照 山 川 那 哈 嗨

6. 7 65 | 32 12 | 5 3 2 | 3 - | 65 6 |
迈 开 大步 把 路 赶 呀 哈 嗨 乡 上

6. 7 65 | 53 21 | 21 6 | 1. 2 35 | 3 6 |
去 开 劳 模 会 只 觉 心 里

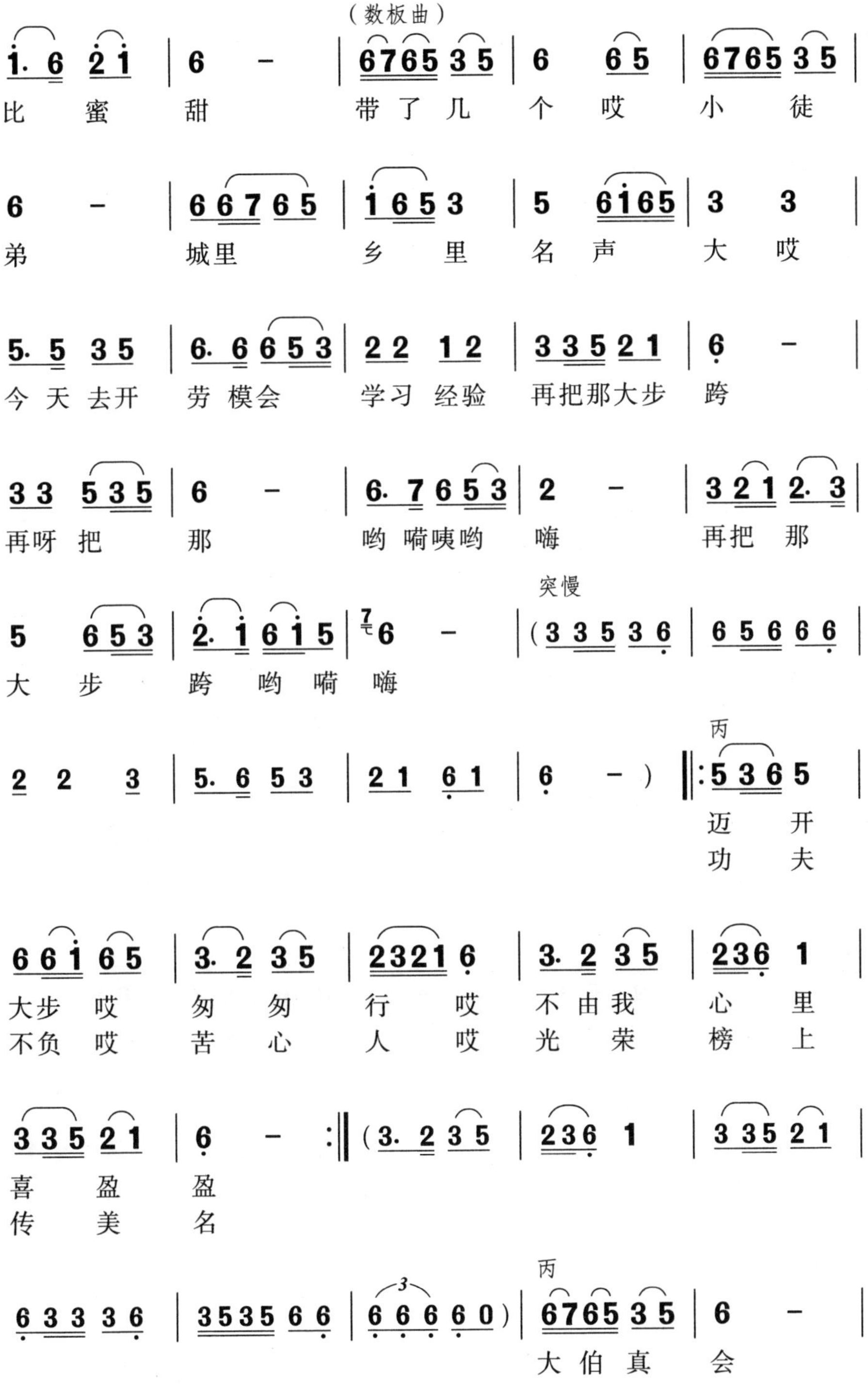

（数板曲）

1. 6 2 1 | 6 – | 6765 3 5 | 6 6 5 | 6765 3 5 |
比 蜜 甜 带了几 个 哎 小 徒

6 – | 6 6 7 6 5 | 1 6 5 3 | 5 6165 | 3 3 |
弟 城里 乡 里 名 声 大 哎

5. 5 3 5 | 6. 6 6 5 3 | 2 2 1 2 | 3 3 5 2 1 | 6 – |
今 天 去开 劳 模会 学习 经验 再把那大步 跨

3 3 5 3 5 | 6 – | 6. 7 6 5 3 | 2 – | 3 2 1 2. 3 |
再呀 把 那 哟 嗬咦哟 嗨 再把 那

突慢

5 6 5 3 | 2. 1 6 1 5 | 7/6 – | (3 3 5 3 6 | 6 5 6 6 6 |
大 步 跨 哟 嗬 嗨

丙

2 2 3 | 5. 6 5 3 | 2 1 6 1 | 6 –) ‖: 5 3 6 5 |
迈 开
功 夫

6 6 1 6 5 | 3. 2 3 5 | 2321 6 | 3. 2 3 5 | 236 1 |
大步 哎 匆 匆 行 哎 不由我 心 里
不负 哎 苦 心 人 哎 光 荣 榜 上

3 3 5 2 1 | 6 – :‖ (3. 2 3 5 | 236 1 | 3 3 5 2 1 |
喜 盈 盈
传 美 名

丙

6 3 3 3 6 | 3535 6 6 | 6 6 6 6 0) | 6765 3 5 | 6 – |
大伯真 会

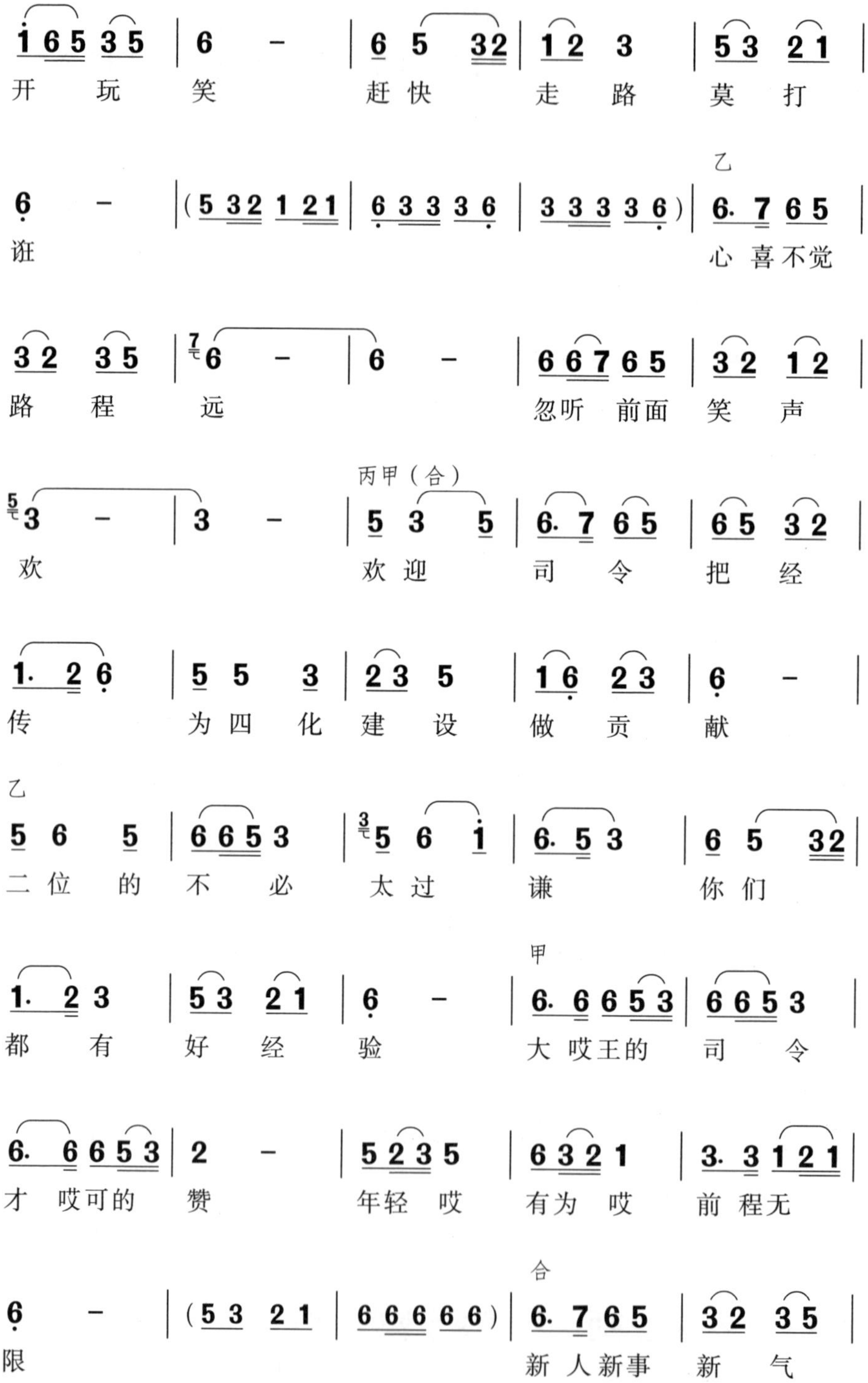

1 6 5 3 5 | 6 - | 6 5 3 2 | 1 2 3 | 5 3 2 1 |
开 玩 笑 赶快 走 路 莫 打

乙
6 - | (5 3 2 1 2 1 | 6 3 3 3 6 | 3 3 3 3 6) | 6. 7 6 5 |
逛 心 喜不觉

3 2 3 5 | 6 - | 6 - | 6 6 7 6 5 | 3 2 1 2 |
路 程 远 忽听 前面 笑 声

丙甲（合）
3 - | 3 - | 5 3 5 | 6. 7 6 5 | 6 5 3 2 |
欢 欢 迎 司 令 把 经

1. 2 6 | 5 5 3 | 2 3 5 | 1 6 2 3 | 6 - |
传 为四 化 建 设 做 贡 献

乙
5 6 5 | 6 6 5 3 | 5 6 1 | 6. 5 3 | 6 5 3 2 |
二 位 的 不 必 太 过 谦 你 们

甲
1. 2 3 | 5 3 2 1 | 6 - | 6. 6 6 5 3 | 6 6 5 3 |
都 有 好 经 验 大 哎王的 司 令

6. 6 6 5 3 | 2 - | 5 2 3 5 | 6 3 2 1 | 3. 3 1 2 1 |
才 哎可的 赞 年轻 哎 有为 哎 前 程无

合
6 - | (5 3 2 1 | 6 6 6 6 6) | 6. 7 6 5 | 3 2 3 5 |
限 新 人新事 新 气

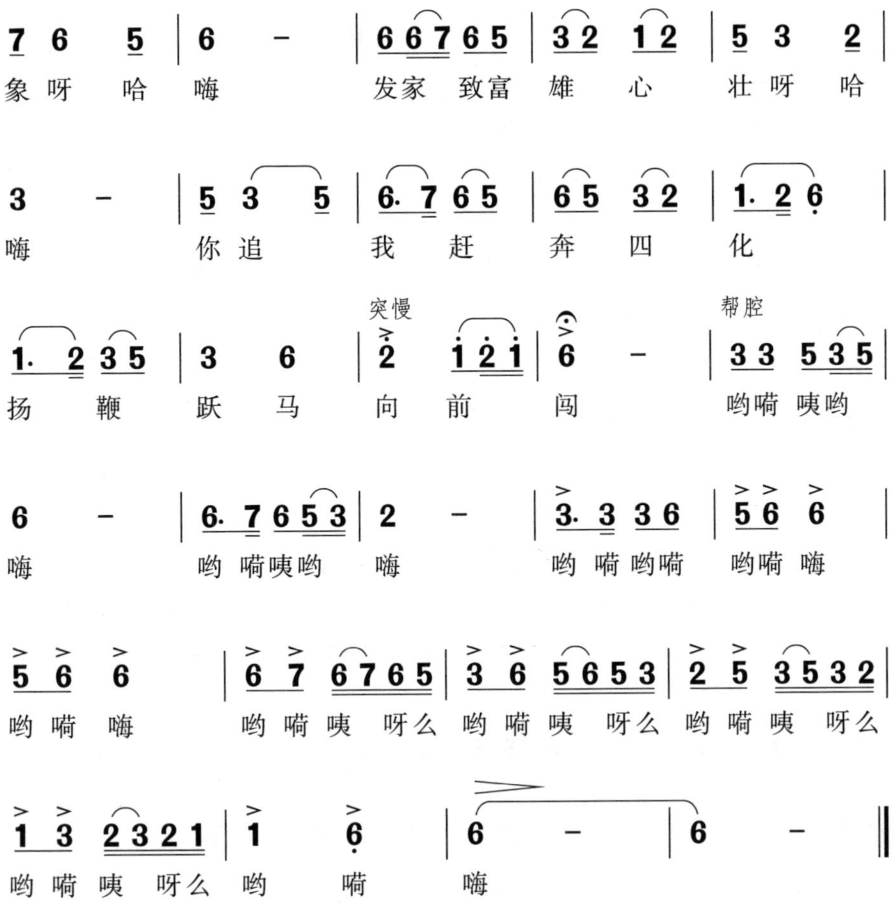

7 6 5 | 6 - | 6 6 7 6 5 | 3 2 1 2 | 5 3 2 |
象呀 哈 嗨 发家 致富 雄 心 壮 呀 哈

3 - | 5 3 5 | 6. 7 6 5 | 6 5 3 2 | 1. 2 6 |
嗨 你 追 我 赶 奔 四 化

突慢 帮腔

1. 2 3 5 | 3 6 | 2 1 2 1 | 6 - | 3 3 5 3 5 |
扬 鞭 跃 马 向 前 闯 哟嗬 咦哟

6 - | 6. 7 6 5 3 | 2 - | 3. 3 3 6 | 5 6 6 |
嗨 哟 嗬咦哟 嗨 哟 嗬 哟嗬 哟嗬 嗨

5 6 6 | 6 7 6 7 6 5 | 3 6 5 6 5 3 | 2 5 3 5 3 2 |
哟 嗬 嗨 哟 嗬 咦 呀么 哟 嗬 咦 呀么 哟 嗬 咦 呀么

1 3 2 3 2 1 | 1 6 | 6 - | 6 - ‖
哟 嗬 咦 呀么 哟 嗬 嗨

圆 梦 歌

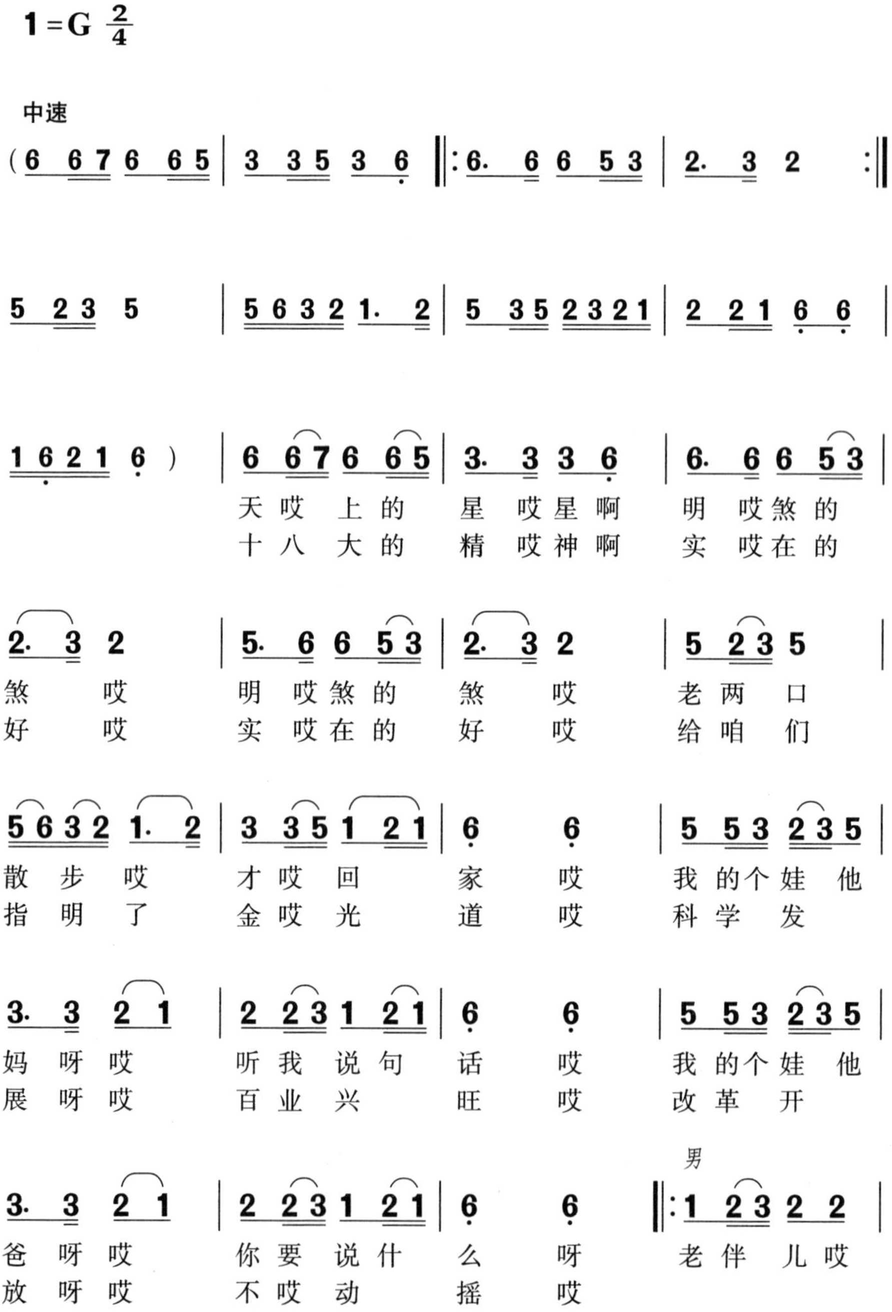

1=G $\frac{2}{4}$

中速

(6 676 665 | 3 353 6 ‖: 6. 6 6 53 | 2. 3 2 :‖

5 23 5 | 5632 1. 2 | 5 35 2321 | 2 21 6 6 |

1621 6) | 6 676 665 | 3. 3 3 6 | 6. 6 6 53 |

天哎 上的 星 哎星啊 明 哎煞的

十八 大的 精 哎神啊 实 哎在的

2. 3 2 | 5. 6 6 53 | 2. 3 2 | 5 23 5 |

煞 哎 明 哎煞的 煞 哎 老两 口

好 哎 实 哎在的 好 哎 给咱 们

5632 1. 2 | 3 351 21 | 6 6 | 5 53 235 |

散步 哎 才哎 回 家 哎 我的个娃 他

指明 了 金哎 光 道 哎 科学 发

3. 3 21 | 2 231 21 | 6 6 | 5 53 235 |

妈 呀 哎 听我 说句 话 哎 我的个娃 他

展 呀 哎 百业 兴 旺 哎 改革 开

男

3. 3 21 | 2 231 21 | 6 6 ‖: 1 232 2 |

爸 呀 哎 你要 说什 么 呀 老伴 儿哎

放 呀 哎 不哎 动 摇 哎

女　　　　　　合

1 23 2 2 :‖ 5 35 6 1̇ | 56532 ‖: 56532 2: ‖

老头儿哎　咱两个哎　再来学

学习咱　党的哎

5 35 653 | 5 – | 5 35 3532 | 1 – |

十啊八　大　十啊八　大

民富国　强　乐　淘　淘

‖: 1. 2 3 5 | 2 3 2 1 | 6̣123 121̣6̣ | 5̣ – :‖

哎　嗨哎嗨　哎嗨　哟　哎呀　哎嗨　哟

北 风 吹

（传统高山戏《刘四告状》选段）

1＝F $\frac{2}{4}$

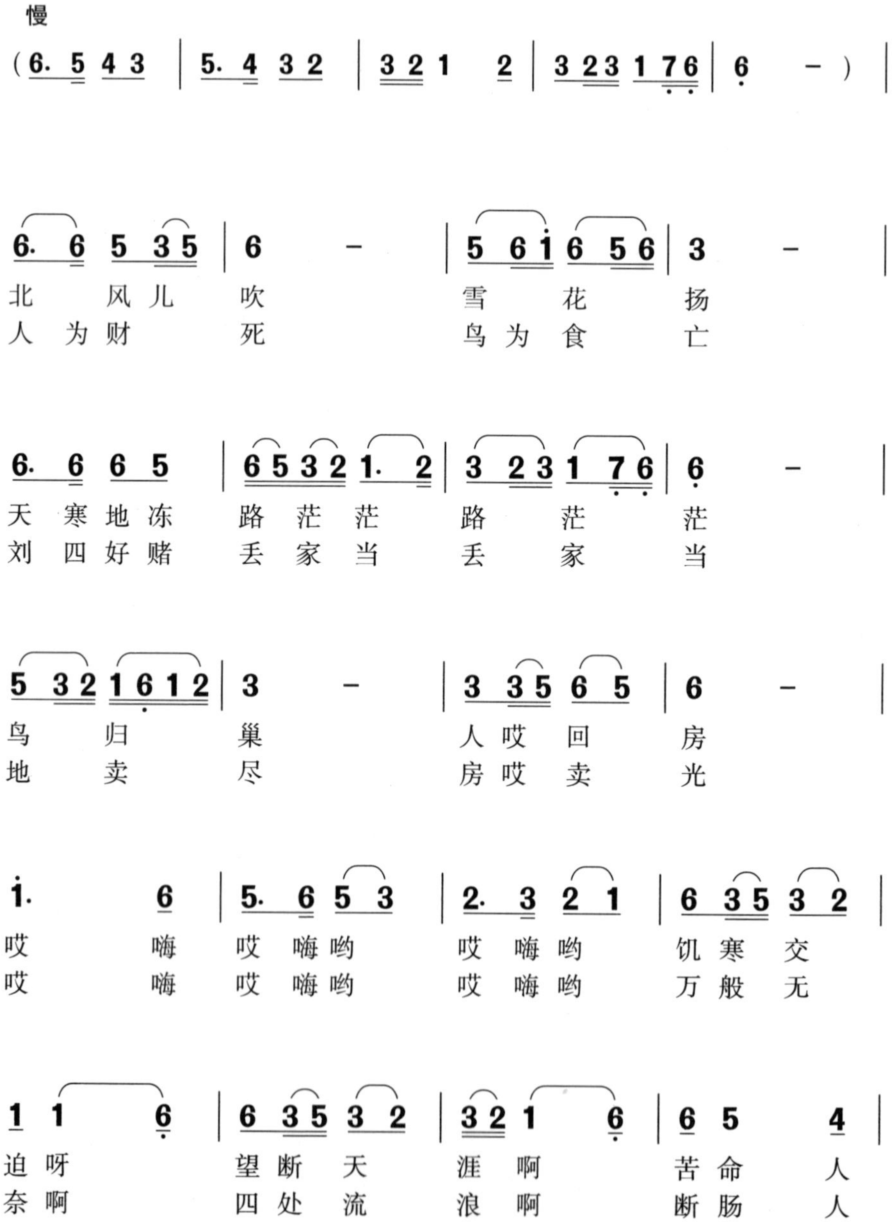

慢

（6. 5 4 3 | 5. 4 3 2 | 3 2 1 2 | 3 23 1 76 | 6 – ）|

6. 6 5 35 | 6 – | 5 61 6 56 | 3 – |
北 风儿 吹 雪 花 扬
人 为财 死 鸟为食 亡

6. 6 6 5 | 6532 1. 2 | 3 23 1 76 | 6 – |
天寒地冻 路茫茫 路 茫 茫
刘四好赌 丢家当 丢 家 当

5 32 1612 | 3 – | 3 35 6 5 | 6 – |
鸟 归 巢 人哎 回 房
地 卖 尽 房哎 卖 光

1. 6 | 5. 6 5 3 | 2. 3 2 1 | 6 35 3 2 |
哎 嗨 哎 嗨哟 哎 嗨哟 饥 寒 交
哎 嗨 哎 嗨哟 哎 嗨哟 万 般 无

1 1 6 | 6 35 3 2 | 32 1 6 | 6 5 4 |
迫呀 望断 天 涯 啊 苦命 人
奈啊 四处 流 浪 啊 断肠 人

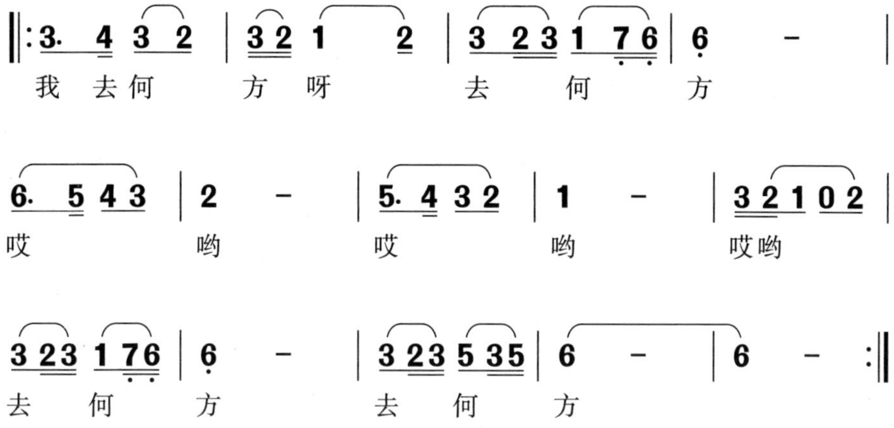

‖: 3. 4 3 2 | 3 2 1 2 | 3 2 3 1 7 6 | 6 - |
我 去何 方 呀 去 何 方

6. 5 4 3 | 2 - | 5. 4 3 2 | 1 - | 3 2 1 0 2 |
哎 哟 哎 哟 哎哟

3 2 3 1 7 6 | 6 - | 3 2 3 5 3 5 | 6 - | 6 - :‖
去 何 方 去 何 方

《北风吹》唱段以缓慢舒展的节奏类型，平实无华的旋律特征，表现了主人公苦芥子无助、迷茫、痛苦的心理路程。

夜半三更

（传统高山戏《刘四告状》选段）

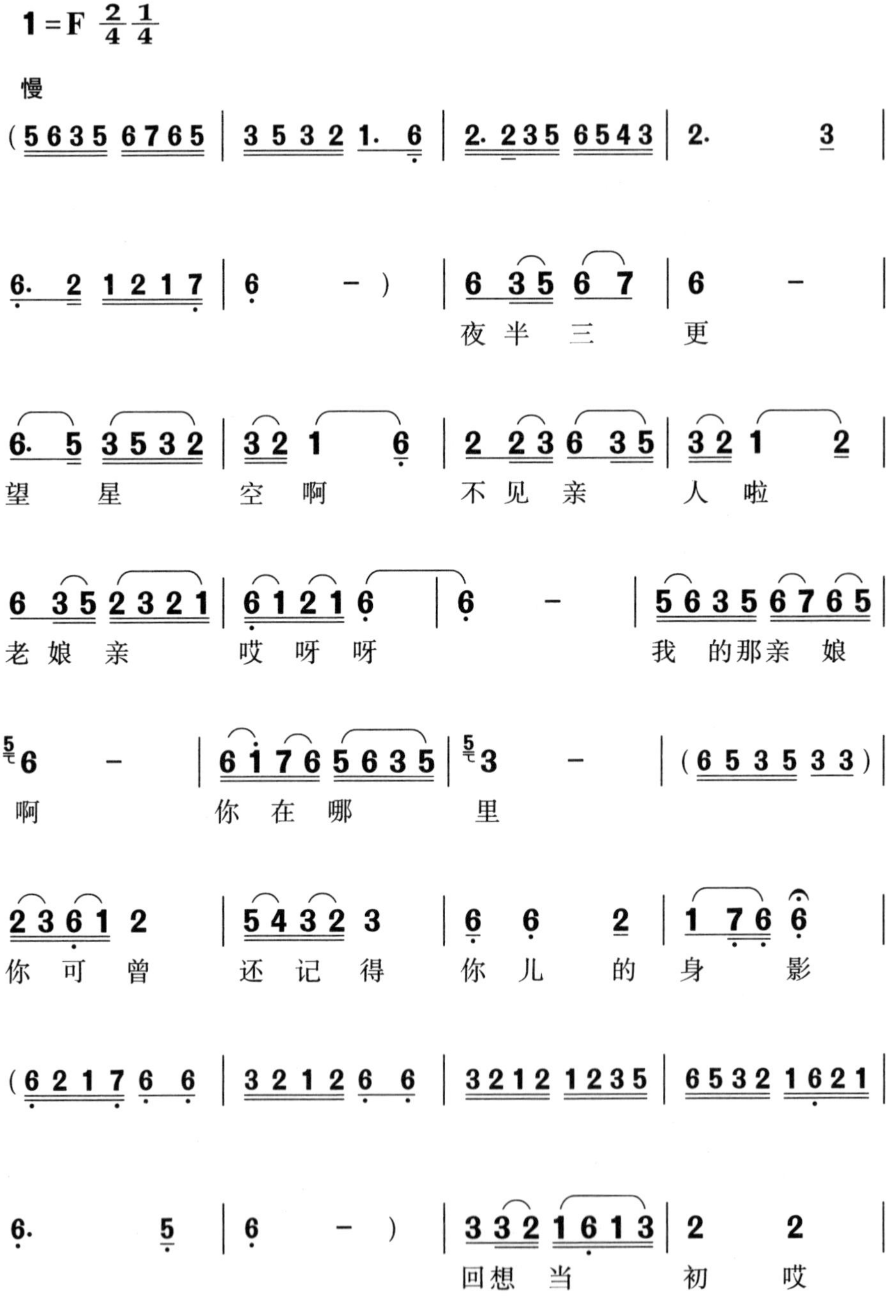

1＝F $\frac{2}{4}$ $\frac{1}{4}$

慢

(5635 6765 | 3532 1. 6 | 2. 235 6543 | 2. 3 |

6. 2 1217 | 6 －) | 6 35 6 7 | 6 － |

夜半三 更

6. 5 3532 | 32 1 6 | 2 236 35 | 32 1 2 |

望 星 空 啊 不见亲 人 啦

6 35 2321 | 61216 | 6 － | 5635 6765 |

老娘亲 哎 呀 呀 我 的那亲 娘

5 6 － | 6176 5635 | 5 3 － | (653 5 33) |

啊 你在哪 里

2361 2 | 5432 3 | 6 6 2 | 1 76 6 |

你可曾 还记得 你儿 的 身 影

(6217 6 6 | 3212 6 6 | 3212 1235 | 6532 1621 |

6. 5 | 6 －) | 332 1613 | 2 2 |

回想当 初 哎

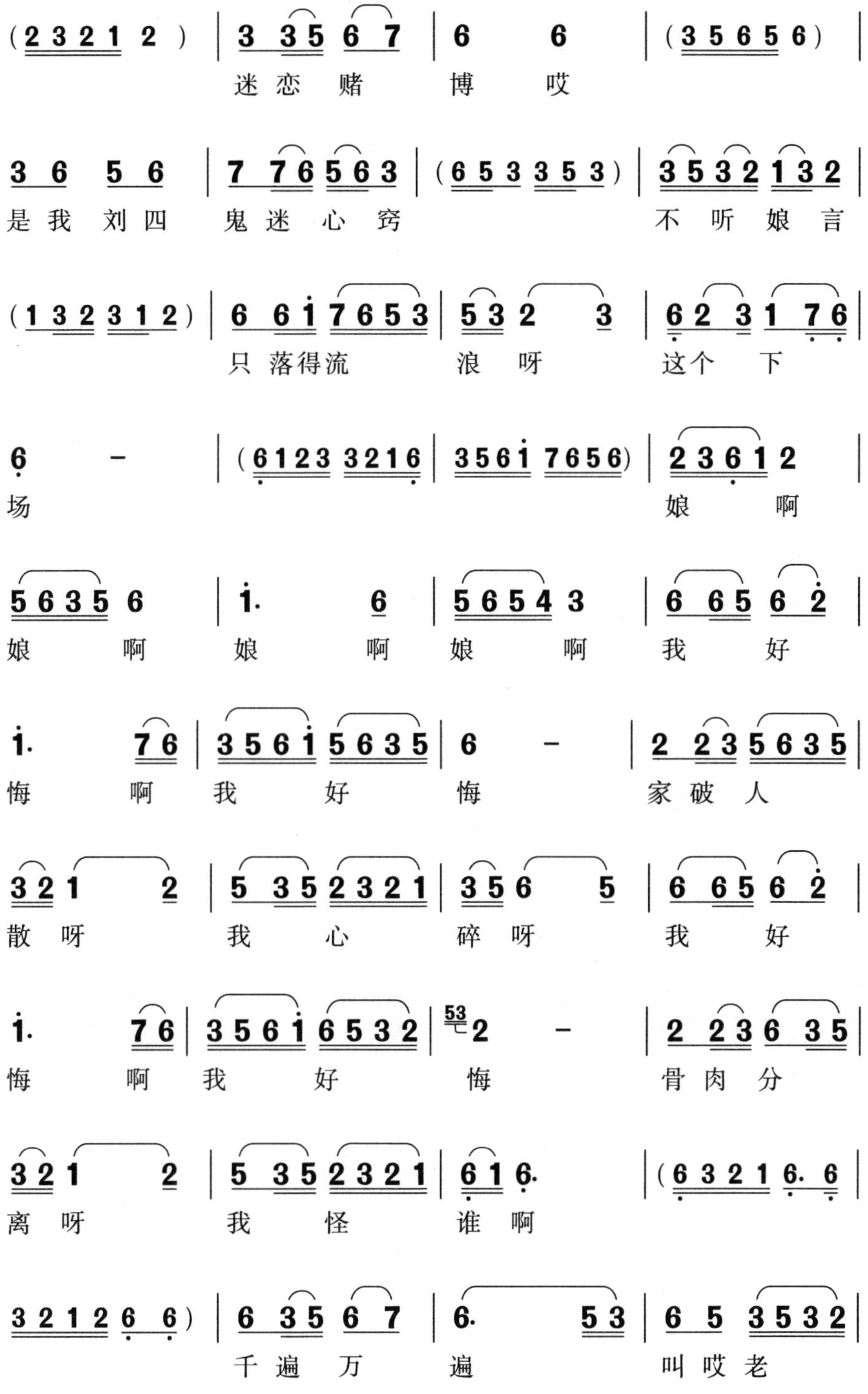

(2 3 2 1 2) | 3 3 5 6 7 | 6 6 | (3 5 6 5 6) |
迷恋赌 博 哎

3 6 5 6 | 7 7 6 5 6 3 | (6 5 3 3 5 3) | 3 5 3 2 1 3 2 |
是我 刘四 鬼迷 心 窍 不 听 娘 言

(1 3 2 3 1 2) | 6 6 1 7 6 5 3 | 5 3 2 3 | 6 2 3 1 7 6 |
只 落得流 浪 呀 这个 下

6 - | (6 1 2 3 3 2 1 6 | 3 5 6 1 7 6 5 6) | 2 3 6 1 2 |
场 娘 啊

5 6 3 5 6 | 1. 6 | 5 6 5 4 3 | 6 6 5 6 2 |
娘 啊 娘 啊 娘 啊 我 好

1. 7 6 | 3 5 6 1 5 6 3 5 | 6 - | 2 2 3 5 6 3 5 |
悔 啊 我 好 悔 家破 人

3 2 1 2 | 5 3 5 2 3 2 1 | 3 5 6 5 | 6 6 5 6 2 |
散 呀 我 心 碎 呀 我 好

1. 7 6 | 3 5 6 1 6 5 3 2 | 53 2 - | 2 2 3 6 3 5 |
悔 啊 我 好 悔 骨 肉 分

3 2 1 2 | 5 3 5 2 3 2 1 | 6 1 6. | (6 3 2 1 6. 6 |
离 呀 我 怪 谁 啊

3 2 1 2 6 6) | 6 3 5 6 7 | 6. 5 3 | 6 5 3 5 3 2 |
千 遍 万 遍 叫 哎 老

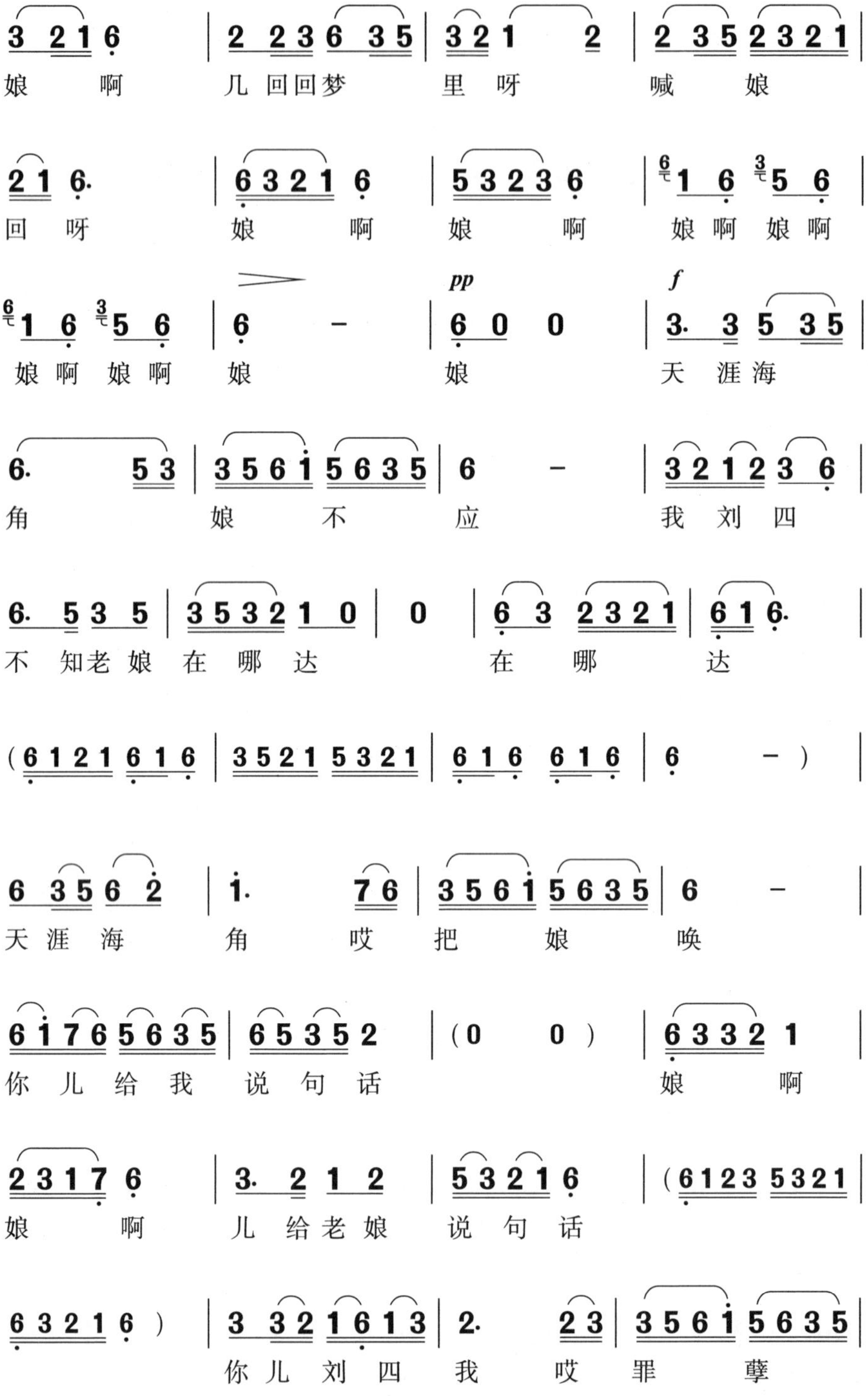

3 21 6 | 2 236 35 | 321 2 | 2 35 2321 |

娘啊 几回回梦 里呀 喊娘

21 6. | 63216 | 53236 | 1 6 5 6 |

回呀 娘啊 娘啊 娘啊娘啊

pp f

1 6 5 6 | 6 - | 6 0 0 | 3. 3 5 35 |

娘啊娘啊 娘 娘 天涯海

6. 53 | 3561 5635 | 6 - | 3212 3 6 |

角 娘不 应 我刘四

6. 5 3 5 | 35321 0 | 0 | 6 3 2321 | 616. |

不知老娘在哪达 在哪 达

(6121 616 | 3521 5321 | 616 616 | 6 -) |

6 35 6 2 | 1. 76 | 3561 5635 | 6 - |

天涯海角哎 把娘 唤

6176 5635 | 65352 | (0 0) | 6332 1 |

你儿给我说句话 娘啊

2317 6 | 3. 2 1 2 | 53216 | (6123 5321 |

娘啊 儿给老娘 说句话

63216) | 3 32 1613 | 2. 23 | 3561 5635 |

你儿刘四 我哎 罪孽

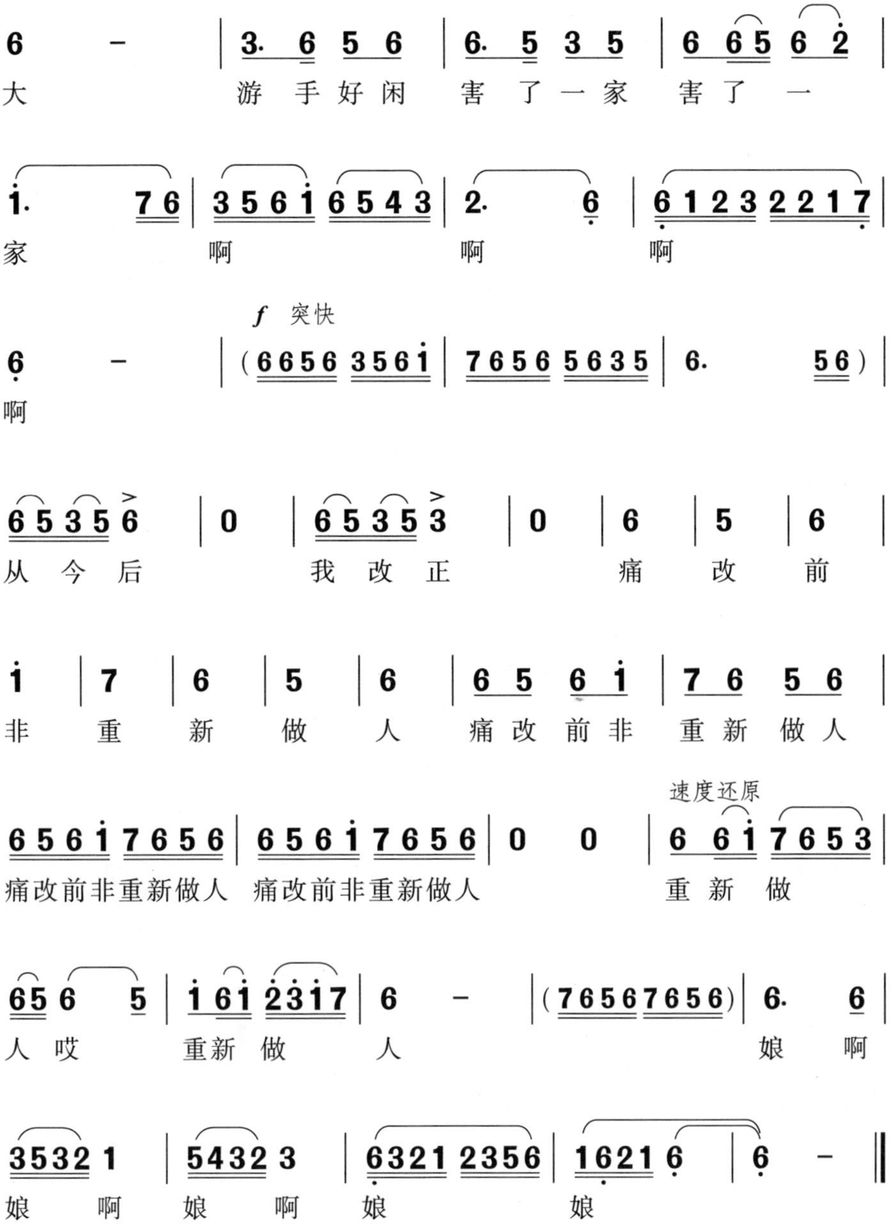

6 – | 3· 6 5 6 | 6· 5 3 5 | 6 65 6 2 |
大　　游 手 好 闲　害 了 一 家　害 了 一

1· 76 | 3561 6543 | 2· 6 | 6123 2217 |
家　　啊　　啊　　啊

f 突快

6 – | (6656 3561 | 7656 5635 | 6. 56) |
啊

65356 | 0 | 65353 | 0 | 6 | 5 | 6 |
从 今 后　　我 改 正　　痛　改　前

1 | 7 | 6 | 5 | 6 | 65 61 | 76 56 |
非　重　新　做　人　痛 改 前 非　重 新 做 人

速度还原

6561 7656 | 6561 7656 | 0 0 | 6 61 7653 |
痛改前非重新做人　痛改前非重新做人　　重 新 做

656 5 | 161 2317 | 6 – | (76567656) | 6· 6 |
人 哎　重新 做　人　　娘　啊

35321 | 54323 | 6321 2356 | 1621 6 | 6 – ‖
娘　啊　娘　啊　娘　　娘

《夜半三更》主要在传统曲牌【十杯酒】【王哥】两支曲牌音乐的基础上发展衍变而来，它如泣如诉地表达了刘四孤苦、无助、悔恨、痛苦的心理。衬词与变奏的形式为这段音乐的感情基础做了很好的铺垫。

母 亲 泪

（传统高山戏《刘四告状》选段）

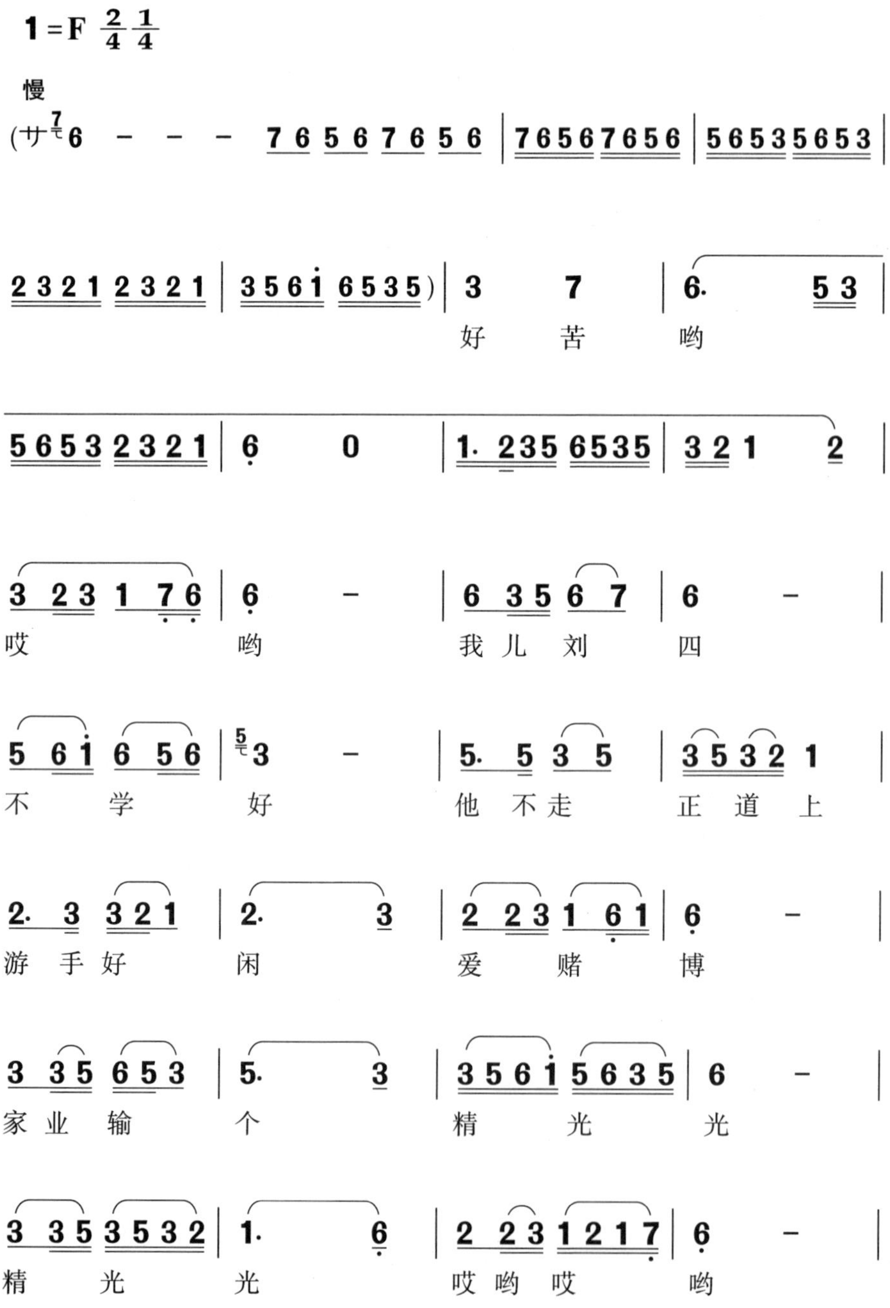

1＝F $\frac{2}{4}$ $\frac{1}{4}$

慢

好苦哟

哎哟 我儿刘四

不学好 他不走正道上

游手好闲 爱赌博

家业输个精光光

精光光 哎哟哎哟

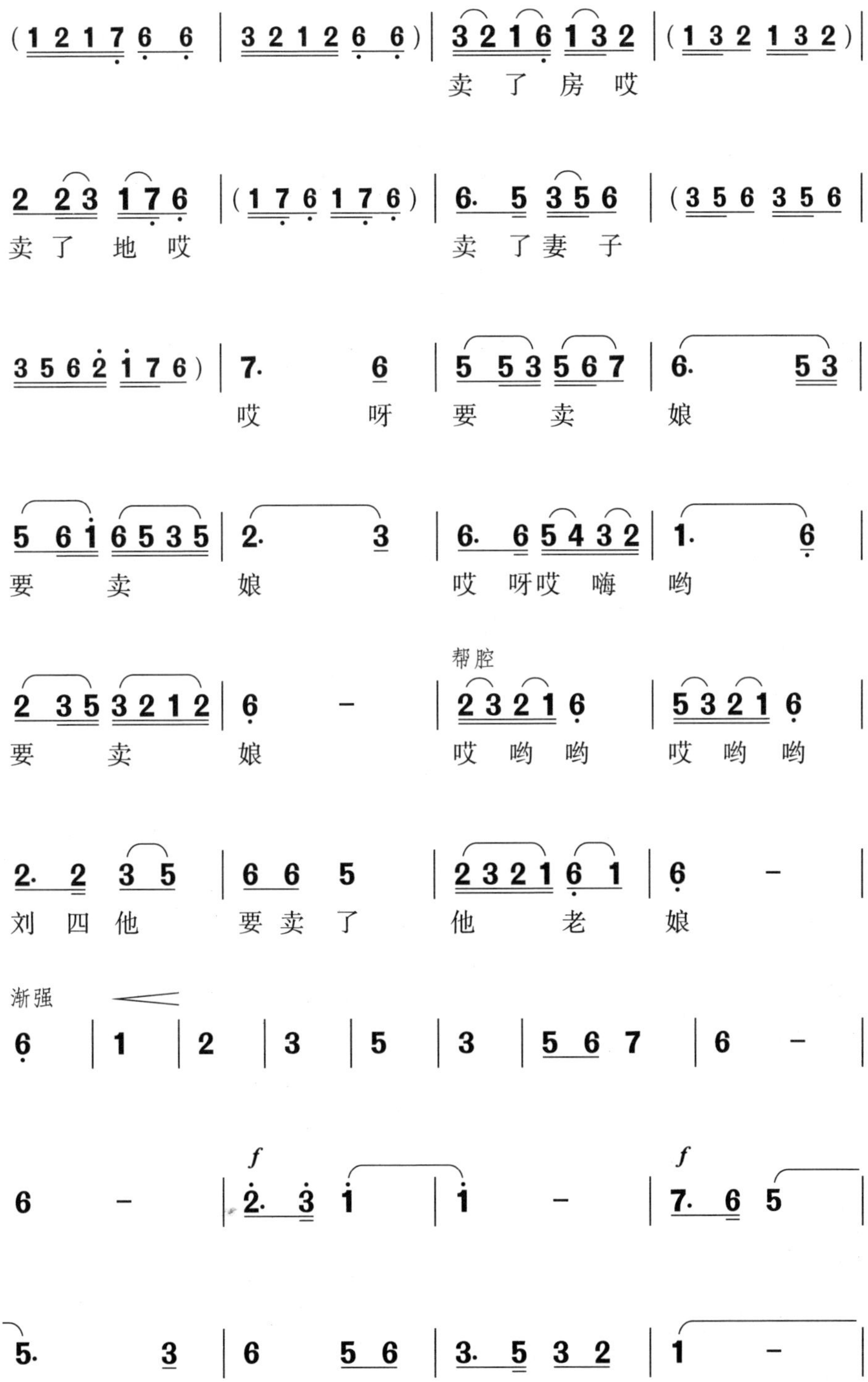

(1 2 1 7 6 6 | 3 2 1 2 6 6) | 3 2 1 6 1 3 2 | (1 3 2 1 3 2) |

卖 了 房 哎

2 2 3 1 7 6 | (1 7 6 1 7 6) | 6. 5 3 5 6 | (3 5 6 3 5 6 |

卖 了 地 哎　卖 了 妻 子

3 5 6 2 1 7 6) | 7. 6 | 5 5 3 5 6 7 | 6. 5 3 |

哎 呀 要 卖 娘

5 6 1 6 5 3 5 | 2. 3 | 6. 6 5 4 3 2 | 1. 6 |

要 卖 娘　哎 呀哎 嗨 哟

帮腔

2 3 5 3 2 1 2 | 6 - | 2 3 2 1 6 | 5 3 2 1 6 |

要 卖 娘　哎 哟 哟　哎 哟 哟

2. 2 3 5 | 6 6 5 | 2 3 2 1 6 1 | 6 - |

刘 四 他 要 卖 了 他 老 娘

渐强

6 | 1 | 2 | 3 | 5 | 3 | 5 6 7 | 6 - |

f　*f*

6 - | 2. 3 1 | 1 - | 7. 6 5 |

5. 3 | 6 5 6 | 3. 5 3 2 | 1 - |

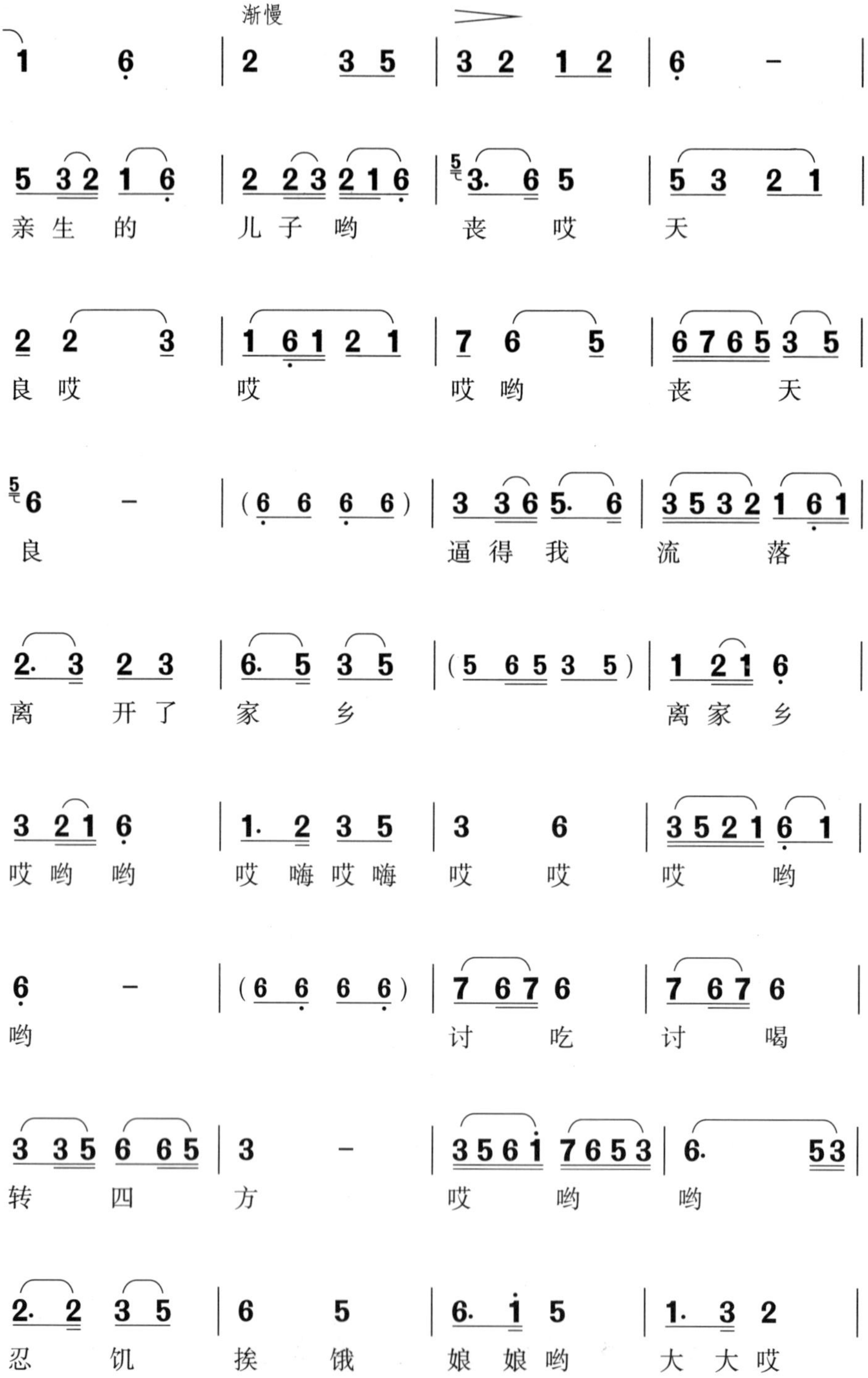

渐慢

1 6 | 2 3 5 | 3 2 1 2 | 6 - |

5 3 2 1 6 | 2 2 3 2 1 6 | 3. 6 5 | 5 3 2 1 |
亲生的 儿子哟 丧 哎 天

2 2 3 | 1 6 1 2 1 | 7 6 5 | 6 7 6 5 3 5 |
良哎 哎 哎哟 丧 天

6 - | (6 6 6 6) | 3 3 6 5. 6 | 3 5 3 2 1 6 1 |
良 逼得我 流 落

2. 3 2 3 | 6. 5 3 5 | (5 6 5 3 5) | 1 2 1 6 |
离 开了 家 乡 离家乡

3 2 1 6 | 1. 2 3 5 | 3 6 | 3 5 2 1 6 1 |
哎哟哟 哎嗨哎嗨 哎 哎 哎 哟

6 - | (6 6 6 6) | 7 6 7 6 | 7 6 7 6 |
哟 讨 吃 讨 喝

3 3 5 6 6 5 | 3 - | 3 5 6 i 7 6 5 3 | 6. 5 3 |
转 四 方 哎 哟 哟

2. 2 3 5 | 6 5 | 6. i 5 | 1. 3 2 |
忍 饥 挨 饿 娘 娘哟 大 大哎

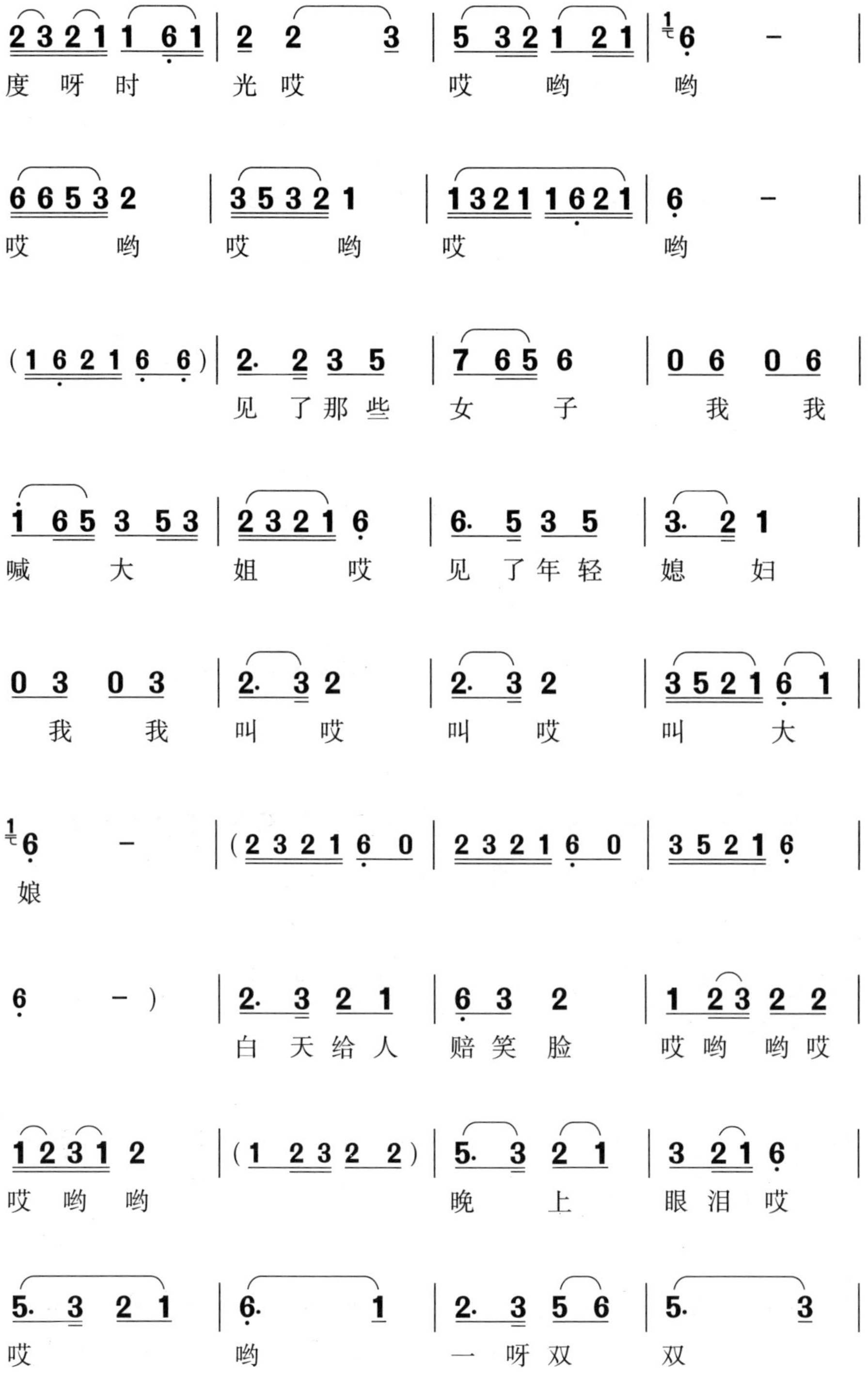

2 3 2 1 1 6 1 | 2 2 3 | 5 3 2 1 2 1 | 6 - |

度 呀 时 光 哎 哎 哟 哟

6 6 5 3 2 | 3 5 3 2 1 | 1 3 2 1 1 6 2 1 | 6 - |

哎 哟 哎 哟 哎 哟

(1 6 2 1 6 6) | 2. 2 3 5 | 7 6 5 6 | 0 6 0 6 |

见 了 那 些 女 子 我 我

1 6 5 3 5 3 | 2 3 2 1 6 | 6. 5 3 5 | 3. 2 1 |

喊 大 姐 哎 见 了 年 轻 媳 妇

0 3 0 3 | 2. 3 2 | 2. 3 2 | 3 5 2 1 6 1 |

我 我 叫 哎 叫 哎 叫 大

6 - | (2 3 2 1 6 0 | 2 3 2 1 6 0 | 3 5 2 1 6 |

娘

6 -) | 2. 3 2 1 | 6 3 2 | 1 2 3 2 2 |

白 天 给 人 赔 笑 脸 哎 哟 哟 哎

1 2 3 1 2 | (1 2 3 2 2) | 5. 3 2 1 | 3 2 1 6 |

哎 哟 哟 晚 上 眼 泪 哎

5. 3 2 1 | 6. 1 | 2. 3 5 6 | 5. 3 |

哎 哟 一 呀 双 双

2 35 321 | 6 – | 6. 3 2321 | 2. 3 |
连 一 双呀 娘 娘 哎

6. 3 2321 | 6 – | 3561 5635 | 6. 5 |
娘 娘 呀 娘 娘 哎

3561 5654 | 3 – ‖:(676 0 :‖ 6765 3561 |
娘 娘 哎

65356 ‖:353 0 :‖ 3532 1235 | 5321 1621 |

6 – | 1. 235 6532 | 1321 1621 | 6 –) |

2. 2 35 | 6. 5 6 6 | 67653 53 | 23216 |
谁 人说 养 儿为 的 防 老 哎

2. 2 3 5 | 6 6 5 | 35216 1 | 6 – |
谁 人 说 树 大 哎 好 乘 凉

1. 6 1 2 | 3 3 5 | 6. 6 567 | 6 6 56 |
叫 声 老 天 爷 啊 叫 声 爹 娘 啊

653520 | 565320 | 2. 1 2 | 356 5 |
啊 啊 你 娃 我 为 啥 就

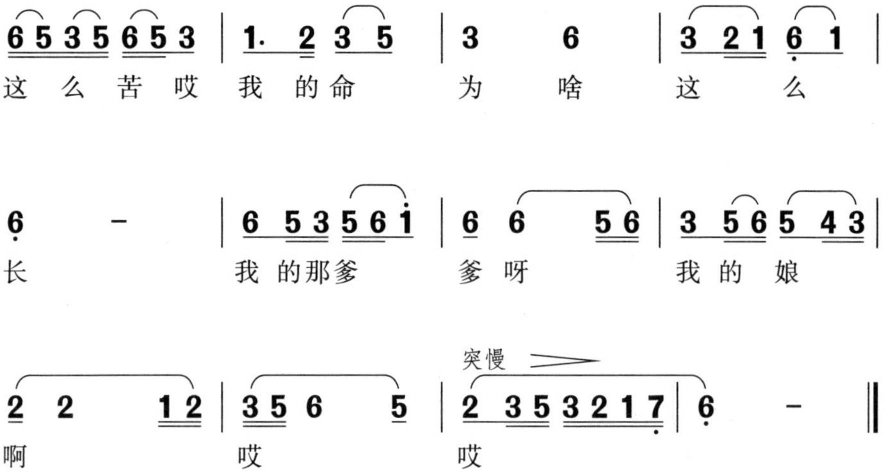

6535 653 | 1· 2 35 | 3 6 | 3 21 6 1 |
这么苦哎 我的命 为 啥 这 么

6 - | 6 53 56 1 | 6 6 56 | 3 56 5 43 |
长 我的那爹 爹 呀 我的 娘

突慢
2 2 12 | 356 5 | 2 35 3217 | 6 - ‖
啊 哎 哎

《刘四告状》是新编传统戏，该剧本创作于2007年3月。当时是武都高山戏正准备申报国家级非物质文化遗产保护项目，然而申报所需的视频、图片资料少得可怜，《刘四告状》剧本的排演填补了这个空白。

“母亲泪”唱段以高山戏曲牌唱腔【哭板】【十杯酒】【扬州观灯】为旋律素材，唱出了主人公苦芥子悲惨的人生。

这个唱段在原《刘四告状》的唱腔上做了很大的改动。2012年腊月初改，2013年8月15日再改，2014年1月6日又改。

吃惯了苦头的人偏爱咀嚼那份苦味，这个唱段我给她陪了许多的眼泪。

——尹维新语

鳏　夫　泪

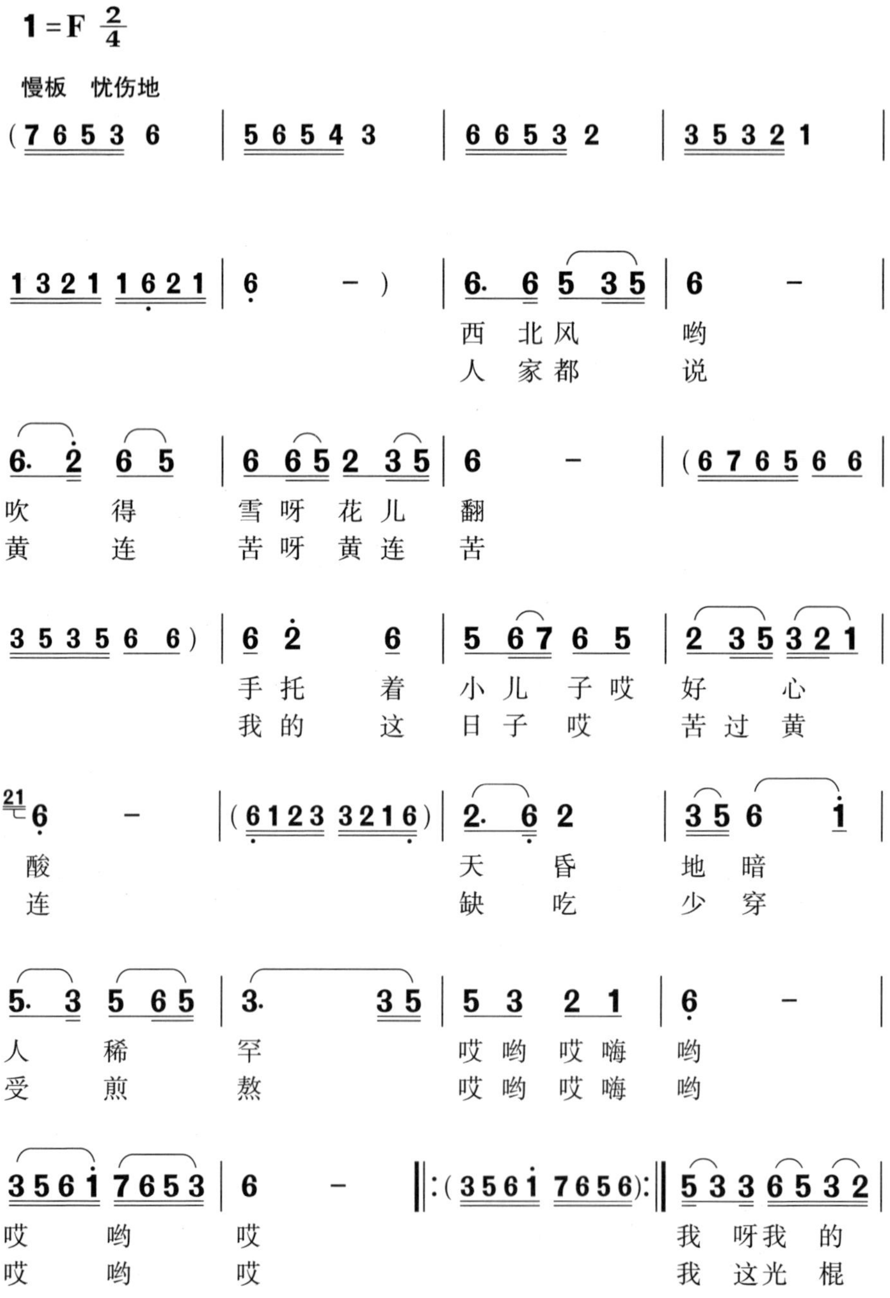

1＝F $\frac{2}{4}$

慢板　忧伤地

(76536 | 56543 | 66532 | 35321 |

13211 1621 | 6 －) | 6. 6 5 35 | 6 － |

西 北风 哟
人 家都 说

6. 2 6 5 | 6 65 2 35 | 6 － | (676566 |

吹 得 雪呀 花儿 翻
黄 连 苦呀 黄连 苦

35356 6) | 6 2 6 | 5 67 6 5 | 2 35 321 |

手托 着 小儿 子哎 好 心
我的 这 日子 哎 苦过 黄

21 6 － | (6123 3216) | 2. 6 2 | 35 6 1 |

酸 天 昏 地 暗
连 缺 吃 少 穿

5. 3 5 65 | 3. 35 | 5 3 2 1 | 6 － |

人 稀 罕 哎哟 哎嗨 哟
受 煎 熬 哎哟 哎嗨 哟

3561 7653 | 6 － ‖:(3561 7656):‖ 533 6532 |

哎 哟 哎 我 呀我 的
哎 哟 哎 我 这光 棍

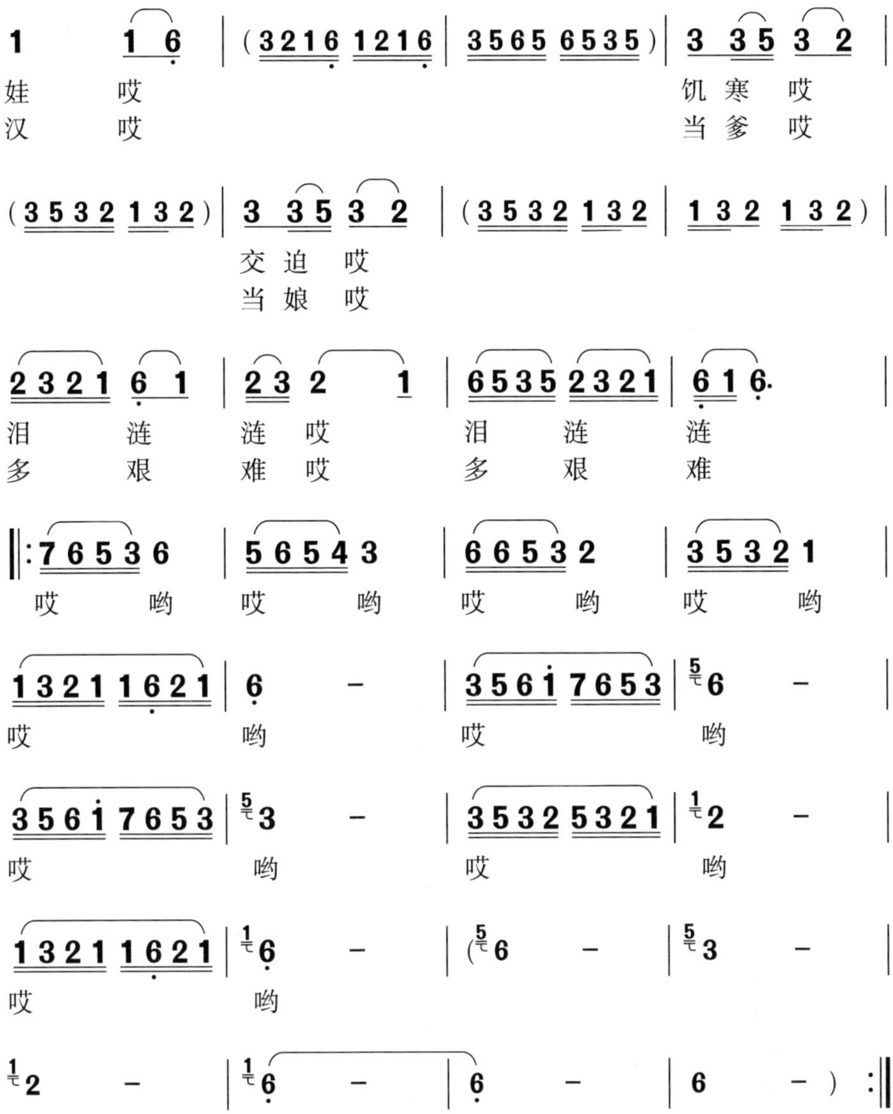

1　1 6 | (3216 1216 | 3565 6535) | 3 35 3 2 |
娃　哎　　　　　　　　　　　　饥寒　哎
汉　哎　　　　　　　　　　　　当爹　哎

(3532 132) | 3 35 3 2 | (3532 132 | 132 132) |
　　　　　　交迫　哎
　　　　　　当娘　哎

2321 6 1 | 23 2 1 | 6535 2321 | 616 6· |
泪　涟　涟　哎　泪　涟　涟
多　艰　难　哎　多　艰　难

‖: 76536 | 56543 | 66532 | 35321 |
哎　哟　哎　哟　哎　哟　哎　哟

13211621 | 6 - | 3561̇7653 | 6 - |
哎　哟　哎　哟

3561̇7653 | 3 - | 35325321 | 2 - |
哎　哟　哎　哟

13211621 | 6 - | (6 - | 3 - |
哎　哟

2 - | 6 - | 6 - | 6 -) :‖

该曲以高山戏传统曲牌唱腔【男寡妇】为基调，表现了孤独悲伤的情绪。

作者按:【男寡妇】是支很少用的唱腔曲牌，原曲没有前奏，起句就有了高音 2̇，这让唱腔有了一些难度，再加上我们的同人总缺一副好嗓子，所以，在唱腔设计时不敢多用。今闲来无事，稍加改动作了此曲，抄于此看有无提高的可能。

清　明　祭

1＝G $\frac{2}{4}$

慢板　哀伤地

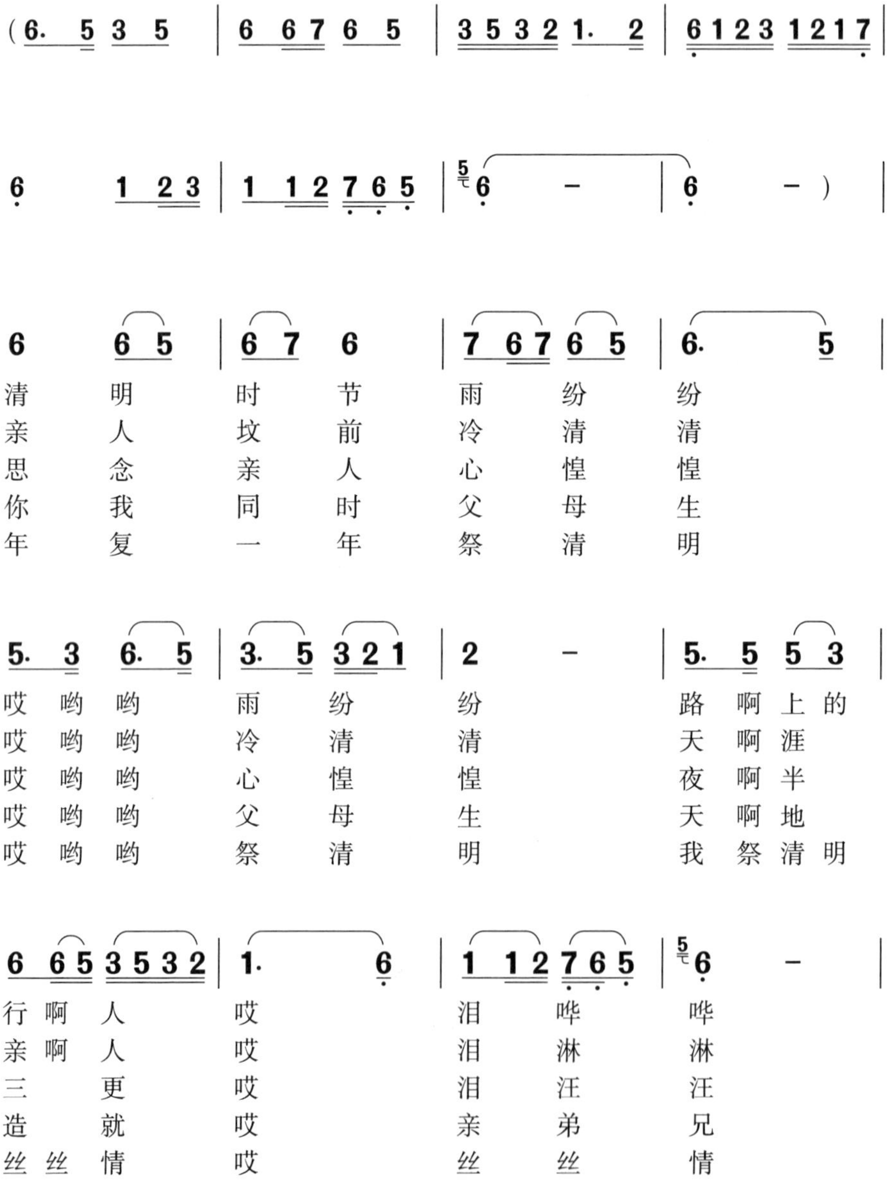

（6. 5 3 5 | 6 67 6 5 | 3532 1. 2 | 6123 1217 |

6 1 23 | 1 12 765 | 6 － | 6 － ）|

6 65 | 67 6 | 7 67 65 | 6. 5 |

清明时节雨纷纷
亲人坟前冷清清
思念亲人心惶惶
你我同时父母生
年复一年祭清明

5. 3 6. 5 | 3. 5 321 | 2 － | 5. 5 53 |

哎哟哟雨纷纷　路啊上的
哎哟哟冷清清　天啊涯
哎哟哟心惶惶　夜啊半
哎哟哟父母生　天啊地
哎哟哟祭清明　我祭清明

6 65 3532 | 1. 6 | 1 12 765 | 6 － |

行啊人哎泪哗哗
亲啊人哎泪淋淋
三更哎泪汪汪
造就哎亲弟兄
丝丝情哎丝丝情

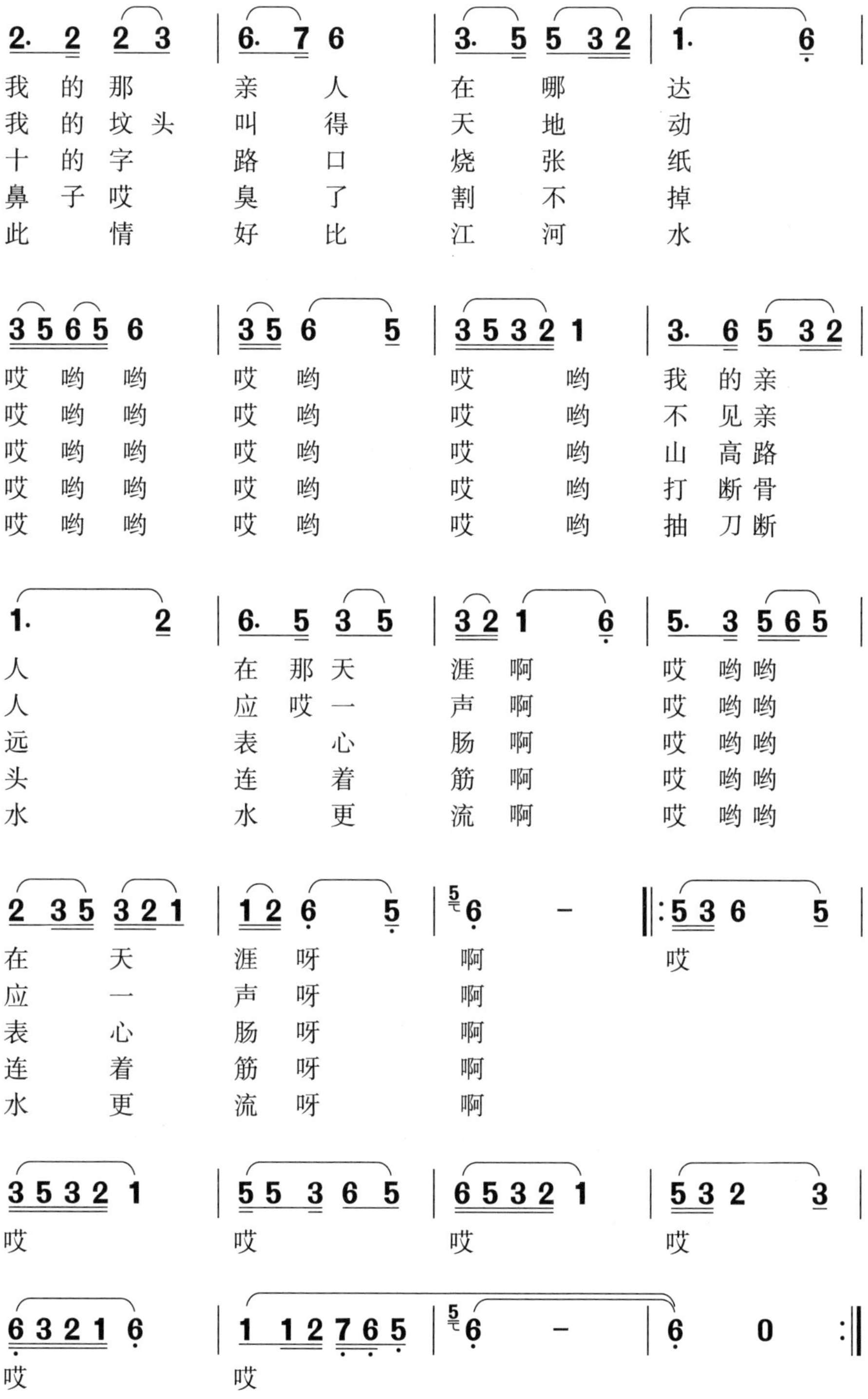

2. 2 2 3 | 6. 7 6 | 3. 5 5 3 2 | 1. 6 |

我 的 那 亲 人 在 哪 达
我 的 坟 头 叫 得 天 地 动
十 的 字 路 口 烧 张 纸
鼻 子 哎 臭 了 割 不 掉
此 情 好 比 江 河 水

3 5 6 5 6 | 3 5 6 5 | 3 5 3 2 1 | 3. 6 5 3 2 |

哎 哟 哟 哎 哟 哎 哟 我 的 亲
哎 哟 哟 哎 哟 哎 哟 不 见 亲
哎 哟 哟 哎 哟 哎 哟 山 高 路
哎 哟 哟 哎 哟 哎 哟 打 断 骨
哎 哟 哟 哎 哟 哎 哟 抽 刀 断

1. 2 | 6. 5 3 5 | 3 2 1 6 | 5. 3 5 6 5 |

人 在 那 天 涯 啊 哎 哟 哟
人 应 哎 一 声 啊 哎 哟 哟
远 表 心 肠 啊 哎 哟 哟
头 连 着 筋 啊 哎 哟 哟
水 水 更 流 啊 哎 哟 哟

2 3 5 3 2 1 | 1 2 6 5 | 5 6 – ||: 5 3 6 5 |

在 天 涯 呀 啊 哎
应 一 声 呀 啊
表 心 肠 呀 啊
连 着 筋 呀 啊
水 更 流 呀 啊

3 5 3 2 1 | 5 5 3 6 5 | 6 5 3 2 1 | 5 3 2 3 |

哎 哎 哎 哎

6 3 2 1 6 | 1 1 2 7 6 5 | 5 6 – | 6 0 :||

哎 哎

旺　哥

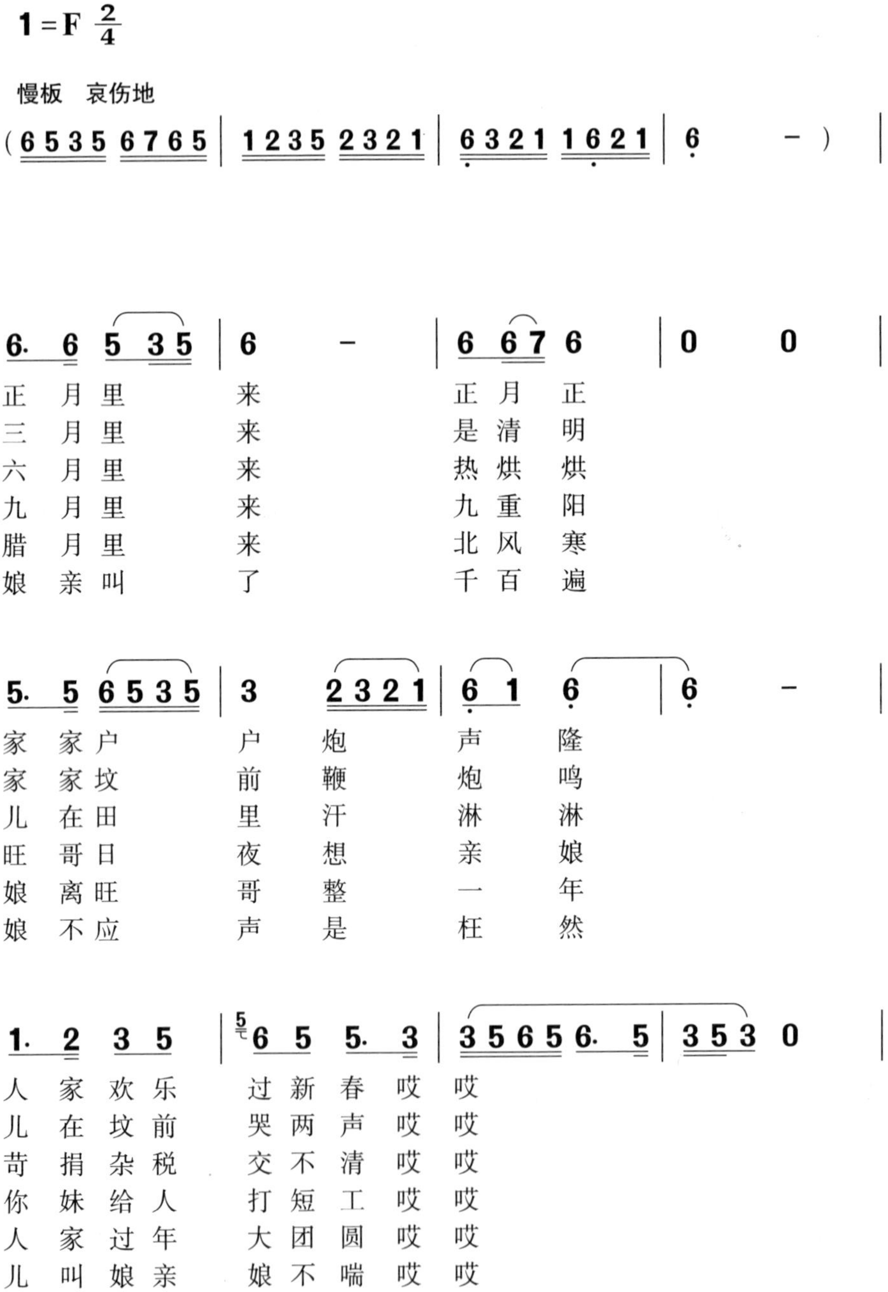

1＝F $\frac{2}{4}$

慢板　哀伤地

(6535 6765 | 1235 2321 | 6321 1621 | 6 －) |

6· 6 5 35 | 6 － | 6 67 6 | 0 0 |

正 月 里 来 正 月 正
三 月 里 来 是 清 明
六 月 里 来 热 烘 烘
九 月 里 来 九 重 阳
腊 月 里 来 北 风 寒
娘 亲 叫 了 千 百 遍

5· 5 6535 | 3 2321 | 6 1 6 | 6 － |

家 家 户 户 炮 声 隆
家 家 坟 前 鞭 炮 鸣
儿 在 田 里 汗 淋 淋
旺 哥 日 夜 想 亲 娘
娘 离 旺 哥 整 一 年
娘 不 应 声 是 枉 然

1· 2 3 5 | ^{5}6 5 5· 3 | 35656 6· 5 | 353 0 |

人 家 欢 乐 过 新 春 哎 哎
儿 在 坟 前 哭 两 声 哎 哎
苛 捐 杂 税 交 不 清 哎 哎
你 妹 给 人 打 短 工 哎 哎
人 家 过 年 大 团 圆 哎 哎
儿 叫 娘 亲 娘 不 喘 哎 哎

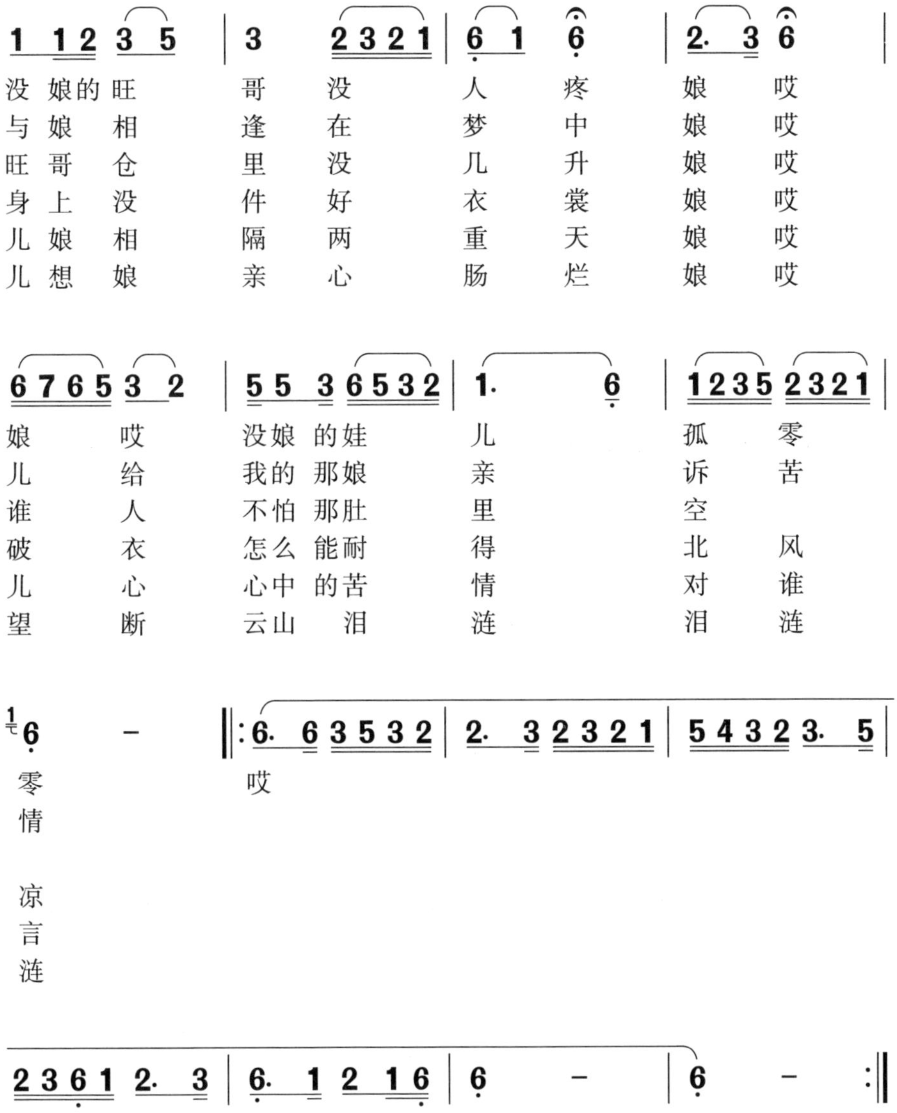

1 12 3 5 | 3 2321 | 6 1 6 | 2. 3 6 |

没娘的旺哥没人疼娘哎
与娘相逢在梦中娘哎
旺哥仓里没几升娘哎
身上没件好衣裳娘哎
儿娘相隔两重天娘哎
儿想娘亲心肠烂娘哎

6765 3 2 | 55 3 6532 | 1. 6 | 1235 2321 |

娘哎没娘的娃儿孤零
儿给我的那娘亲诉苦
谁人不怕那肚里空
破衣怎么能耐得北风
儿心心中的苦情对谁
望断云山泪涟泪涟

1/6 – ‖: 6. 6 3532 | 2. 3 2321 | 5432 3. 5 |

零哎
情

凉
言
涟

2361 2. 3 | 6. 1 2 16 | 6 – | 6 – :‖

讨 债

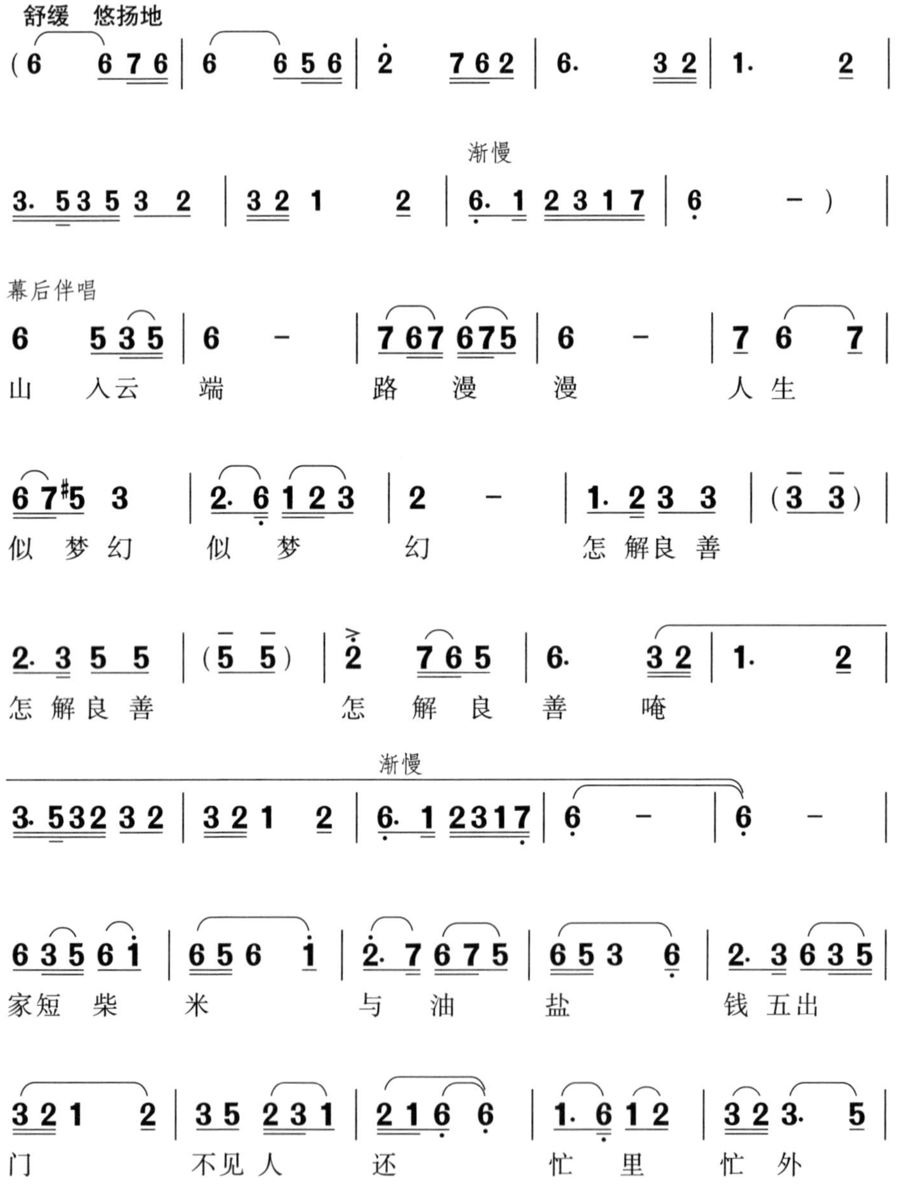

舒缓 悠扬地

（6 6 7 6 | 6 6 5 6 | 2 7 6 2 | 6. 3 2 | 1. 2 |

渐慢

3. 5 3 5 3 2 | 3 2 1 2 | 6. 1 2 3 1 7 | 6 – ）|

幕后伴唱

6 5 3 5 | 6 – | 7 6 7 6 7 5 | 6 – | 7 6 7 |

山 入云 端 路 漫 漫 人 生

6 7 #5 3 | 2. 6 1 2 3 | 2 – | 1. 2 3 3 | （3 3）|

似 梦 幻 似 梦 幻 怎 解 良 善

2. 3 5 5 | （5 5）| 2 7 6 5 | 6. 3 2 | 1. 2 |

怎 解 良 善 怎 解 良 善 唵

渐慢

3. 5 3 2 3 2 | 3 2 1 2 | 6. 1 2 3 1 7 | 6 – | 6 – |

6 3 5 6 1 | 6 5 6 1 | 2. 7 6 7 5 | 6 5 3 6 | 2. 3 6 3 5 |

家短 柴 米 与 油 盐 钱 五出

3 2 1 2 | 3 5 2 3 1 | 2 1 6 6 | 1. 6 1 2 | 3 2 3. 5 |

门 不见 人 还 忙 里 忙 外

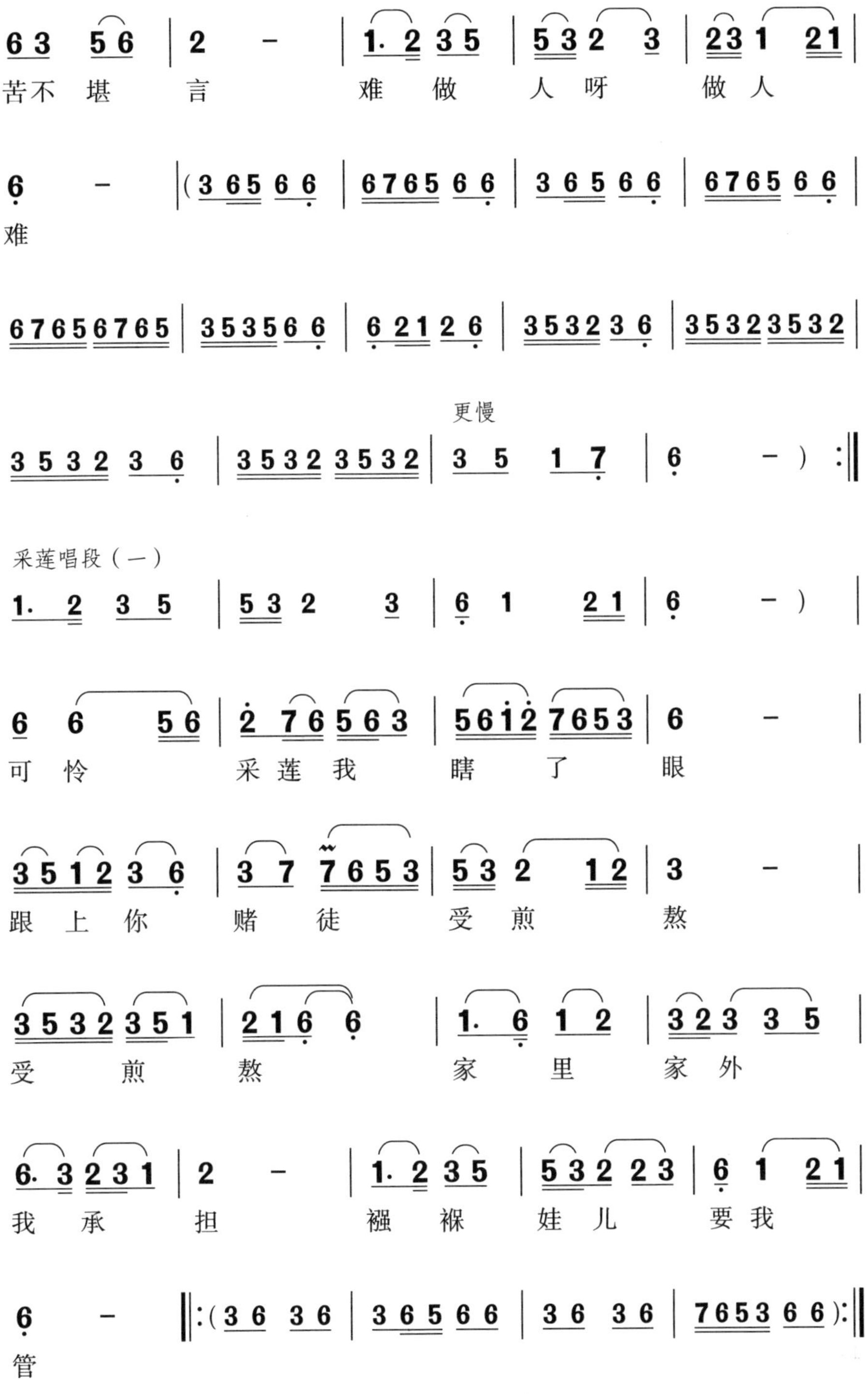

63 56 | 2 – | 1. 2 35 | 532 3 | 231 21 |

苦不堪言 难做人呀 做人

6 – |(3 65 6 6 | 6765 6 6 | 3 65 6 6 | 6765 6 6 |

难

67656765 | 3535 6 6 | 6 21 2 6 | 35323 6 | 35323532 |

更慢

3532 3 6 | 35323532 | 3 5 1 7 | 6 –) :‖

采莲唱段（一）

1. 2 3 5 | 5 3 2 3 | 6 1 21 | 6 –) |

6 6 56 | 2 76 563 | 5612 7653 | 6 – |

可怜采莲我瞎了眼

3512 3 6 | 3 7 7653 | 53 2 12 | 3 – |

跟上你赌徒受煎熬

3532 351 | 216 6 | 1. 6 1 2 | 323 3 5 |

受煎熬 家里家外

6. 3 231 | 2 – | 1. 2 35 | 532 23 | 6 1 21 |

我承担 襁褓娃儿要我

6 – ‖:(36 36 | 36566 | 36 36 | 7653 66):‖

管

钱五唱段（一）

借点钱来把本捞　赢些钱来

让你瞧　吃香喝辣随你

要　绫罗绸缎任你挑

钱五唱腔（二）

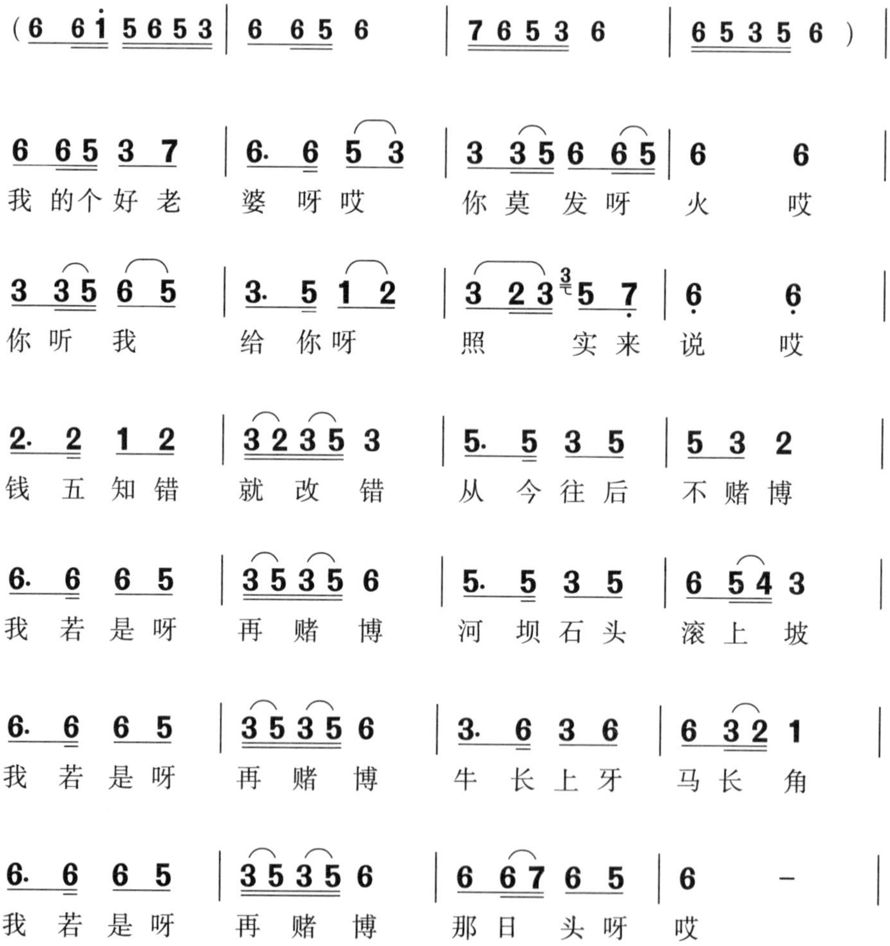

我的个好老婆呀哎　你莫发呀火哎

你听我给你呀照实来说哎

钱五知错就改错　从今往后不赌博

我若是呀再赌博　河坝石头滚上坡

我若是呀再赌博　牛长上牙马长角

我若是呀再赌博　那日头呀哎

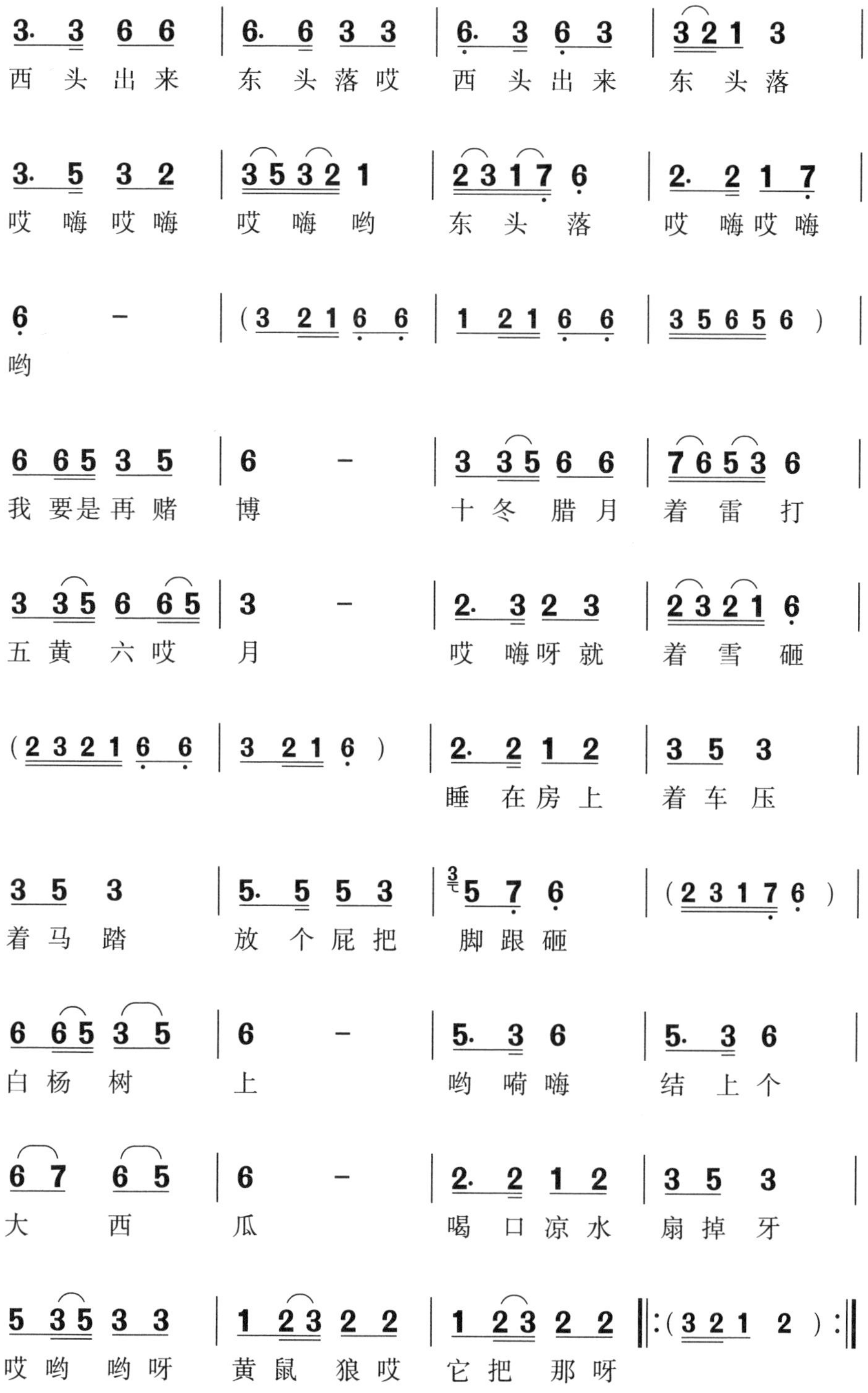

3· 3 6 6 | 6· 6 3 3 | 6· 3 6 3 | 3 2 1 3 |
西 头 出 来 东 头 落 哎 西 头 出 来 东 头 落

3· 5 3 2 | 3 5 3 2 1 | 2 3 1 7 6 | 2· 2 1 7 |
哎 嗨 哎 嗨 哎 嗨 哟 东 头 落 哎 嗨 哎 嗨

6 – | (3 2 1 6 6 | 1 2 1 6 6 | 3 5 6 5 6) |
哟

6 6 5 3 5 | 6 – | 3 3 5 6 6 | 7 6 5 3 6 |
我 要 是 再 赌 博 十 冬 腊 月 着 雷 打

3 3 5 6 6 5 | 3 – | 2· 3 2 3 | 2 3 2 1 6 |
五 黄 六 哎 月 哎 嗨 呀 就 着 雪 砸

(2 3 2 1 6 6 | 3 2 1 6) | 2· 2 1 2 | 3 5 3 |
睡 在 房 上 着 车 压

3 5 3 | 5· 5 5 3 | 3 5 7 6 | (2 3 1 7 6) |
着 马 踏 放 个 屁 把 脚 跟 砸

6 6 5 3 5 | 6 – | 5· 3 6 | 5· 3 6 |
白 杨 树 上 哟 嗬 嗨 结 上 个

6 7 6 5 | 6 – | 2· 2 1 2 | 3 5 3 |
大 西 瓜 喝 口 凉 水 扇 掉 牙

5 3 5 3 3 | 1 2 3 2 2 | 1 2 3 2 2 ‖: (3 2 1 2) :‖
哎 哟 哟 呀 黄 鼠 狼 哎 它 把 那 呀

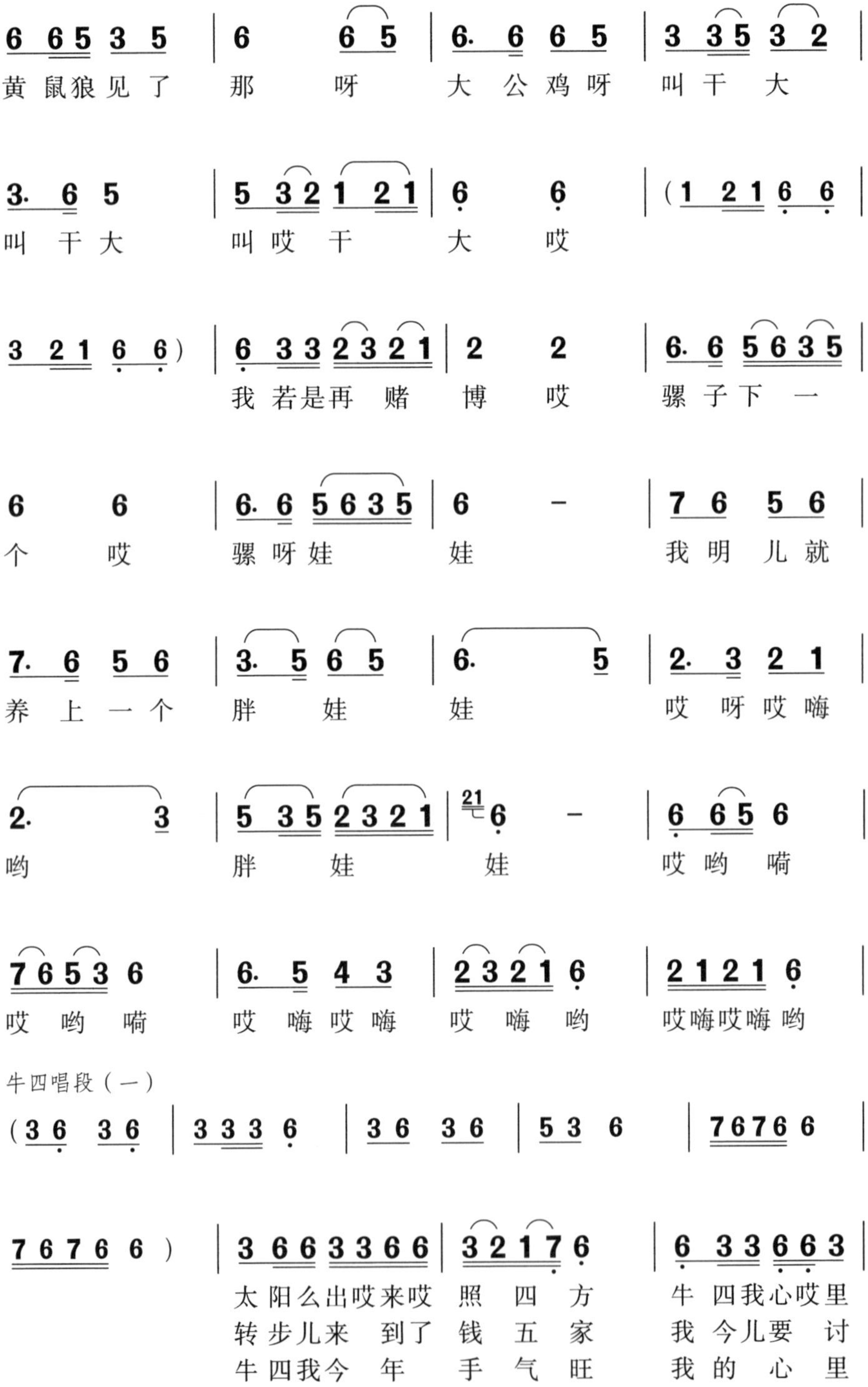

6 65 3 5 | 6 6 5 | 6. 6 6 5 | 3 35 3 2 |
黄鼠狼见了 那 呀 大 公鸡呀 叫干 大

3. 6 5 | 5 321 2 1 | 6 6 | (1 21 6 6 |
叫 干大 叫哎 干 大 哎

3 21 6 6) | 6 33 2321 | 2 2 | 6. 6 5635 |
我若是再 赌 博 哎 骡子下 一

6 6 | 6. 6 5635 | 6 - | 7 6 5 6 |
个 哎 骡呀娃 娃 我明 儿就

7. 6 5 6 | 3. 5 6 5 | 6. 5 | 2. 3 2 1 |
养 上 一 个 胖 娃 娃 哎 呀 哎 嗨

2. 3 | 5 35 2321 | 21 6 - | 6 65 6 |
哟 胖 娃 娃 哎 哟 嗬

7653 6 | 6. 5 4 3 | 2321 6 | 2121 6 |
哎 哟 嗬 哎 嗨 哎 嗨 哎 嗨 哟 哎嗨哎嗨 哟

牛四唱段（一）

(3 6 3 6 | 333 6 | 3 6 3 6 | 53 6 | 7676 6 |

7676 6) | 36633366 | 32176 | 6 33663 |
太阳么出哎来哎 照 四 方 牛 四我心哎里
转步儿来 到了 钱 五 家 我 今儿要 讨
牛四我今 年 手 气 旺 我的 心 里

3 2 1 2 3 | 7 6 6 7 6 7 6 | 3 5 3 5 6 | 3 6 6 6 6 6 6 |

好 舒 畅 迈 步儿来 在 大 道 上 大 道上人来人往

赌 博 账 讨 来了银 两 过 个 年 过 罢了年就我就

有 主 张 攒 够了银 两 搬 婆 娘 哎 哟哟哟哟哟哟

1 7 6 6 | 7 6. | 7 6 5 3 6 | 7 6 5 3 6 |

好 匆 忙 哎 嗨 哎 哟 嗬 哎 哟 嗬

上 赌 场 哎 嗨 哎 哟 嗬 哎 哟 嗬

搬 婆 娘 哎 嗨 哎 哟 嗬 哎 哟 嗬

6 6 1 7 6 5 3 | 6 – | 2. 1 7 6 7 6 | 6 – ‖:(7 6 7 6 6):‖

好哎 匆 忙 哎 嗨好 匆 忙

上哎 赌 场

搬哎 婆 娘

牛四唱段（二）

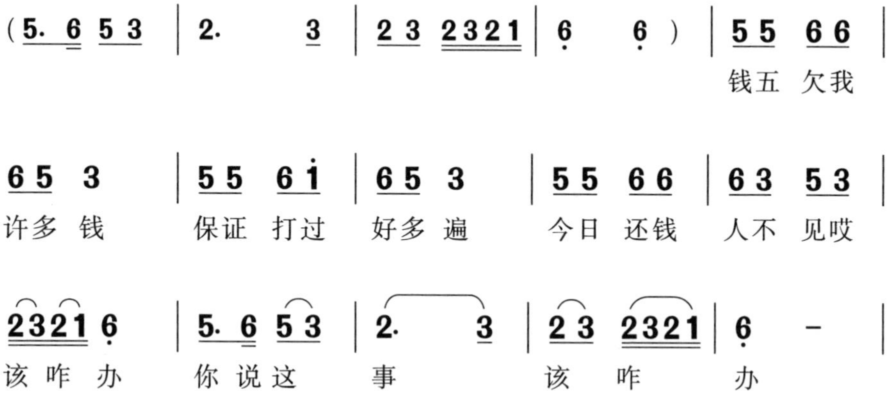

(5. 6 5 3 | 2. 3 | 2 3 2 3 2 1 | 6 6) | 5 5 6 6 |

钱五 欠我

6 5 3 | 5 5 6 1 | 6 5 3 | 5 5 6 6 | 6 3 5 3 |

许多 钱 保证 打过 好多 遍 今日 还钱 人不 见哎

2 3 2 1 6 | 5. 6 5 3 | 2. 3 | 2 3 2 3 2 1 | 6 – |

该 咋 办 你 说 这 事 该 咋 办

采莲唱段（二）

缓慢地

(2 3 5 | 6 6 5 | 3 2 1 6 1 | 6 –) |

2 3 5 | 6 6 | 6 7 6 5 3 5 3 | 2. 1 6 | 2 3 5 |

叫 声 四 哥 听 我 言 将 我那

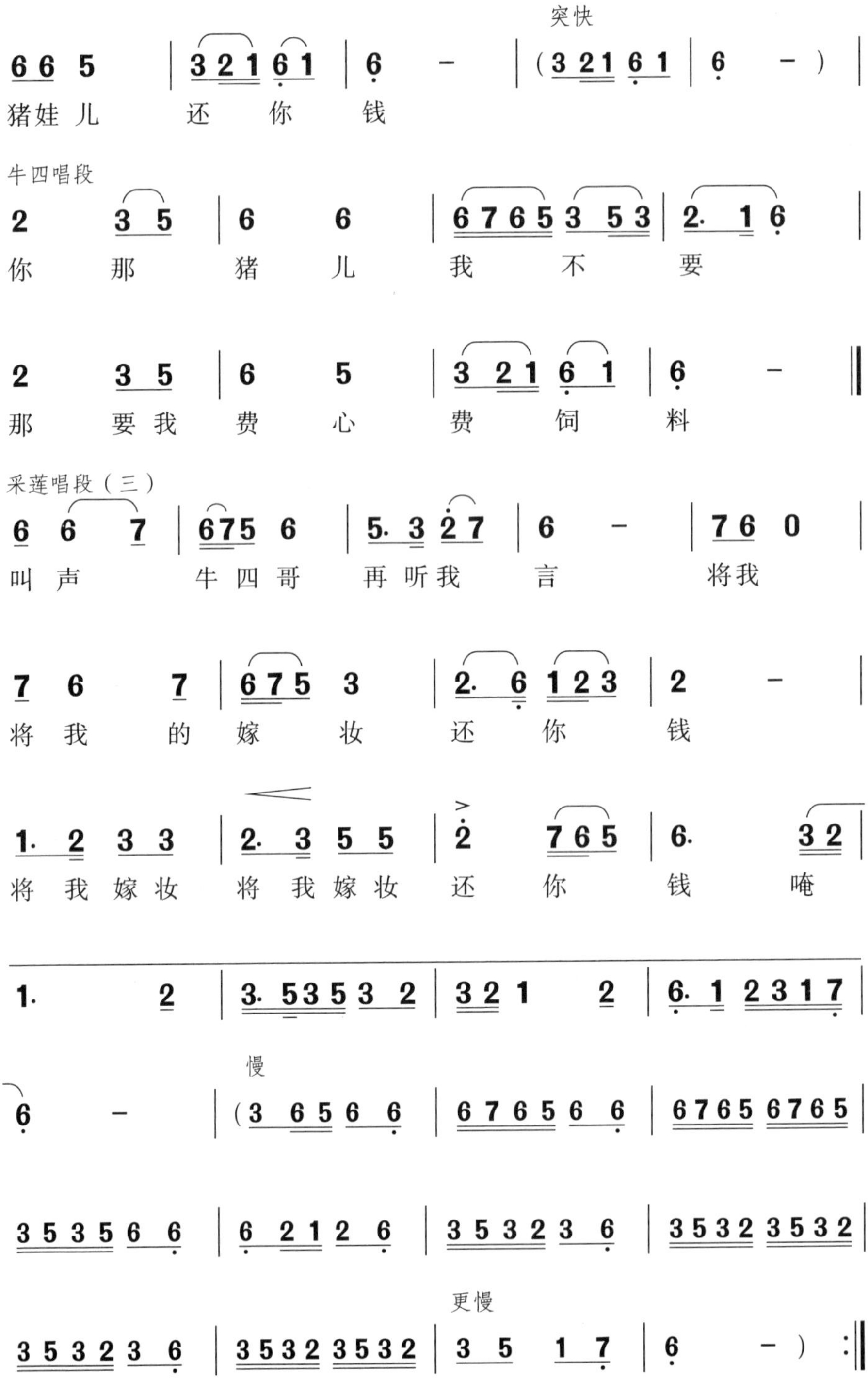

突快

6 6 5 | 3 2 1 6 1 | 6 – | (3 2 1 6 1 | 6 –) |

猪娃儿 还 你 钱

牛四唱段

2 3 5 | 6 6 | 6 7 6 5 3 5 3 | 2. 1 6 |

你 那 猪 儿 我 不 要

2 3 5 | 6 5 | 3 2 1 6 1 | 6 – ‖

那 要我 费 心 费 饲 料

采莲唱段（三）

6 6 7 | 675 6 | 5. 3 2 7 | 6 – | 7 6 0 |

叫 声 牛 四 哥 再 听 我 言 将我

7 6 7 | 6 7 5 3 | 2. 6 1 2 3 | 2 – |

将 我 的 嫁 妆 还 你 钱

1. 2 3 3 | 2. 3 5 5 | 2 7 6 5 | 6. 3 2 |

将 我 嫁 妆 将 我 嫁 妆 还 你 钱 唵

1. 2 | 3. 5 3 5 3 2 | 3 2 1 2 | 6. 1 2 3 1 7 |

慢

6 – | (3 6 5 6 6 | 6 7 6 5 6 6 | 6 7 6 5 6 7 6 5 |

3 5 3 5 6 6 | 6 2 1 2 6 | 3 5 3 2 3 6 | 3 5 3 2 3 5 3 2 |

更慢

3 5 3 2 3 6 | 3 5 3 2 3 5 3 2 | 3 5 1 7 | 6 –) :‖

采莲唱段（四）

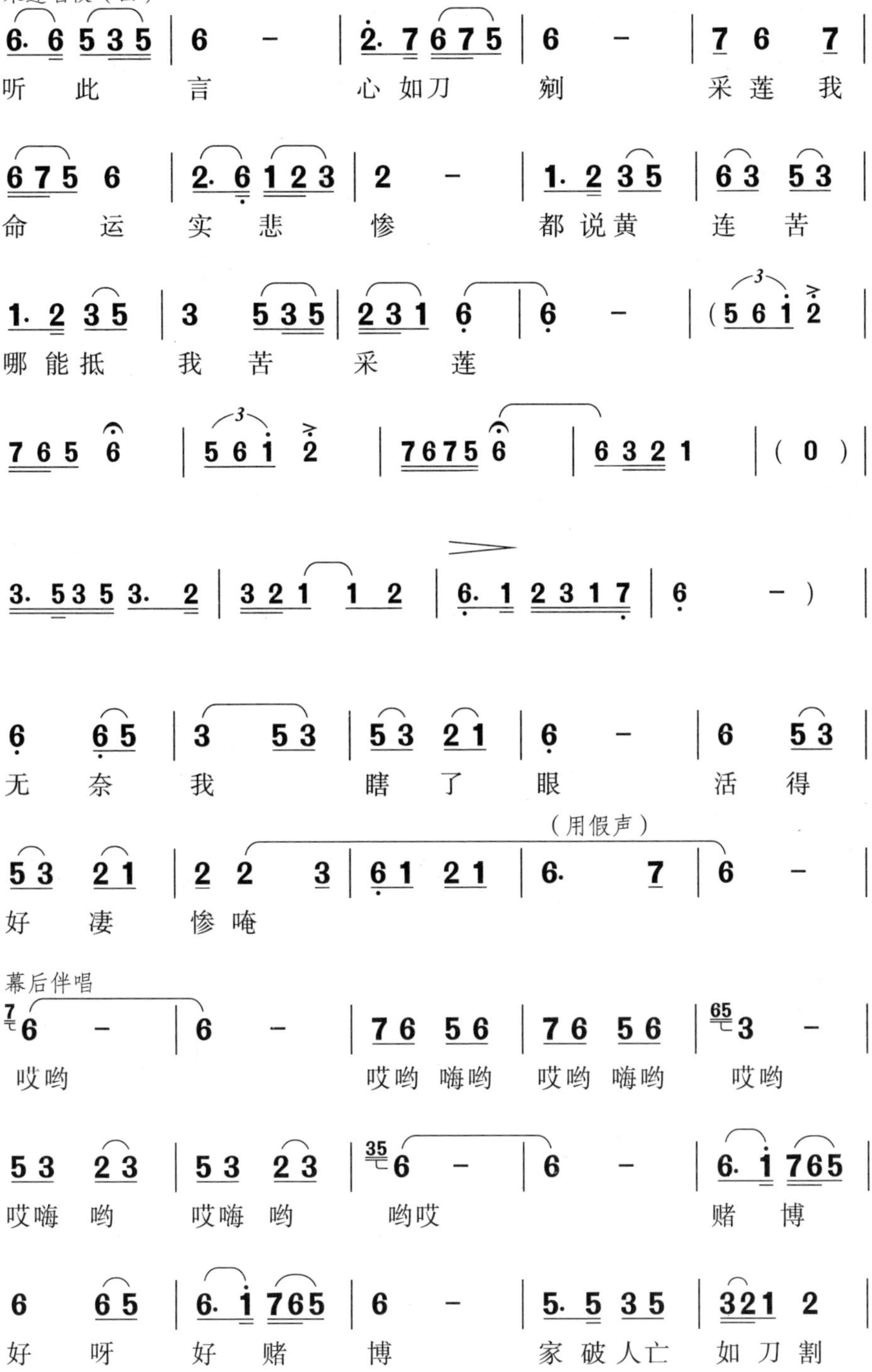

6. 6 5 3 5 | 6 – | 2. 7 6 7 5 | 6 – | 7 6 7 |
听 此 言 心如刀 剜 采 莲 我

6 7 5 6 | 2. 6 1 2 3 | 2 – | 1. 2 3 5 | 6 3 5 3 |
命 运 实 悲 惨 都说黄 连 苦

1. 2 3 5 | 3 5 3 5 | 2 3 1 6 | 6 – | （5 6 1 2 |
哪 能 抵 我 苦 采 莲

7 6 5 6 | 5 6 1 2 | 7 6 7 5 6 | 6 3 2 1 | （0） |

3. 5 3 5 3. 2 | 3 2 1 1 2 | 6. 1 2 3 1 7 | 6 – ）|

6 6 5 | 3 5 3 | 5 3 2 1 | 6 – | 6 5 3 |
无 奈 我 瞎 了 眼 活 得

（用假声）

5 3 2 1 | 2 2 3 | 6 1 2 1 | 6. 7 | 6 – |
好 凄 惨 俺

幕后伴唱

6 – | 6 – | 7 6 5 6 | 7 6 5 6 | 3 – |
哎哟 哎哟 嗨哟 哎哟 嗨哟 哎哟

5 3 2 3 | 5 3 2 3 | 6 – | 6 – | 6. 1 7 6 5 |
哎嗨 哟 哎嗨 哟 哟哎 赌 博

6 6 5 | 6. 1 7 6 5 | 6 – | 5. 5 3 5 | 3 2 1 2 |
好 呀 好 赌 博 家 破 人亡 如 刀 割

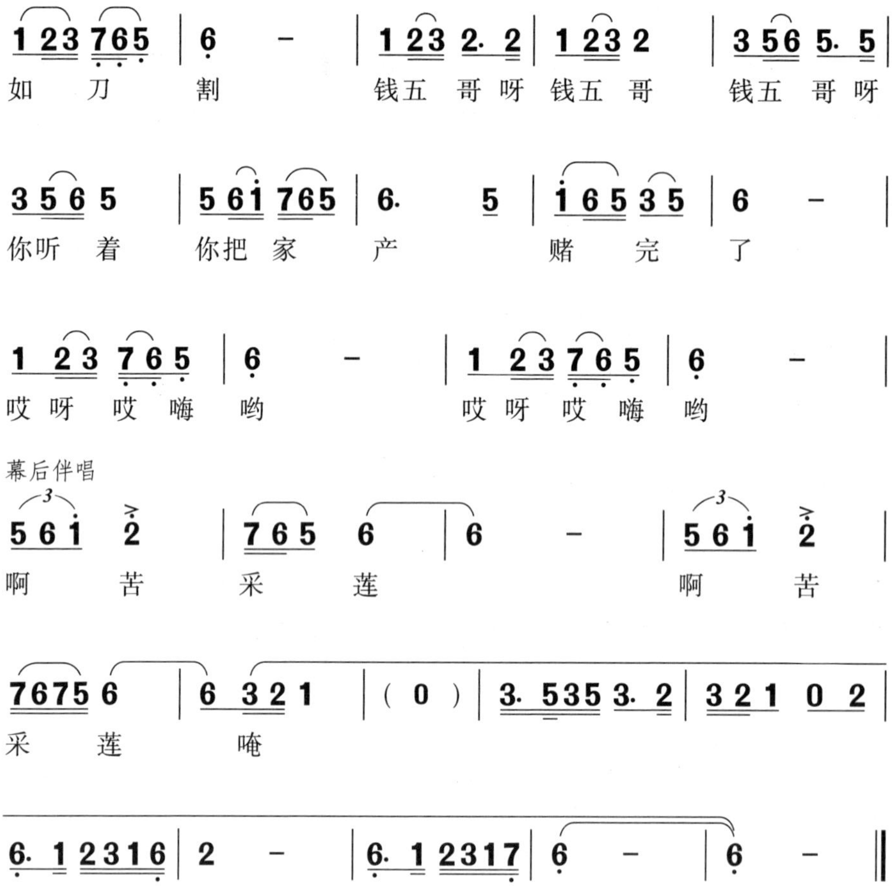

1 23 765 | 6 - | 1 23 2. 2 | 1 23 2 | 3 56 5. 5 |
如 刀 割 钱五 哥 呀 钱五 哥 钱五 哥 呀

3 5 6 5 | 5 61 765 | 6. 5 | 1 6 5 3 5 | 6 - |
你听 着 你把 家 产 赌 完 了

1 23 765 | 6 - | 1 23 765 | 6 - |
哎 呀 哎 嗨 哟 哎 呀 哎 嗨 哟

幕后伴唱

561 2 | 765 6 | 6 - | 561 2 |
啊 苦 采 莲 啊 苦

7675 6 | 6 321 | (0) | 3. 535 3. 2 | 3 2 1 0 2 |
采 莲 唵

6. 1 2316 | 2 - | 6. 1 2317 | 6 - | 6 - ‖

钉　　缸

（古典高山戏）

序曲

1＝F $\frac{2}{4}$

中速

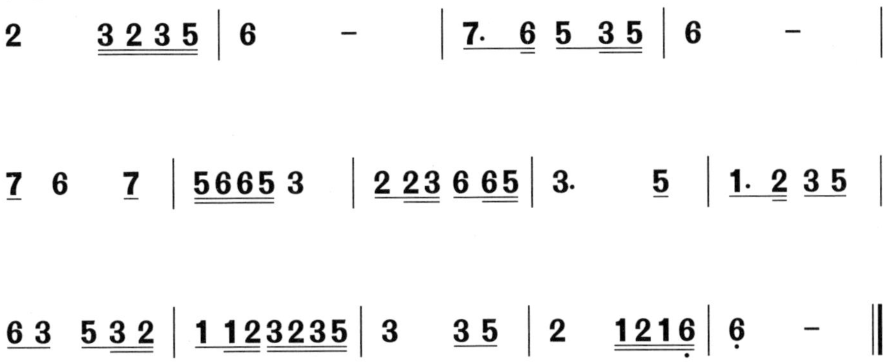

2 3235 | 6 － | 7. 6 5 35 | 6 － |

7 6 7 | 56653 | 2 23 6 65 | 3. 5 | 1. 2 3 5 |

63 532 | 1 123235 | 3 35 | 2 1216 | 6 － ‖

唱腔（一）

1＝F $\frac{2}{4}$

欢快地

6 65 3 5 | 6. i | i 65 3 5 | 6 － |

阳春三　月　好　风　光

6 676 5 | 6 65 3 5 | 5 6765 | 3 － |

满园　的　桃　花　扑　鼻　香

合

5. 5 2 3 | 6 6 6 53 | 6 6 6 53 | 2 2 1 12 |

枝头喜鹊　喳喳叫哎　喳喳叫哎　蜜蜂为那

3235 3 | 2 1216 | 6 － | 6 － ‖

采　花　采　花　忙

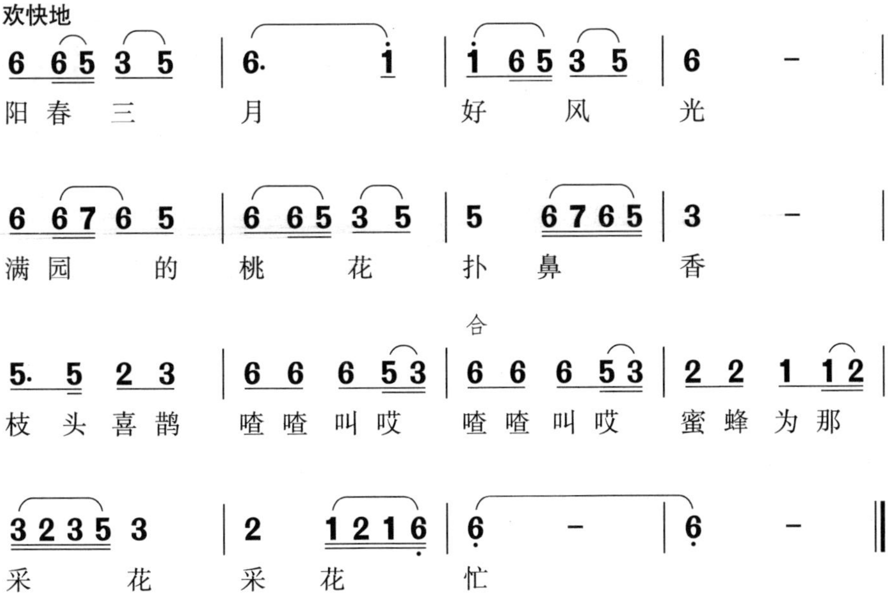

唱腔（二）

1＝F $\frac{2}{4}$

欢快地

2 2 3 | 6 6 | 2 321 | 2 – | 2 2 3 |
每 年 三 月 二 十 六 人 山

6 6 | 2 3 2 1 | 2 – | 3 5 3 2 1 2 |
人 海 聚 街 头 买 卖 往 来

3 5 3 2 3 | 6. 7 6 | 2. 3 5 | 3 6 6 3 2 |
啥 都 有 何 须 为 缸 犯 了

3 2 1 2 | 3 6 2 3 | 6 6 7 6 5 | 6 – ‖
愁 犯 了 愁 啦 哎 嗨 哟

唱腔（三）

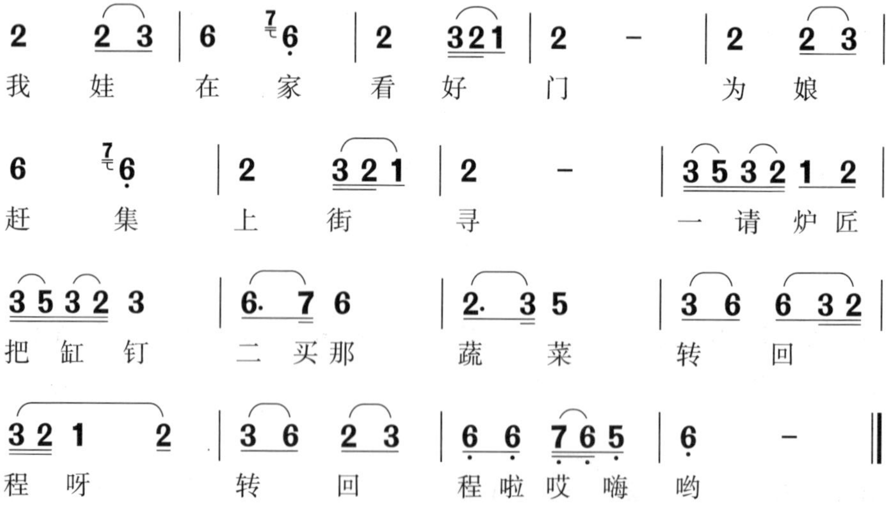

2 2 3 | 6 6 | 2 321 | 2 – | 2 2 3 |
我 娃 在 家 看 好 门 为 娘

6 6 | 2 3 2 1 | 2 – | 3 5 3 2 1 2 |
赶 集 上 街 寻 一 请 炉 匠

3 5 3 2 3 | 6. 7 6 | 2. 3 5 | 3 6 6 3 2 |
把 缸 钉 二 买 那 蔬 菜 转 回

3 2 1 2 | 3 6 2 3 | 6 6 7 6 5 | 6 – ‖
程 呀 转 回 程 啦 哎 嗨 哟

唱腔（四）

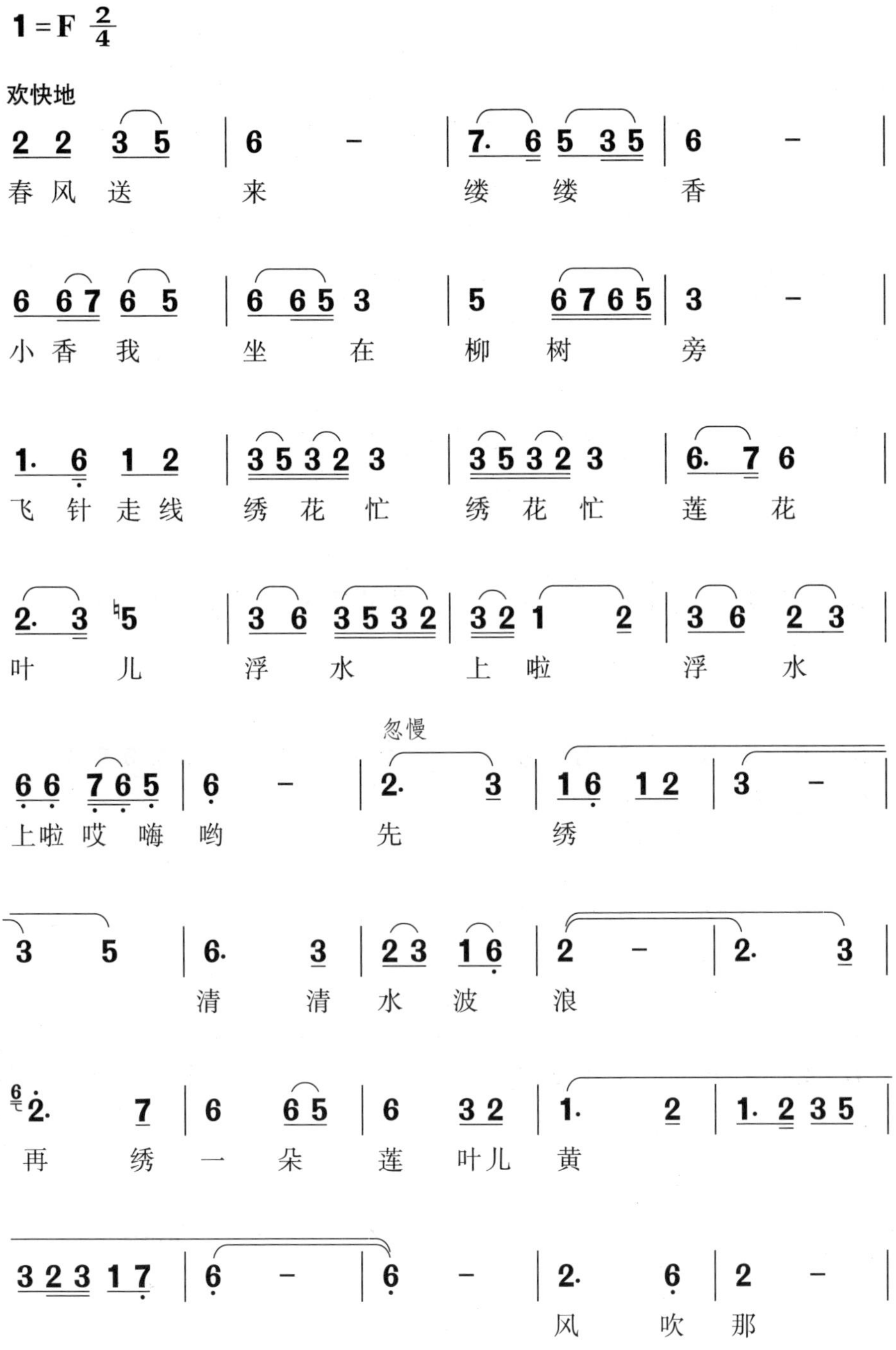

1＝F $\frac{2}{4}$

欢快地

2 2 3 5 | 6 – | 7· 6 5 3 5 | 6 – |
春风送 来 缕 缕 香

6 6 7 6 5 | 6 6 6 5 3 | 5 6 7 6 5 | 3 – |
小香我 坐 在 柳 树 旁

1· 6 1 2 | 3 5 3 2 3 | 3 5 3 2 3 | 6· 7 6 |
飞针走线 绣花忙 绣花忙 莲 花

2· 3 ♮5 | 3 6 3 5 3 2 | 3 2 1 2 | 3 6 2 3 |
叶 儿 浮 水 上 啦 浮 水

忽慢

6 6 7 6 5 | 6 – | 2· 3 | 1 6 1 2 | 3 – |
上啦哎 嗨 哟 先 绣

3 5 | 6· 3 | 2 3 1 6 | 2 – | 2· 3 |
清 清 水 波 浪

2· 7 | 6 6 5 | 6 3 2 | 1· 2 | 1· 2 3 5 |
再 绣 一 朵 莲 叶儿 黄

3 2 3 1 7 | 6 – | 6 – | 2· 6 | 2 – |
风 吹 那

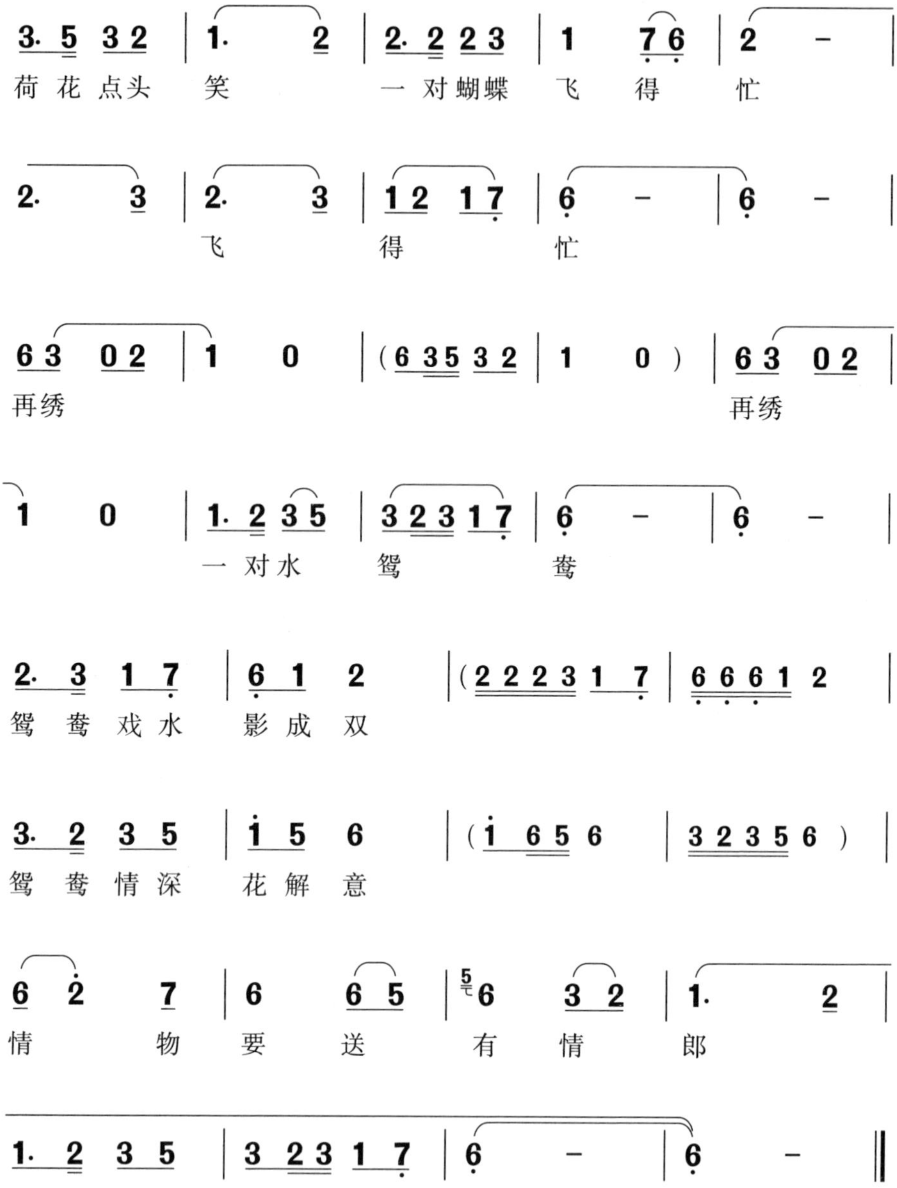

3· 5 3 2 | 1· 2 | 2· 2 2 3 | 1 7 6 | 2 - |
荷 花 点头 笑 一 对蝴蝶 飞 得 忙

2· 3 | 2· 3 | 1 2 1 7 | 6 - | 6 - |
飞 得 忙

6 3 0 2 | 1 0 | (6 3 5 3 2 | 1 0) | 6 3 0 2 |
再绣 再绣

1 0 | 1· 2 3 5 | 3 2 3 1 7 | 6 - | 6 - |
一 对水 鸳 鸯

2· 3 1 7 | 6 1 2 | (2 2 2 3 1 7 | 6 6 6 1 2 |
鸳 鸯 戏水 影 成 双

3· 2 3 5 | i 5 6 | (i 6 5 6 | 3 2 3 5 6) |
鸳 鸯 情深 花 解 意

6 2 7 | 6 6 5 | 5 6 3 2 | 1· 2 |
情 物 要 送 有 情 郎

1· 2 3 5 | 3 2 3 1 7 | 6 - | 6 - ‖

唱腔（五）

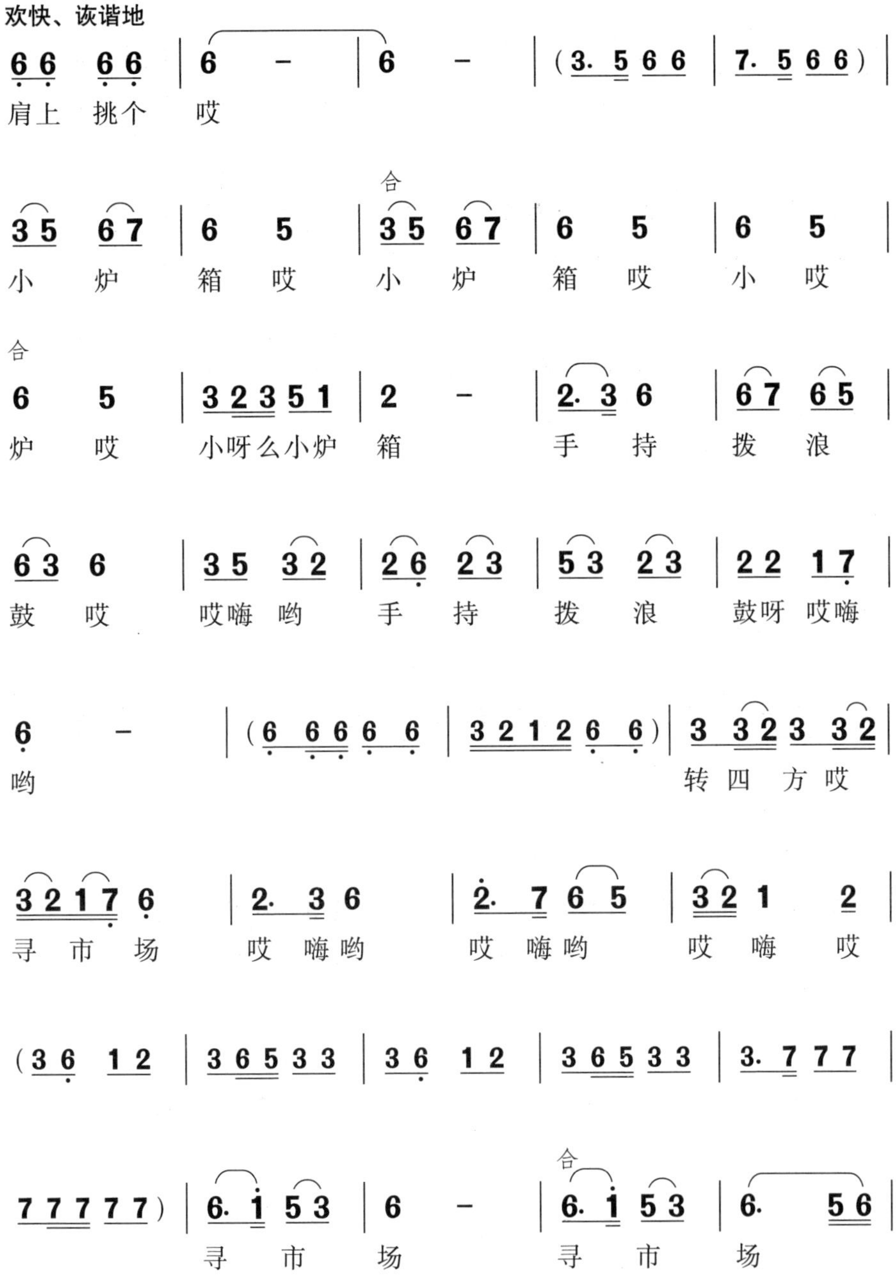

欢快、诙谐地

6 6 6 6 | 6 – | 6 – | (3· 5 6 6 | 7· 5 6 6) |
肩上 挑个 哎

3 5 6 7 | 6 5 | 3 5 6 7 | 6 5 | 6 5 |
小 炉 箱 哎 小 炉 箱 哎 小 哎
（合）

6 5 | 3 2 3 5 1 | 2 – | 2· 3 6 | 6 7 6 5 |
炉 哎 小呀么小炉 箱 手 持 拨 浪
（合）

6 3 6 | 3 5 3 2 | 2 6 2 3 | 5 3 2 3 | 2 2 1 7 |
鼓 哎 哎嗨 哟 手 持 拨 浪 鼓呀 哎嗨

6 – | (6 6 6 6 6 | 3 2 1 2 6 6) | 3 3 2 3 3 2 |
哟 转 四 方 哎

3 2 1 7 6 | 2· 3 6 | 2· 7 6 5 | 3 2 1 2 |
寻 市 场 哎 嗨哟 哎 嗨哟 哎 嗨 哎

(3 6 1 2 | 3 6 5 3 3 | 3 6 1 2 | 3 6 5 3 3 | 3· 7 7 7 |

7 7 7 7 7) | 6· 1 5 3 | 6 – | 6· 1 5 3 | 6· 5 6 |
寻 市 场 寻 市 场
（合）

7 76 567 | 6 – | 6 2 7 | 67653 | 223 635 |
转 四 方 炉匠 手 艺 美 名

合
321 2 | 353 231 | 6 – | 53 6 | 53 6 |
扬 美 名 扬 哟嗬 嗨 哟嗬 嗨

6 7 6765 | 3 6 5653 | 2 5 3532 | 1 3 2321 |
哟 嗬 咦 呀么 哟 嗬 咦 呀么 哟 嗬 咦 呀么 哟 嗬 咦 呀么

1 66 6 6 | 6 6 6 6 | 6 – | 6 – ‖
哟 嗬嗬 嗬 嗬 嗬 嗬 嗬 嗬 嗨

唱腔（六）

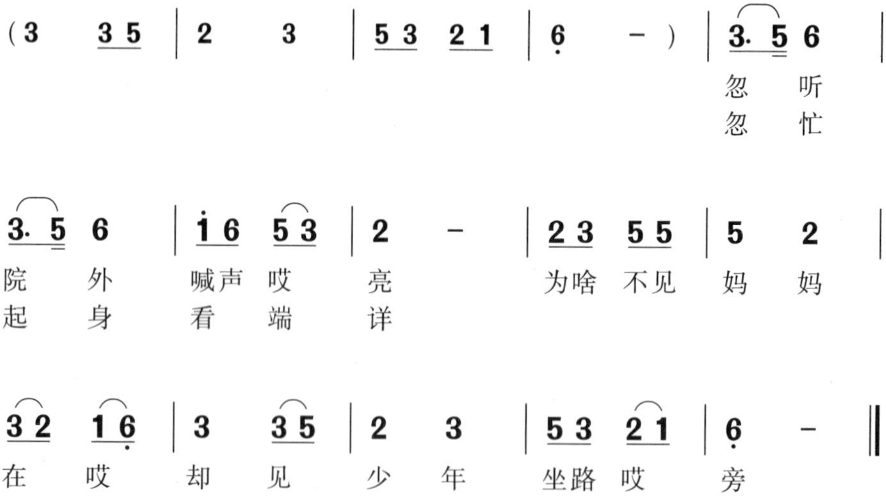

(3 35 | 2 3 | 53 21 | 6 –) | 3· 5 6 |
忽 听
忽 忙

3· 5 6 | i6 53 | 2 – | 23 55 | 5 2 |
院 外 喊声 哎 亮 为啥 不见 妈 妈
起 身 看 端 详

32 16 | 3 35 | 2 3 | 53 21 | 6 – ‖
在 哎 却 见 少 年 坐路 哎 旁

唱腔（七）

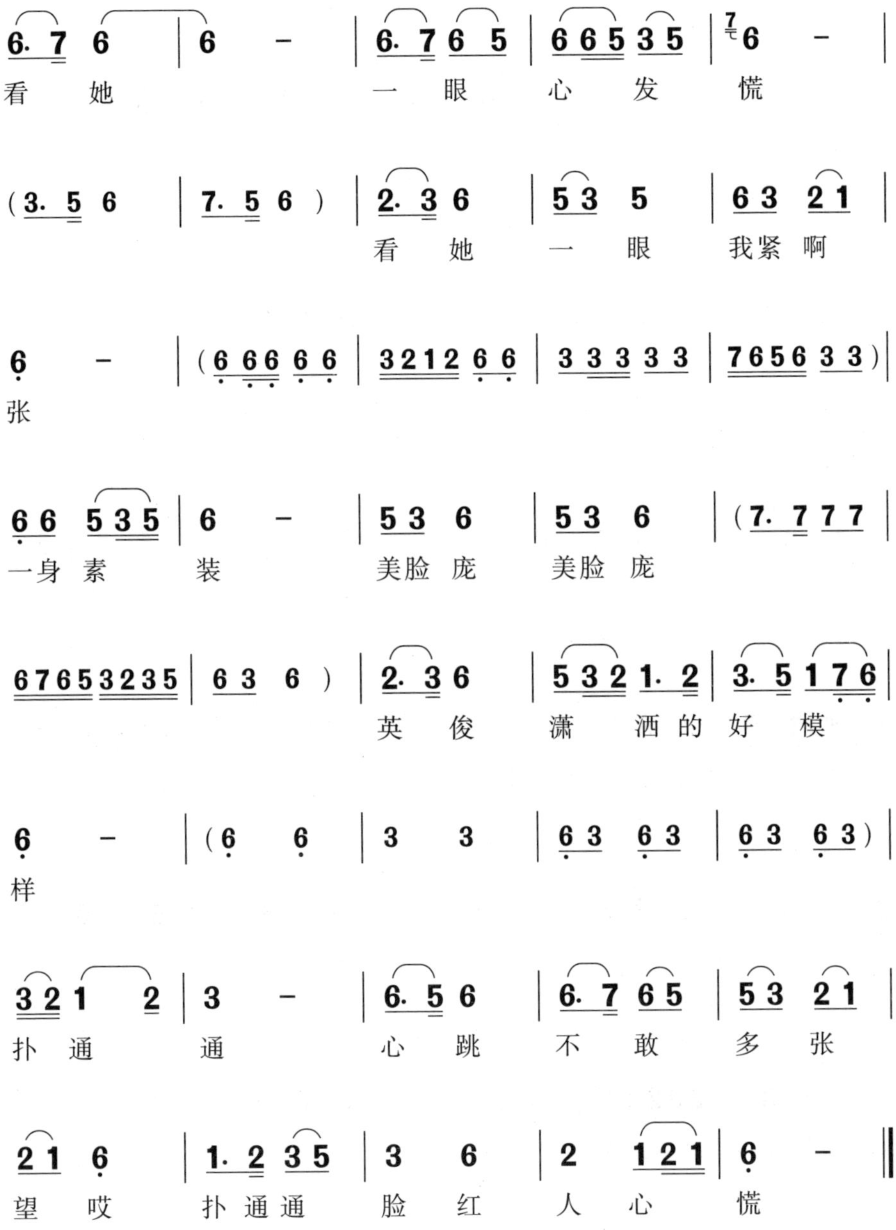

6. 7 6 | 6 – | 6. 7 6 5 | 6 6 5 3 5 | 76 – |

看 她 一 眼 心 发 慌

(3. 5 6 | 7. 5 6) | 2. 3 6 | 5 3 5 | 6 3 2 1 |

看 她 一 眼 我紧 啊

6 – | (6 66 6 6 | 3212 6 6 | 3 3 3 3 3 | 7656 3 3) |

张

6 6 5 3 5 | 6 – | 5 3 6 | 5 3 6 | (7. 7 7 7 |

一身 素 装 美脸 庞 美脸 庞

67653235 | 6 3 6) | 2. 3 6 | 5 3 2 1. 2 | 3. 5 1 7 6 |

英 俊 潇 洒 的 好 模

6 – | (6 6 | 3 3 | 6 3 6 3 | 6 3 6 3) |

样

3 2 1 2 | 3 – | 6. 5 6 | 6. 7 6 5 | 5 3 2 1 |

扑 通 通 心 跳 不 敢 多 张

2 1 6 | 1. 2 3 5 | 3 6 | 2 1 2 1 | 6 – ‖

望 哎 扑 通 通 脸 红 人 心 慌

唱腔（八）

1＝F $\frac{2}{4}$ $\frac{1}{4}$

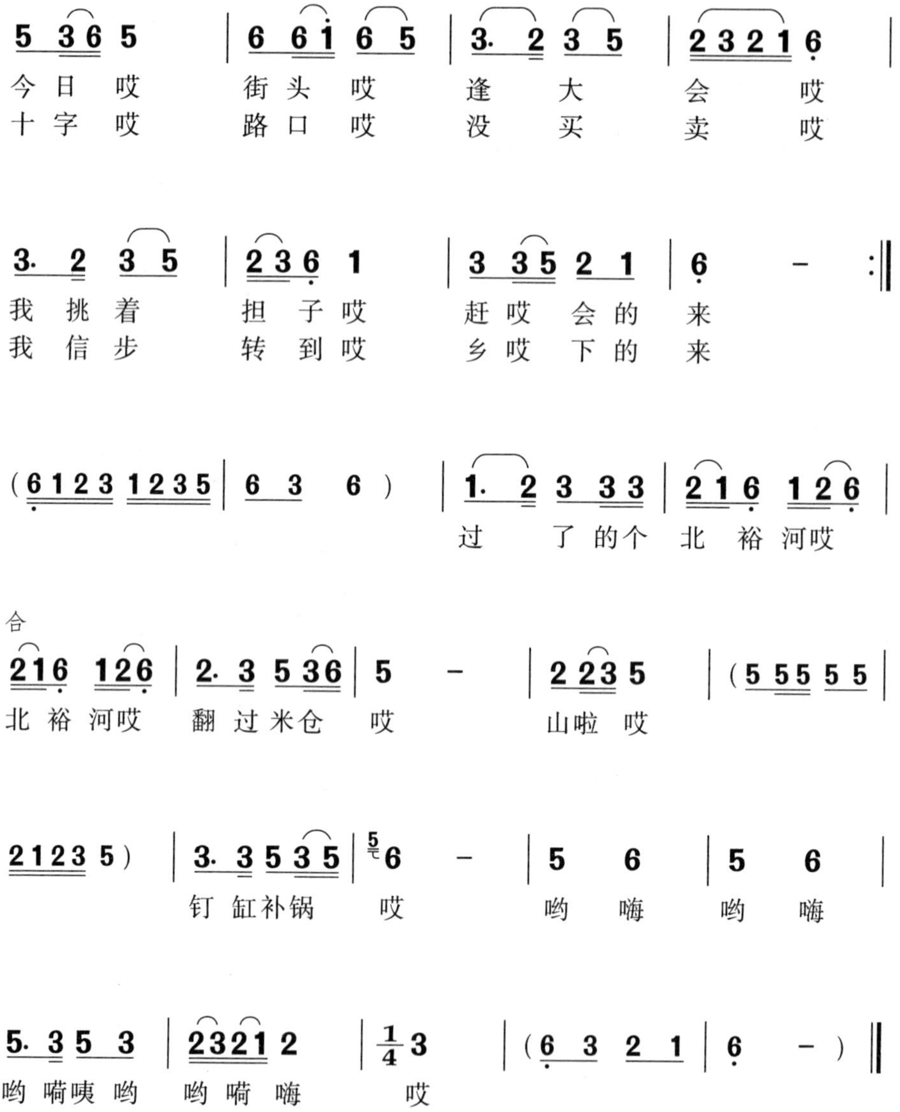

5 36 5 | 6 61̇ 65 | 3. 2 35 | 23216̣ |

今日哎 街头哎 逢大会哎

十字哎 路口哎 没买卖哎

3. 2 35 | 236̣ 1 | 3 35 21 | 6̣ – :‖

我挑着 担子哎 赶哎会的来

我信步 转到哎 乡哎下的来

（6̣123 1235 | 6 3 6 ）| 1. 2 3 33 | 216̣ 126̣ |

过了的个北裕河哎

合

216̣ 126̣ | 2. 3 5 36 | 5 – | 2235 | （5 55 55 |

北裕河哎 翻过米仓哎 山啦哎

21235） | 3. 3 5 35 | ^{5}6 – | 5 6 | 5 6 |

钉缸补锅哎 哟嗨 哟嗨

5. 3 5 3 | 23212 | $\frac{1}{4}$3 | （6̣ 3 2 1 | 6̣ – ）‖

哟嗬咦哟 哟嗬嗨 哎

唱腔（九）

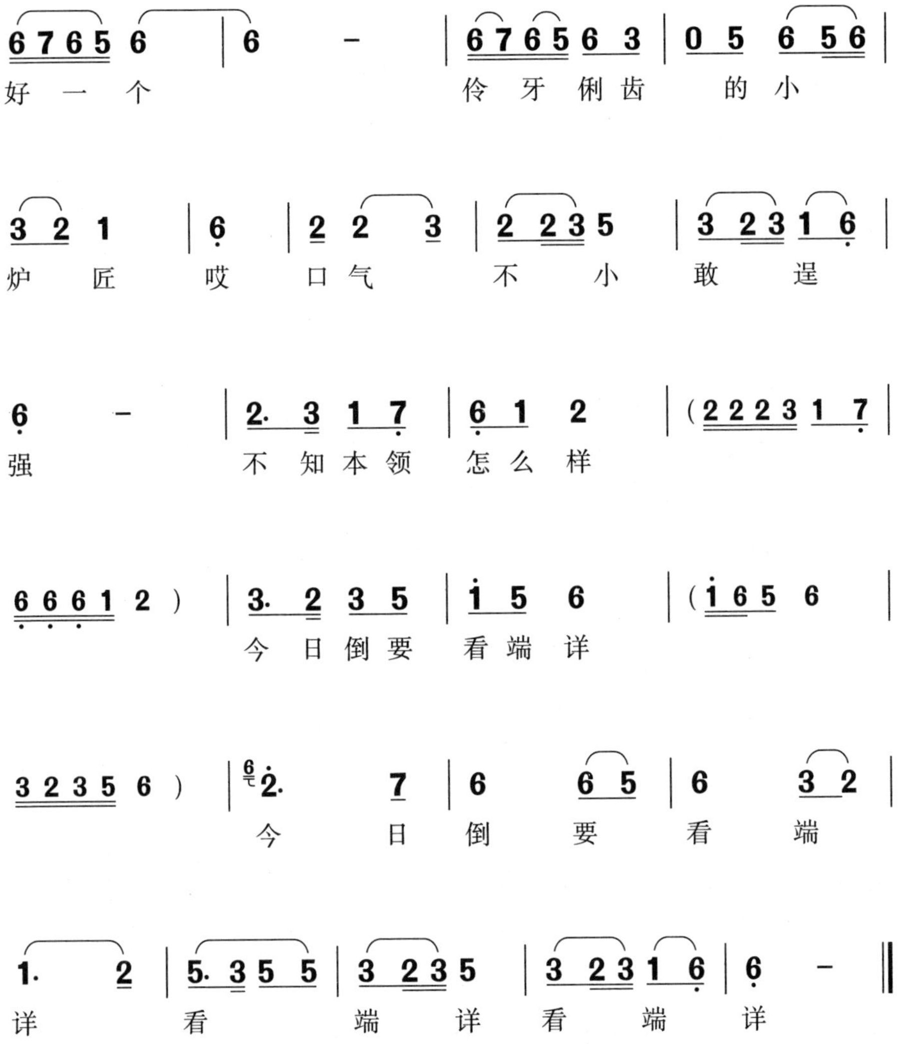

6765 6 | 6 - | 676563 | 0 5 656 |
好一个　伶牙俐齿　的小

3 2 1 | 6 | 2 2 3 | 2 235 | 3 2316 |
炉匠　哎　口气　不　小　敢　逞

6 - | 2. 3 1 7 | 6 1 2 | (222317 |
强　不知本领　怎么样

66612) | 3. 2 3 5 | i 5 6 | (i656 |
今日倒要　看端详

32356) | 2. 7 | 6 65 | 6 32 |
今　日　倒　要　看　端

1. 2 | 5. 355 | 3 235 | 3 2316 | 6 - ‖
详　看　端　详　看　端　详

唱腔（十）

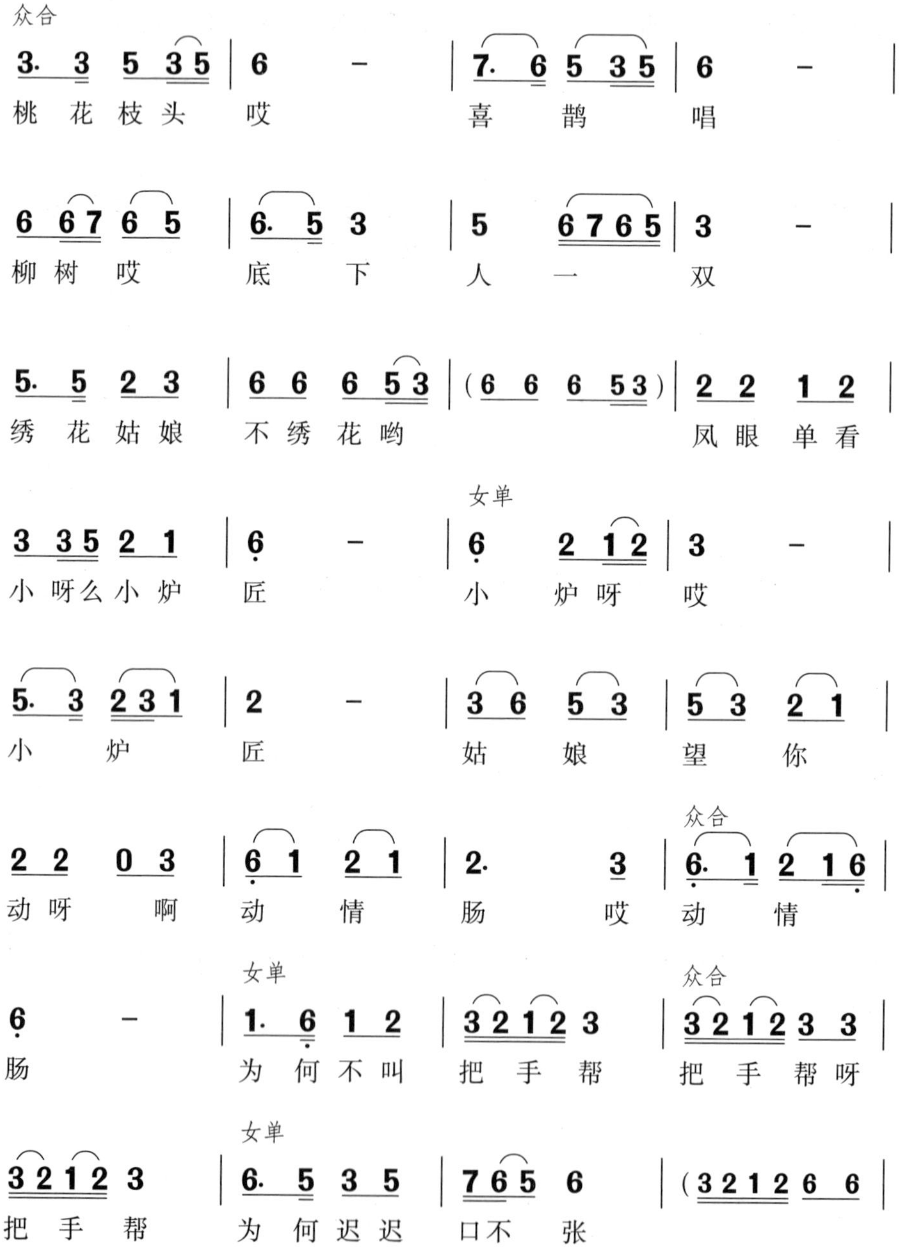

众合

3. 3 5 35 | 6 - | 7. 6 5 35 | 6 - |
桃花枝头 哎 喜 鹊 唱

6 67 6 5 | 6. 5 3 | 5 6765 | 3 - |
柳树 哎 底 下 人 一 双

5. 5 2 3 | 6 6 6 53 | (6 6 6 53) | 2 2 1 2 |
绣花姑娘 不绣花哟 凤眼单看

女单

3 35 2 1 | 6 - | 6 2 12 | 3 - |
小呀么小炉 匠 小 炉呀 哎

5. 3 231 | 2 - | 3 6 5 3 | 5 3 2 1 |
小 炉 匠 姑 娘 望 你

众合

2 2 0 3 | 6 1 2 1 | 2. 3 | 6. 1 2 16 |
动呀 啊 动 情 肠 哎 动 情

女单 众合

6 - | 1. 6 1 2 | 32123 3 | 32123 3 |
肠 为何不叫 把 手 帮 把 手 帮呀

女单

32123 3 | 6. 5 3 5 | 765 6 | (32126 6 |
把 手 帮 为何迟迟 口不 张

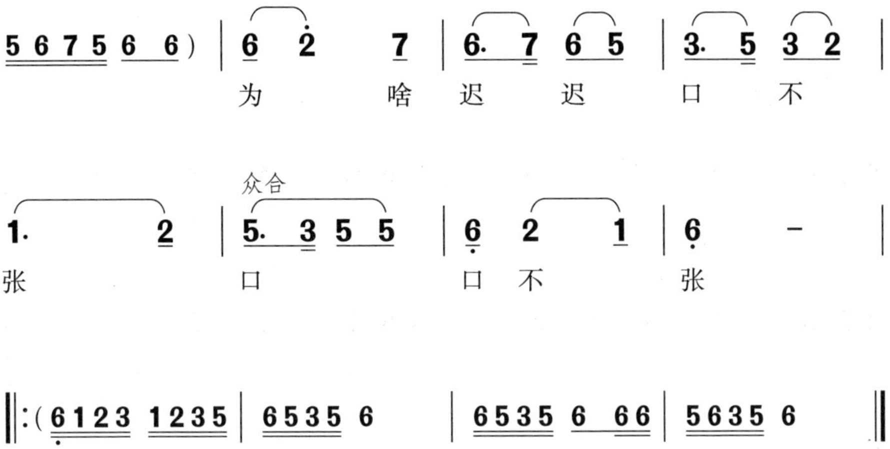

5 6 7 5 6 6) | 6 2 7 | 6. 7 6 5 | 3. 5 3 2 |

为 啥 迟 迟 口 不

众合

1. 2 | 5. 3 5 5 | 6 2 1 | 6 - |

张 口 口 不 张

‖:(6123 1235 | 65356 | 65356 66 | 56356 ‖

唱腔（十一）

2 2 3 | 6 ⁷6 | 2 321 | 2 - |

小 炉 匠 他 不 钉 缸

问 东 问 西 我 心 慌

3532 1 2 | 3532 3 | 6. 7 6 | 2. 3 ♮5 |

生 人 不 能 太 接 近 娘 亲 叮 咛

3 6 6 32 | 32 1 2 | 3 6 2 3 | 6 6 7 65 |

响 耳 旁 呀 响 呀 儿 呀 旁 呀 哎 嗨

6 - ‖:(2 2 3 36 | 2 2 6 | 2 321 | 2. 3 2 6:‖

哟

唱腔（十二）

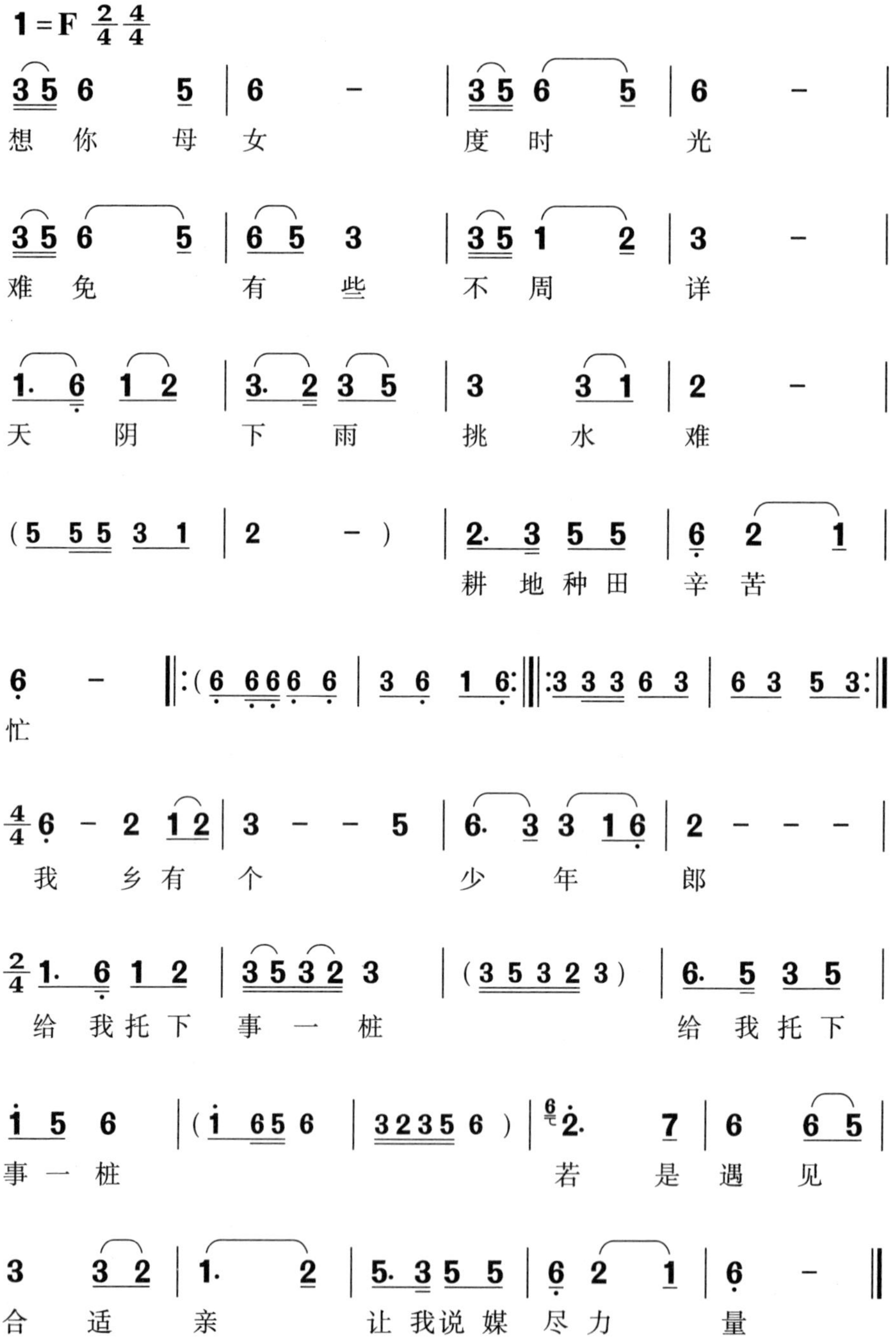

1＝F 2/4 4/4

| 3 5 6 5 | 6 － | 3 5 6 5 | 6 － |
想你母女 度时光

| 3 5 6 5 | 6 5 3 | 3 5 1 2 | 3 － |
难免有些不周详

| 1. 6 1 2 | 3. 2 3 5 | 3 3 1 | 2 － |
天阴下雨挑水难

(5 55 3 1 | 2 －) | 2. 3 5 5 | 6 2 1 |
耕地种田辛苦

6 － ‖:(6 666 6 6 | 3 6 1 6:‖:3 33 6 3 | 6 3 5 3:‖
忙

4/4 6 － 2 1 2 | 3 － － 5 | 6. 3 3 1 6 | 2 － － － |
我乡有个少年郎

2/4 1. 6 1 2 | 3 5 3 2 3 | (3 5 3 2 3) | 6. 5 3 5 |
给我托下事一桩 给我托下

i 5 6 | (i 65 6 | 3235 6) | 2. 7 | 6 6 5 |
事一桩 若是遇见

3 3 2 | 1. 2 | 5. 3 5 5 | 6 2 1 | 6 － ‖
合适亲 让我说媒尽力量

唱腔（十三）

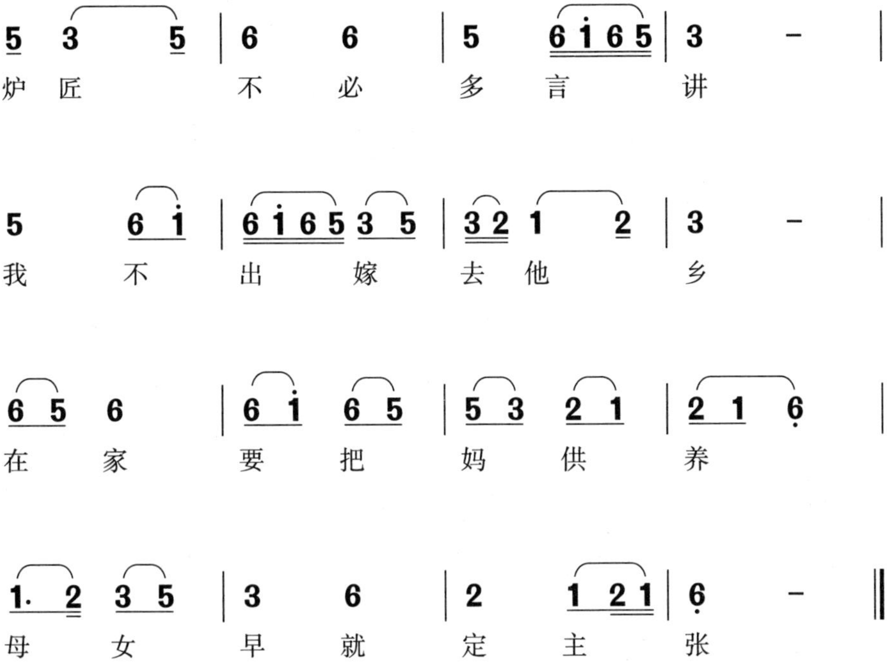

5 3 5 | 6 6 | 5 6 1 6 5 | 3 - |
炉 匠 不 必 多 言 讲

5 6 1 | 6 1 6 5 3 5 | 3 2 1 2 | 3 - |
我 不 出 嫁 去 他 乡

6 5 6 | 6 1 6 5 | 5 3 2 1 | 2 1 6 |
在 家 要 把 妈 供 养

1. 2 3 5 | 3 6 | 2 1 2 1 | 6 - ‖
母 女 早 就 定 主 张

唱腔（十四）

风趣、诙谐地

5 3 5 | 6 - | 7 6 5 | 6 - | 2. 3 5 5 |
俏 姑 娘 且 莫 慌 此 人 无 父

3 6 5 | 3 - | 1. 6 1 2 | 3 2 3 5 | 5 3 1 |
无 老 娘 只 是 单 身 度 时

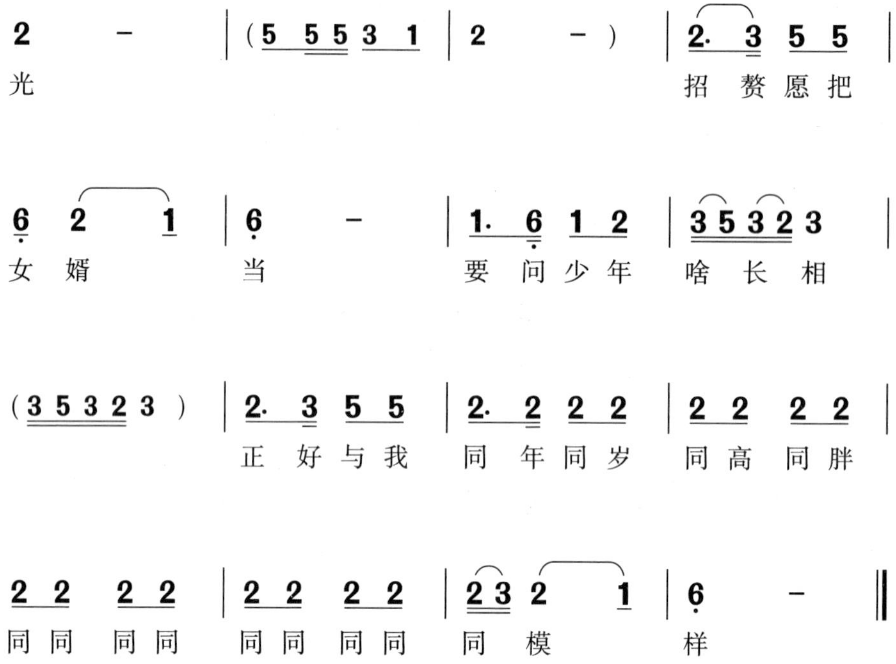

2 – | (5 55 3 1 | 2 –) | 2. 3 5 5 |
光 招赘愿把

6 2 1 | 6 – | 1. 6 1 2 | 35323 |
女婿 当 要问少年 啥长相

(35323) | 2. 3 5 5 | 2. 2 2 2 | 2 2 2 2 |
正好与我 同年同岁 同高同胖

2 2 2 2 | 2 2 2 2 | 23 2 1 | 6 – ‖
同同同同 同同同同 同模 样

唱腔（十五）

6 6 5 | 6 6 | 7 6 5 | 6 – |
他费 心思 把哎话 讲

6 6 5 | 3 6 | 5 6 5 3 | 2 – |
小香我 句句 听周 详

2 2 3 | 5 6 | 5 6 5 2 | 3 – |
分明 说的 就是 他

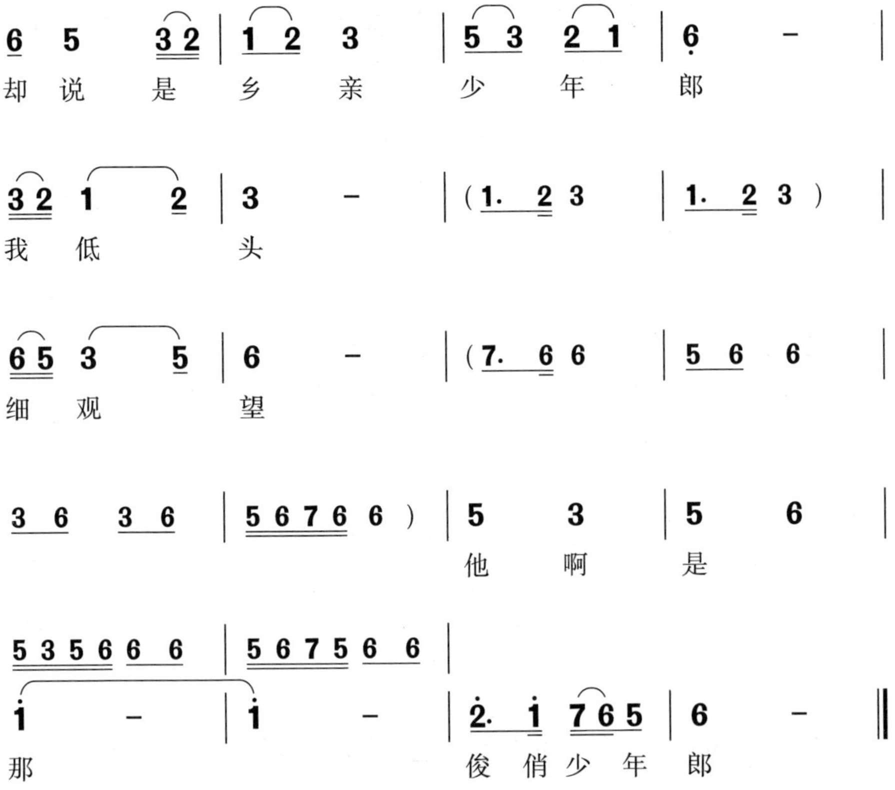

6 5 3 2 | 1 2 3 | 5 3 2 1 | 6 – |

却说是乡亲少年郎

3 2 1 2 | 3 – | (1. 2 3 | 1. 2 3) |

我低头

6 5 3 5 | 6 – | (7. 6 6 | 5 6 6 |

细观望

3 6 3 6 | 5 6 7 6 6) | 5 3 | 5 6 |

他啊是

5 3 5 6 6 6 | 5 6 7 5 6 6 |

i – | i – | 2. i 7 6 5 | 6 – ‖

那俊俏少年郎

唱腔（十六）

5 3 2 3 5 | 3 2 3 6 | (3 2 3 6) | 5 3 6 5 |

匆匆哎忙忙呀转到哎

3 2 3 5 | (5. 5 5 5 | 2 1 2 3 5) | 1. 2 3 5 |

街上哎四处

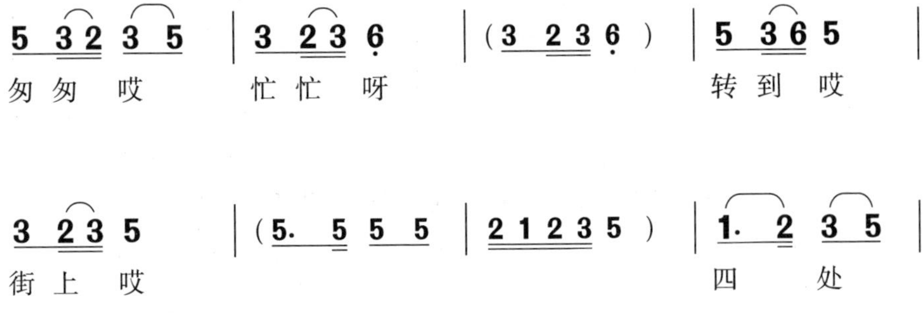

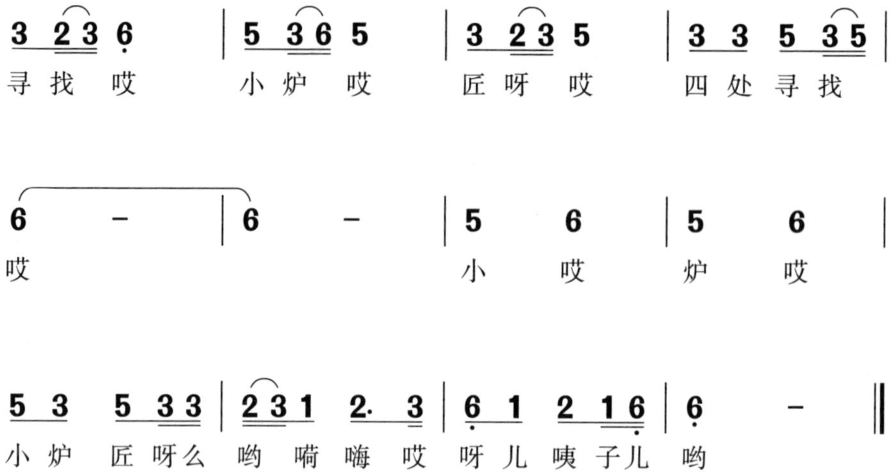

3 23 6 | 5 365 | 3 23 5 | 3 3 5 35 |
寻找 哎 小炉 哎 匠呀 哎 四处寻找

6 - | 6 - | 5 6 | 5 6 |
哎 小 哎 炉 哎

5 3 5 33 | 231 2. 3 | 6 1 2 16 | 6 - ‖
小炉 匠呀么 哟 嘀 嗨 哎 呀儿 咦子儿 哟

唱腔（十七）

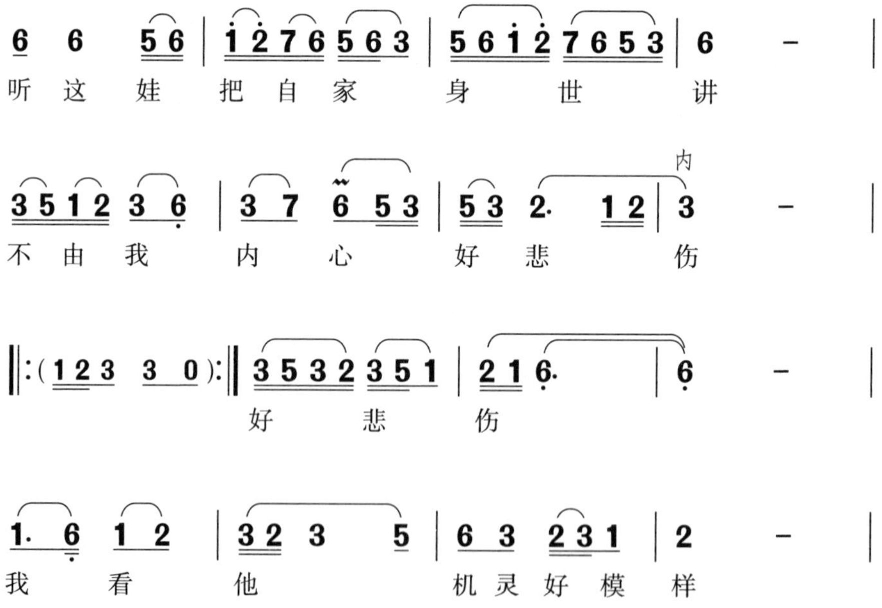

6 6 56 | 1276563 | 56127653 | 6 - |
听这 娃 把自家 身 世 讲

3512 3 6 | 3 7 6 53 | 53 2. 12 | 3 - |
不由我 内 心 好 悲 伤

‖:(123 3 0):‖ 35323351 | 216. | 6 - |
好 悲 伤

1. 6 1 2 | 32 3 5 | 6 3 231 | 2 - |
我 看 他 机灵好模 样

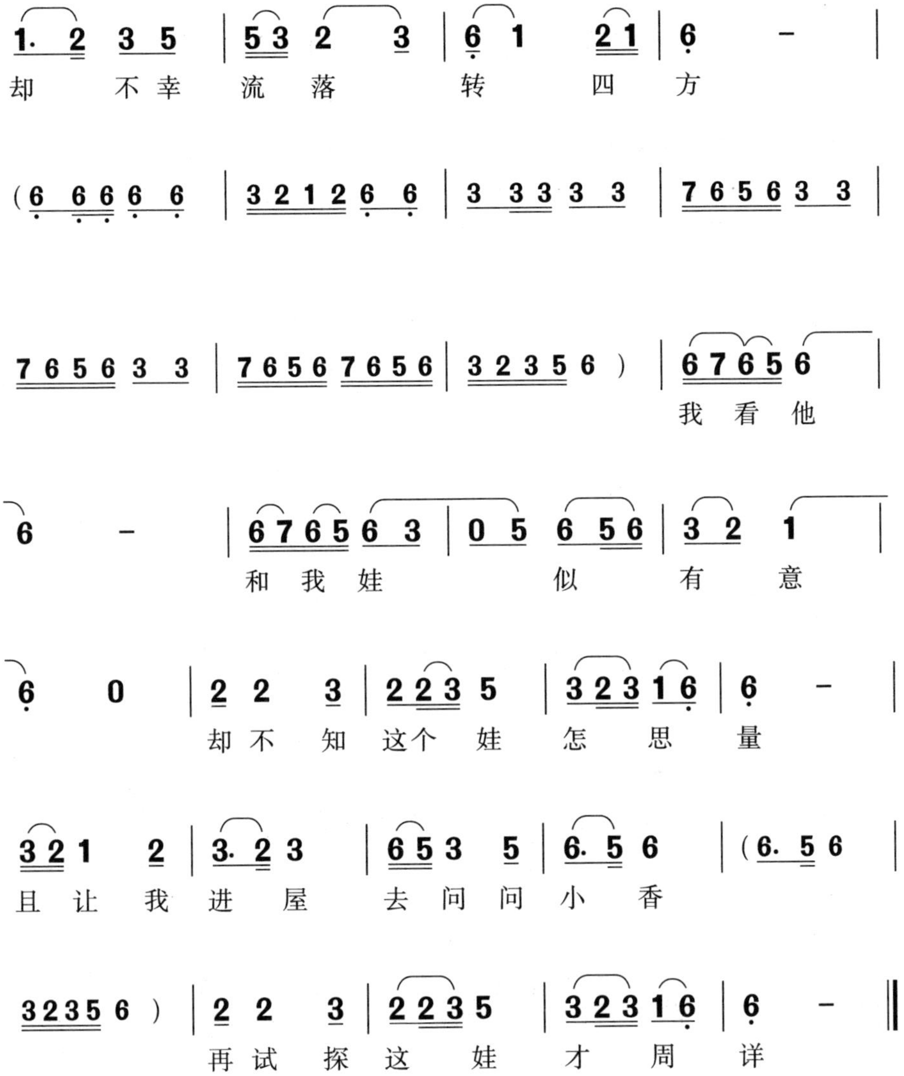

1· 2 3 5 | 5 3 2 3 | 6 1 2 1 | 6 – |
却 不幸 流 落 转 四 方

(6 6 6 6 6 | 3 2 1 2 6 6 | 3 3 3 3 3 | 7 6 5 6 3 3 |

7 6 5 6 3 3 | 7 6 5 6 7 6 5 6 | 3 2 3 5 6) | 6 7 6 5 6 |
我 看 他

6 – | 6 7 6 5 6 3 | 0 5 6 5 6 | 3 2 1 |
和 我 娃 似 有 意

6 0 | 2 2 3 | 2 2 3 5 | 3 2 3 1 6 | 6 – |
却不 知 这个 娃 怎 思 量

3 2 1 2 | 3· 2 3 | 6 5 3 5 | 6· 5 6 | (6· 5 6 |
且 让 我 进 屋 去 问 问 小 香

3 2 3 5 6) | 2 2 3 | 2 2 3 5 | 3 2 3 1 6 | 6 – ‖
再 试 探 这 娃 才 周 详

唱腔（十八）

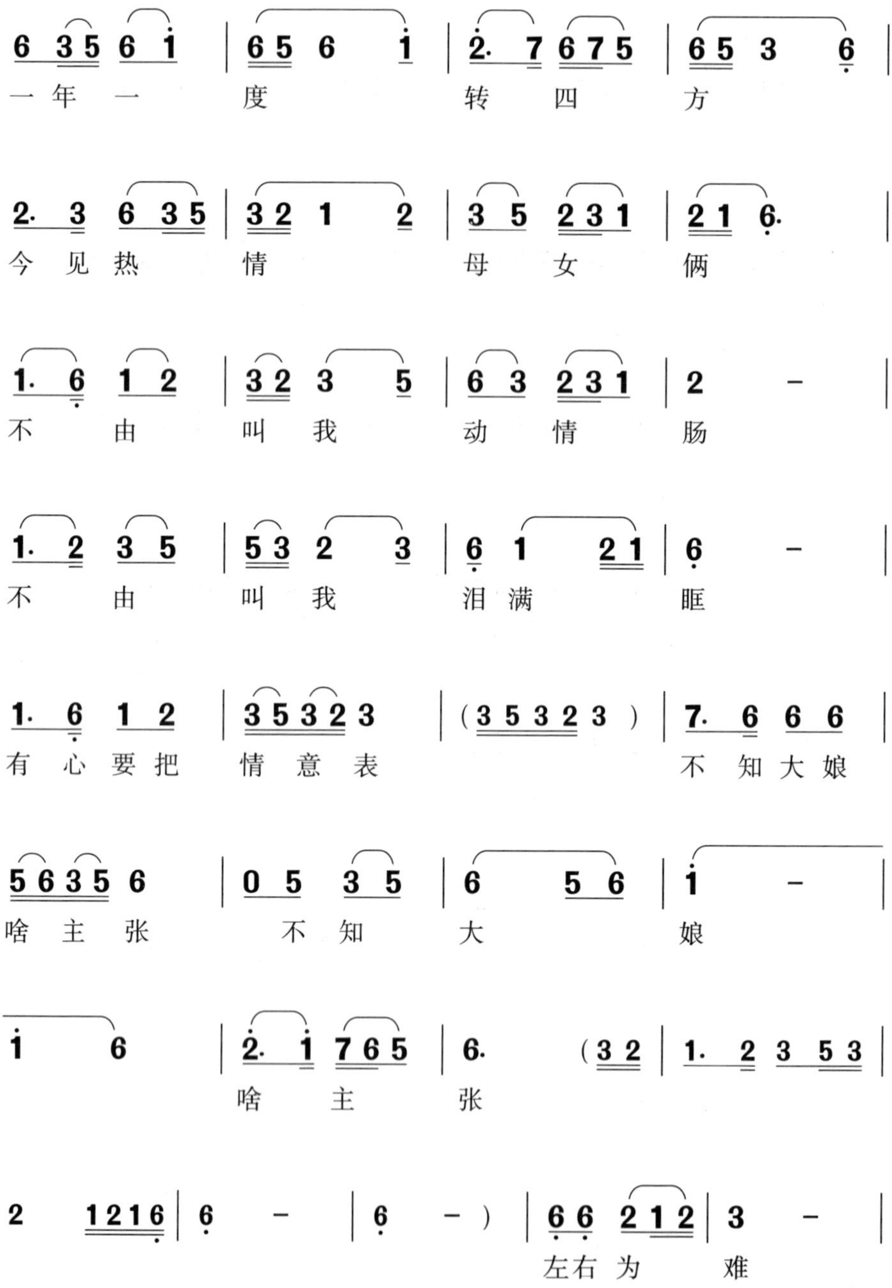

6 35 6 i | 65 6 i | 2. 7 675 | 65 3 6 |

一 年 一 度 转 四 方

2. 3 6 35 | 32 1 2 | 3 5 231 | 21 6. |

今 见 热 情 母 女 俩

1. 6 1 2 | 32 3 5 | 6 3 231 | 2 – |

不 由 叫 我 动 情 肠

1. 2 3 5 | 53 2 3 | 6 1 21 | 6 – |

不 由 叫 我 泪 满 眶

1. 6 1 2 | 35323 | （35323） | 7. 6 6 6 |

有 心 要 把 情 意 表 不 知 大 娘

5635 6 | 0 5 3 5 | 6 5 6 | i – |

啥 主 张 不 知 大 娘

i 6 | 2. i 765 | 6. （32 | 1. 2 3 53 |

啥 主 张

2 1216 | 6 – | 6 – ） | 66 212 | 3 – |

左右 为 难

5. 3 231 | 2 - | 36 53 | 53 21 | 2 2 3 |
心 头 慌 前 思 后 想 难 开

61 21 | 2. 3 | 6 - | 1 12 3235 | 6 - |
腔 有心 下 次 哎

7. 6 5 35 | 6 - | 2. 3 6 6 | 5 32 1. 2 |
再 商 量 这 种 机 会 难 遇 上

2 2 1 12 | 32353 | 2 1216 | 6 - ‖
难 遇 上 哎 难 遇 上

唱腔（十九）

1＝F $\frac{2}{4}$

6. 7 6 5 | 3 2 3 5 | 7 6 5 | 6 - |
我 不 钉 缸 砸 破 缸 呀 哈 嗨

（35356） | 6. 7 6 5 | 3 2 1 2 | ^{5}3 - |
惹 下 风 波 再 思 量 哎

（16123） | 5 3 5 | 6. 7 6 5 | 6. 5 3 2 |
生 出 枝 头 慢 慢

12 6 | 112 35 | 3 6 | 2 121 | 6 - ‖
讲 话 里 听 话 定 主 张

唱腔（二十）

吕文文

6 7 6 | 6 – | 6. 7 6 5 | 6 65 3 5 |

开 口 叫 声 王 大

7/6 – | 2 3 6 | 5 3 5 | 6 3 2 1 |

娘哎 今 日 怪 我 太 慌

6 – | (6 66 6 6 | 3212 3 6) | 32 1 2 |

张 粗

3 – | 6. 5 6 | 6 7 6 5 | 5 3 2 1 |

心 砸 了 你 的 麻 籽

王大娘

2 1 6 | (说 啥 哩？) | 1 12 3 5 | 3 6 |

缸 呀 改 日 赔 缸

2 121 | 6 – | (6 61 6 6 | 3212 6 6 |

家 门 上

王大娘

6 67 3 5 | 6 – | 3 7 6 | 2. 3 5 5 |

叫 声 尕 炉 匠 尕 炉 匠 谁 要 你 的

3 6 5 | 3 – | 1. 6 1 2 | 3 2 3 0 |

麻 籽 缸？ 改 日 赔 缸 我 不 让

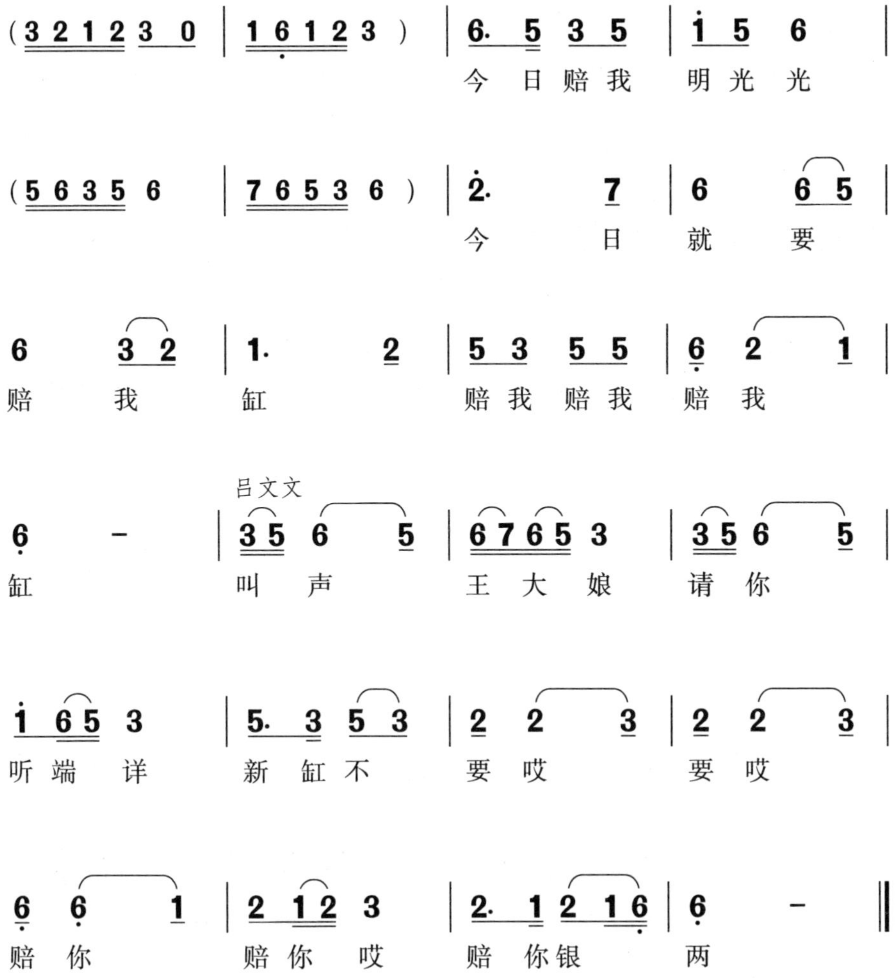

（3 2 1 2 3 0 | 1 6 1 2 3 ）| 6. 5 3 5 | i 5 6 |

今日赔我 明光光

（5 6 3 5 6 | 7 6 5 3 6 ）| 2. 7 | 6 6 5 |

今 日 就 要

6 3 2 | 1. 2 | 5 3 5 5 | 6 2 1 |

赔 我 缸 赔我赔我 赔 我

吕文文

6 – | 3 5 6 5 | 6 7 6 5 3 | 3 5 6 5 |

缸 叫 声 王 大 娘 请 你

i 6 5 3 | 5. 3 5 3 | 2 2 3 | 2 2 3 |

听 端 详 新 缸 不 要 哎 要 哎

6 6 1 | 2 1 2 3 | 2. 1 2 1 6 | 6 – ‖

赔 你 赔 你 哎 赔 你 银 两

唱腔（二十一）

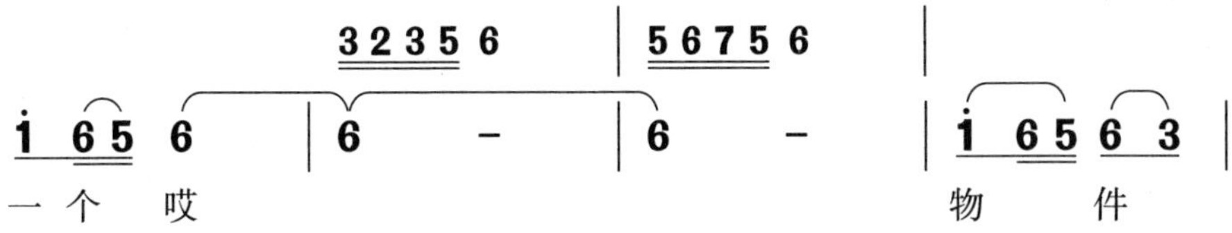

3 2 3 5 6 | 5 6 7 5 6 |

i 6 5 6 | 6 – | 6 – | i 6 5 6 3 |

一 个 哎 物 件

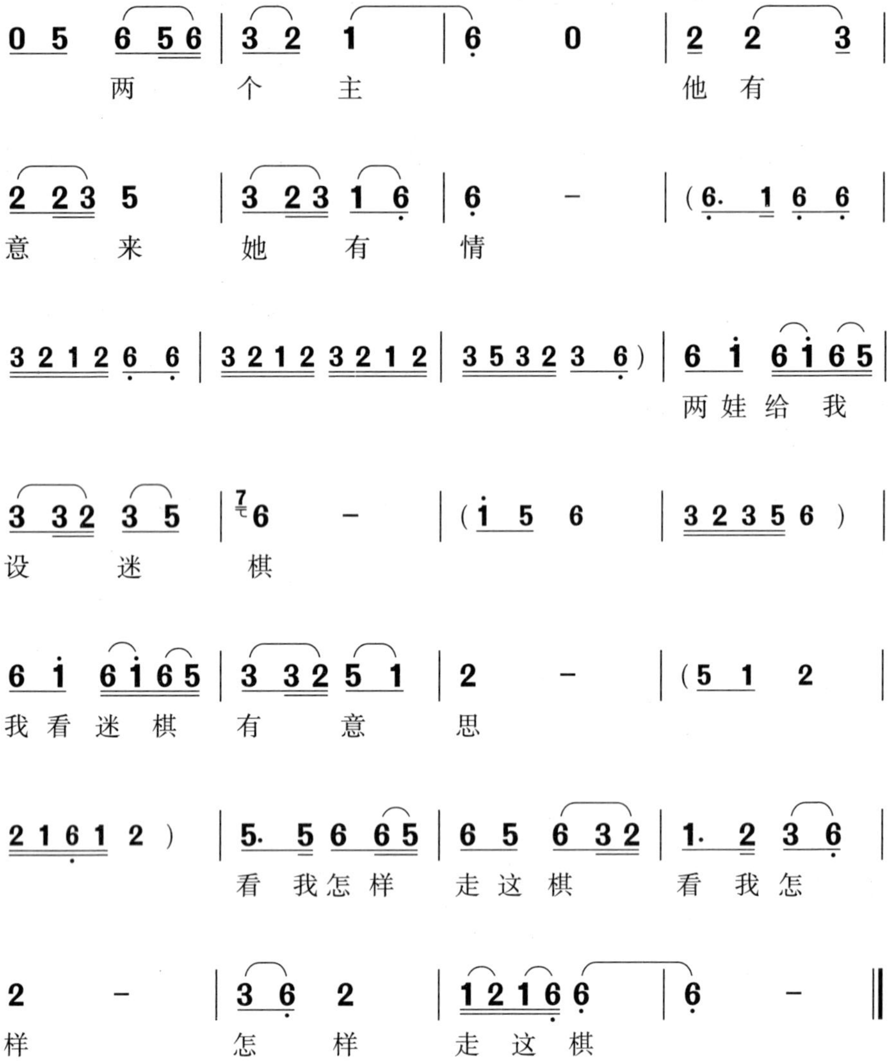

0 5 6 56 | 32 1 | 6 0 | 2 2 3 |
两 个 主 他 有

2 223 5 | 3 23 16 | 6 – | (6. 1 6 6 |
意 来 她 有 情

3212 6 6 | 3212 3212 | 3532 3 6) | 6 i 6i65 |
两娃给 我

3 32 3 5 | 7 6 – | (i 5 6 | 32356) |
设 迷 棋

6 i 6i65 | 3 32 5 1 | 2 – | (5 1 2 |
我看迷棋 有 意 思

21612) | 5. 5 6 65 | 6 5 6 32 | 1. 2 3 6 |
看 我怎样 走这棋 看 我怎

2 – | 36 2 | 1216 6 | 6 – ||
样 怎 样 走 这 棋

小康不忘党的恩

1＝F 2/4

亲切深情地、中速

尹维新词曲

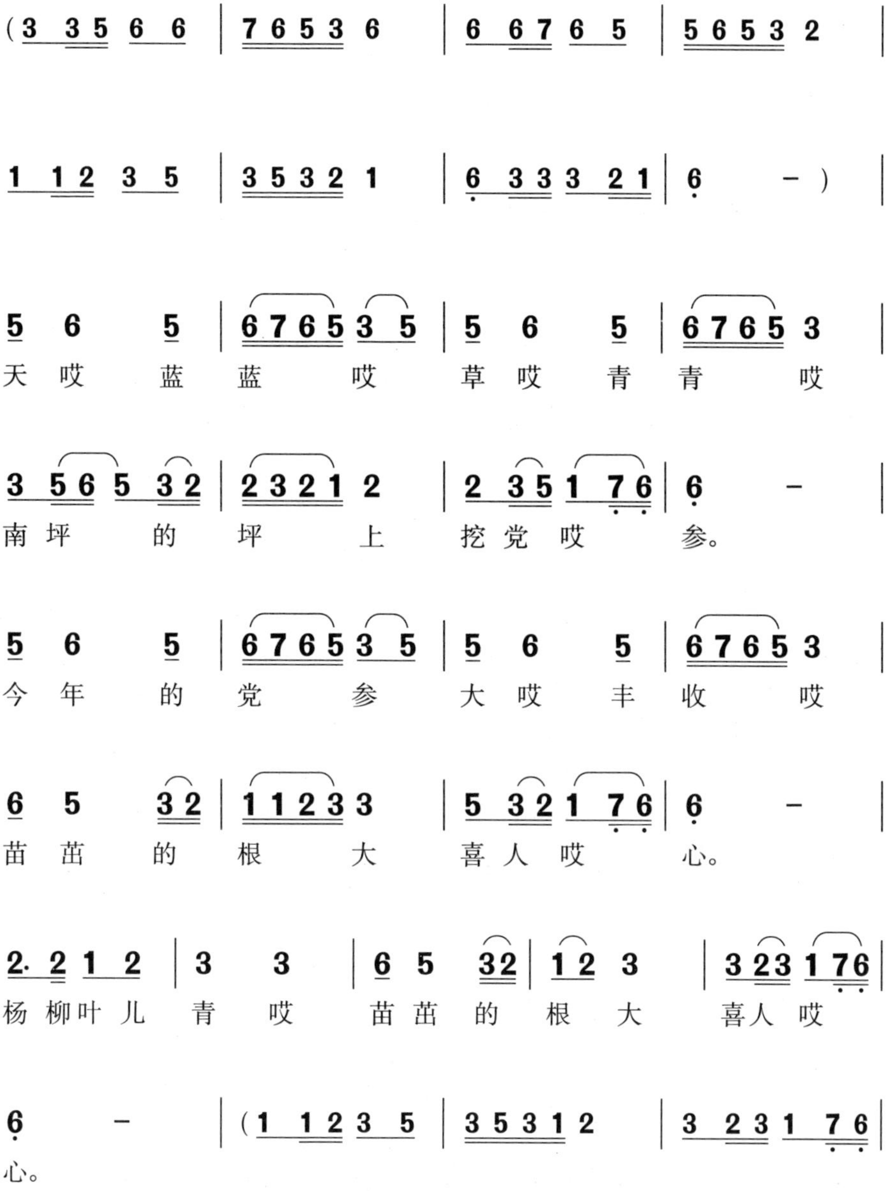

(3 35 6 6 | 76536 | 6 67 6 5 | 56532 |

1 12 3 5 | 35321 | 6 333 21 | 6 －) |

5 6 5 | 6765 3 5 | 5 6 5 | 6765 3 |
天 哎 蓝 蓝 哎 草 哎 青 青 哎

3 56 5 32 | 2321 2 | 2 35 1 76 | 6 － |
南 坪 的 坪 上 挖 党 哎 参。

5 6 5 | 6765 3 5 | 5 6 5 | 6765 3 |
今 年 的 党 参 大 哎 丰 收 哎

6 5 32 | 1123 3 | 5 32 1 76 | 6 － |
苗 苗 的 根 大 喜 人 哎 心。

2· 2 1 2 | 3 3 | 6 5 32 | 12 3 | 323 1 76 |
杨 柳 叶 儿 青 哎 苗 苗 的 根 大 喜 人 哎

6 － | (1 12 3 5 | 35312 | 3 23 1 76 |
心。

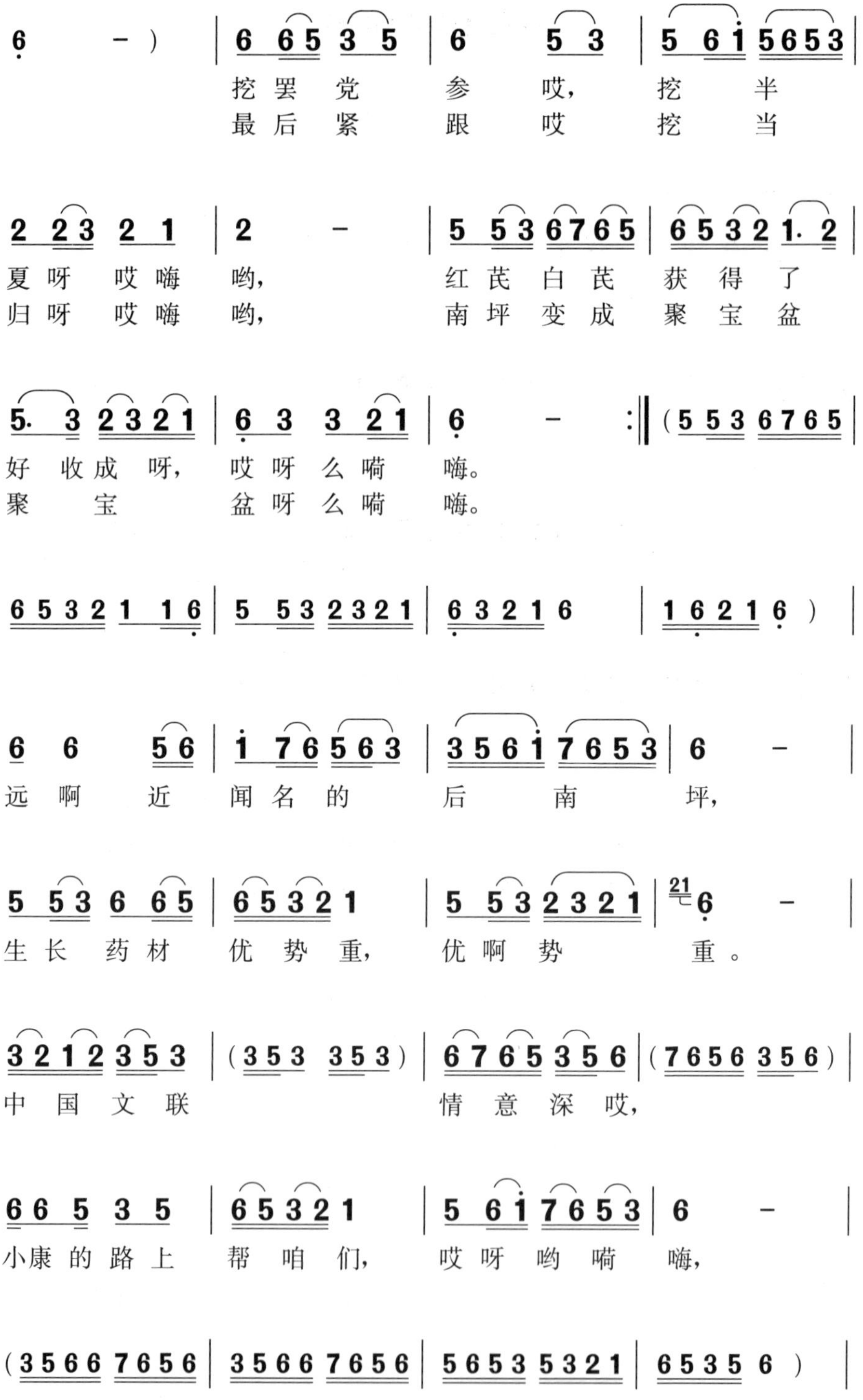

6 -) | 6 65 3 5 | 6 5 3 | 5 6 i 5653 |

挖罢党参哎，挖半

最后紧跟哎挖当

2 23 2 1 | 2 - | 5 53 6765 | 6532 1. 2 |

夏呀哎嗨哟，红芪白芪获得了

归呀哎嗨哟，南坪变成聚宝盆

5. 3 2321 | 6 3 3 21 | 6 - :‖ (5 53 6765 |

好收成呀，哎呀么嗬嗨。

聚宝盆呀么嗬嗨。

65321 1 6 | 5 53 2321 | 63216 | 16216) |

6 6 56 | i 76 563 | 356i 7653 | 6 - |

远啊近闻名的后南坪，

5 53 6 65 | 65321 | 5 53 2321 | 21 6 - |

生长药材优势重，优啊势重。

32123 353 | (353 353) | 6765 356 | (7656 356) |

中国文联情意深哎，

66 5 3 5 | 65321 | 5 6i 7653 | 6 - |

小康的路上帮咱们，哎呀哟嗬嗨，

(35667656 | 35667656 | 56535321 | 65356) |

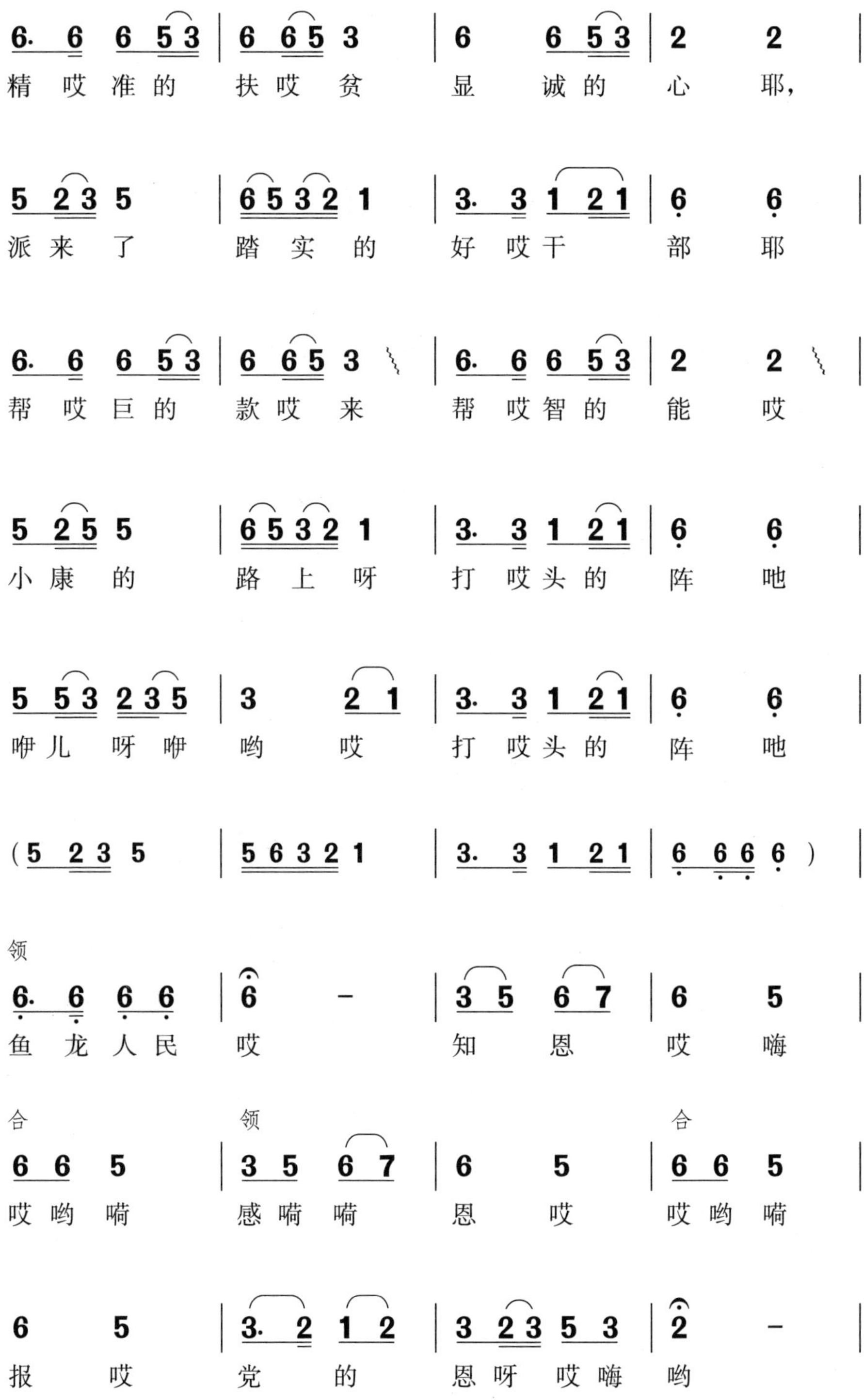

6. 6 6 53 | 6 65 3 | 6 6 53 | 2 2 |
精 哎 准 的 扶 哎 贫 显 诚 的 心 耶，

5 23 5 | 6532 1 | 3. 3 1 21 | 6 6 |
派 来 了 踏 实 的 好 哎 干 部 耶

6. 6 6 53 | 6 65 3 | 6. 6 6 53 | 2 2 |
帮 哎 巨 的 款 哎 来 帮 哎 智 的 能 哎

5 25 5 | 6532 1 | 3. 3 1 21 | 6 6 |
小 康 的 路 上 呀 打 哎 头 的 阵 吔

5 53 235 | 3 21 | 3. 3 1 21 | 6 6 |
咿 儿 呀 咿 哟 哎 打 哎 头 的 阵 吔

(5 23 5 | 56321 | 3. 3 1 21 | 6 66 6) |

领
6. 6 6 6 | 6 – | 35 67 | 6 5 |
鱼 龙 人 民 哎 知 恩 哎 嗨

合 领 合
66 5 | 35 67 | 6 5 | 66 5 |
哎 哟 嗬 感 嗬 嗬 恩 哎 哎 哟 嗬

6 5 | 3. 2 12 | 3 23 53 | 2 – |
报 哎 党 的 恩 呀 哎 嗨 哟

3. 2 3 3 2 | 3 2 1 6 | 2. 3 6 | 6 7 6 5 3 2 |
永 远 的 呀 跟 党 呀 哎 嗨 哎 向 前

3 5 3 2. 1 | 6. 7 6 | 3. 3 5 3 5 | 6 – |
进呀 哎 嗨 哟 嗬 嗨 哟 嗬 咿 哟 嗨

5 6 7 6 5 3 | 2 – | 3. 3 3 6 | 5 3 6 |
哟 嗬 咿 哟 嗨 哟 嗬 哟 嗬 哟 嗬 嗨

5. 3 6 | 6 7 6 7 6 5 | 3 6 5 6 5 3 | 2 5 3 5 3 2 |
哟 嗬 嗨 哟 嗬 咿呀么 哟 嗬 咿呀么 哟 嗬 咿呀么

1 3 2 3 2 1 | 1 6 6 6 6 | 6 – | 6 – | (咚咚 仓) ‖
哟嗬咿呀么 哟嗬嗬嗬嗬 嗨

2016年6月8日草于家中

锄草歌

（高山戏曲歌舞表演）

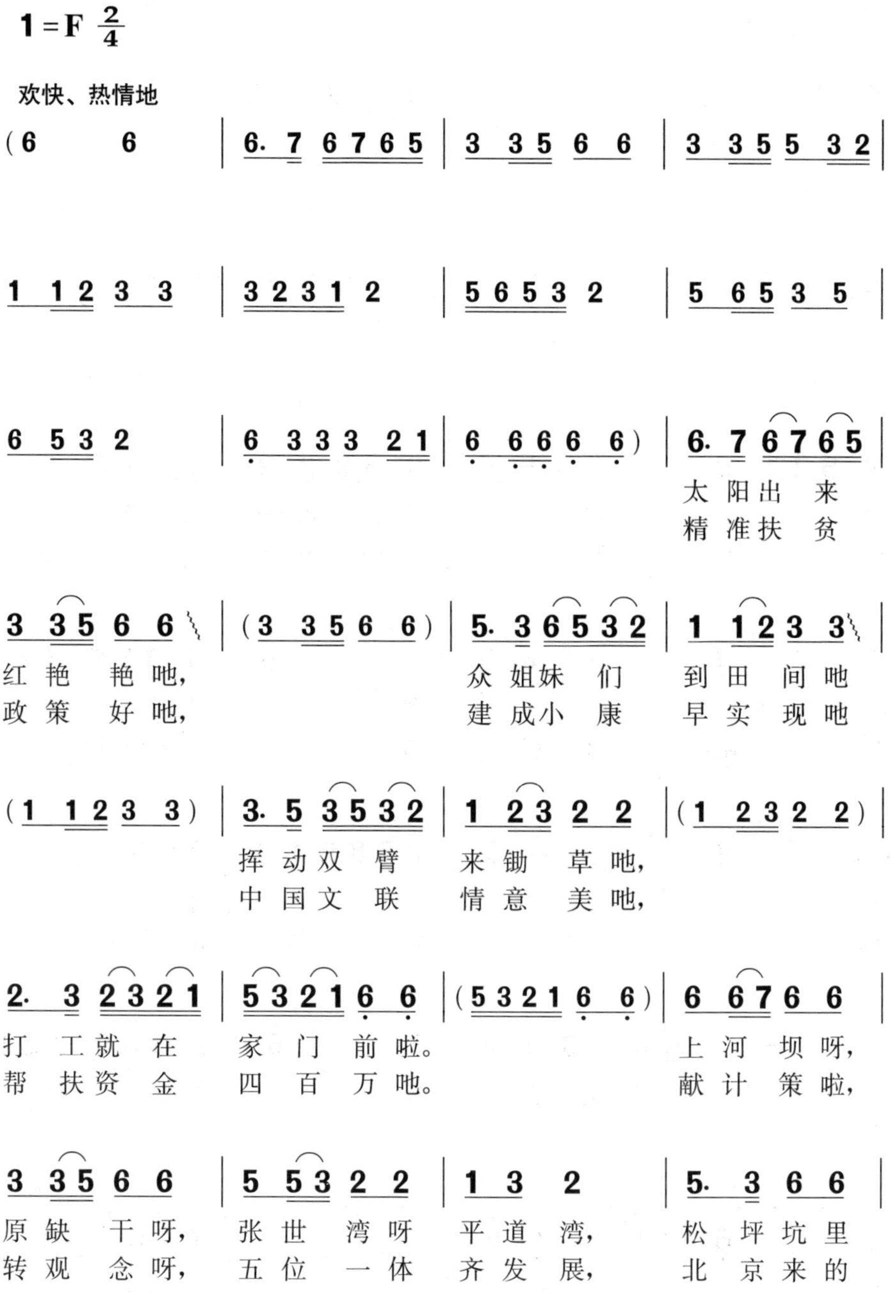

1＝F $\frac{2}{4}$

欢快、热情地

（6 6 | 6. 7 6765 | 3 356 6 | 3 355 32 |

1 12 3 3 | 3231 2 | 5653 2 | 5 653 5 |

6 53 2 | 6 33 3 21 | 6 66 6 6）| 6. 7 6765 |

太阳出来
精准扶贫

3 35 6 6 | （3 356 6）| 5. 3 6532 | 1 12 3 3 |

红艳艳吔，众姐妹们到田间吔
政策好吔，建成小康早实现吔

（1 12 3 3）| 3. 5 3532 | 1 23 2 2 |（1 23 2 2）|

挥动双臂来锄草吔，
中国文联情意美吔，

2. 3 2321 | 5321 6 6 |（5321 6 6）| 6 676 6 |

打工就在家门前啦。上河坝呀，
帮扶资金四百万吔。献计策啦，

3 35 6 6 | 5 53 2 2 | 1 3 2 | 5. 3 6 6 |

原缺干呀，张世湾呀平道湾，松坪坑里
转观念呀，五位一体齐发展，北京来的

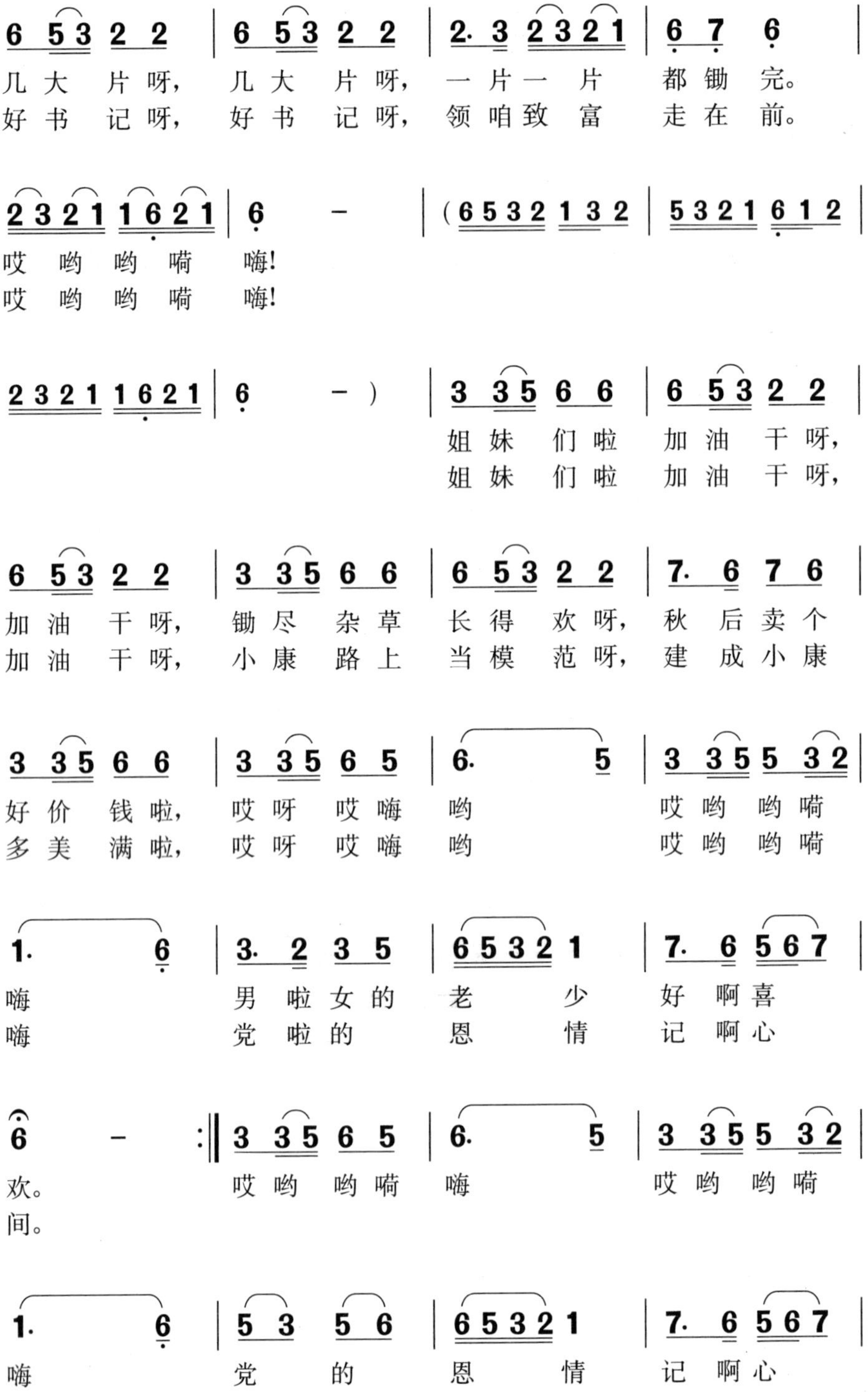

6 53 2 2 | 6 53 2 2 | 2. 3 2321 | 6 7 6 |
几大片呀，几大片呀，一片一片都锄完。
好书记呀，好书记呀，领咱致富走在前。

2321 1621 | 6 - | (6532 132 | 5321 612 |
哎哟哟嗬嗨！
哎哟哟嗬嗨！

2321 1621 | 6 -) | 3 35 6 6 | 6 53 2 2 |
姐妹们啦加油干呀，
姐妹们啦加油干呀，

6 53 2 2 | 3 35 6 6 | 6 53 2 2 | 7. 6 7 6 |
加油干呀，锄尽杂草长得欢呀，秋后卖个
加油干呀，小康路上当模范呀，建成小康

3 35 6 6 | 3 35 6 5 | 6. 5 | 3 35 5 32 |
好价钱啦，哎呀哎嗨哟 哎哟哟嗬
多美满啦，哎呀哎嗨哟 哎哟哟嗬

1. 6 | 3. 2 3 5 | 65321 | 7. 6 567 |
嗨 男啦女的老少好啊喜
嗨 党啦的恩情记啊心

6 - :‖ 3 35 6 5 | 6. 5 | 3 35 5 32 |
欢。哎哟哟嗬嗨 哎哟哟嗬
间。

1. 6 | 5 3 5 6 | 65321 | 7. 6 567 |
嗨 党的恩情记啊心

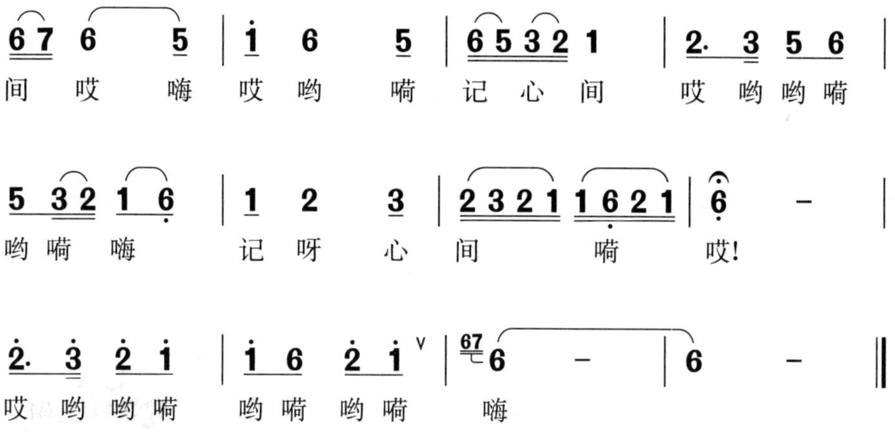

6 7 6 5 | i 6 5 | 6 5 3 2 1 | 2. 3 5 6 |
间 哎 嗨 哎 哟 嘀 记 心 间 哎 哟哟嘀

5 3 2 1 6 | 1 2 3 | 2 3 2 1 1 6 2 1 | 6 – |
哟 嘀 嗨 记 呀 心 间 嘀 哎!

2. 3 2 1 | 1 6 2 1 | 6 – | 6 – ‖
哎 哟 哟 嘀 哟 嘀 哟 嘀 嗨

2016年5月26日草于上尹家